启真馆 出品

六合丛书

中西古典语文论衡

苏 杰

ZHEJIANG UNIVERSITY PRESS
浙江大学出版社

丛书主编

吕大年　高峰枫

目录

第三编

第四编

第一编

古典语文学十诫疏证

　　"十诫"最初是神给以色列人的律法和诫命，是犹太教和基督教的道德基石。现在人们往往把某一领域的基本行为准则归结为十条，称作"十诫"，如"经商十诫"、"留学十诫"等。这类仿拟，有很长的历史。一百多年前，卡尔·莱尔斯所拟的"古典语文学十诫"，在欧洲大陆知识界一度为人所乐道。

　　所谓"语文学"（philology），是语言文字之学，相当于中国传统国学中的"小学"。所谓"古典语文学"（classical philology），顾名思义，似乎体现了与中国学者所谓"由小学入经学"[1]大致相仿的治学路径，也就是通过研究古代的语言文字，对古典文本进行校勘、训诂，最终达成正确的认识和理解。

　　卡尔·莱尔斯（Karl Lehrs，1802—1878），德国犹太古典学家，曾任教于东普鲁士哥尼斯堡大学（University of Konigsberg），以训诂荷马史诗而闻名，是一位博雅风趣的学界奇人。1871年10月，莱尔斯用古雅的路德式德语戏撰成"古典语文学十诫"的前五条，并将此晏居戏笔写信寄给弗里德里希·里奇尔

3

（Friedrich Ritschl，1806—1876），也就是鼎鼎大名的尼采的导师。里奇尔为之莞尔，回信表示欣赏。1873 年 3 月莱尔斯续成其余五条并寄给里奇尔。终其一生，莱尔斯并没有发表他的"古典语文学十诫"[2]。一直到了 1902 年，在莱尔斯诞辰一百周年之际，其衣钵传人阿图尔·路德维希（Arthur Ludwich，1840—1920）才将这"十诫"收入莱尔斯的《文集》中出版，使其免于湮灭失坠。1980 年，美国古典学家威廉·卡尔德尔三世（William M. Calder III）将"古典语文学十诫"译成英文，并对莱尔斯的编写过程进行了简要的介绍，发表在《古典世界》（*Classical World*，Vol.74，No.4，1980.12—1981.1）。这里，我参考卡尔德尔的英译，将莱尔斯的"古典语文学十诫"试译为中文，并略作疏证：

1. Du sollst nicht nachbeten.

【英译】Thou shalt not parrot.

【汉译】不可人云亦云。

【疏证】德语 Nachbeten 由两个语素构成，nach 是模仿、重复，beten 是祈祷，合起来的意思就是对他人（如牧师）祈祷语的鹦鹉学舌。A. E. 豪斯曼说："这个星球上栖息着大量的学舌鹦鹉。"[3]人云亦云、鹦鹉学舌的本质是不假思索、不加批判的盲信，或者更为糟糕，是"小和尚念经，有口无心"式的无所谓（"Whatever！"）。古典语文学的核心工作是对文本进行鉴别，故而悬此以为首诫。

2. Du sollst nicht stehlen.

【英译】Thou shalt not steal.

【汉译】不可掠人之美。

【疏证】这与"摩西十诫"第八条"不可偷盗"在西文表述上完全相同。譬如古籍校勘中，某甲根据某证据提出一种校改意见，某乙在出版新的整理本时根据某甲提出的证据进行校改，却略去某甲的名字，就是掩人之善，掠人之美。这种情况绝非罕见，有时硕学名家也不慎犯诫。A. E. 豪斯曼《〈马尼利乌斯〉第一卷整理前言》指出："……还有阿利亚泰斯·兰诺伊乌斯的一些稍有点价值的理校。对于这些理校，斯卡利杰在其第二版中随心所欲地掠美。"[4]斯卡利杰是著名的古典学家，在西方学术史上的地位十分尊崇，但豪斯曼措辞却极其严厉，原文用的就是 stole（偷盗）。

3. Du sollst nicht vor Handschriften niederfallen.

【英译】Thou shalt not bow down before manuscripts.

【汉译】不可跪拜抄本。

【疏证】这是对"摩西十诫"第二条"不可跪拜偶像"的仿拟。校勘又称文本鉴别，当然要重视版本（包括抄本），但是却不能迷信版本，因为再好的本子也可能有错。古典学大师理查德·本特利有一句格言："对于我们而言，事实和道理胜过一百个本子。"[5]A. E. 豪斯曼对于所谓"最佳抄本"（the best MS）整理法提出了严厉的批评："整个知识界也将如我现在这样，起来责问他们对于工作的无知、对于责任的放弃。"[6] 路德维希·比勒尔也批评所谓"单一抄本法"（textus unius codicis）说，"它是有意的不鉴别"，"说到底，这是在最不应该放弃理性的领域放弃了理性"[7]。

4. Du sollst den Namen Methode nicht unnütz im Munde führen.

【英译】Thou shalt not take the name of Method in vain.

【汉译】不可妄称方法之名。

【疏证】这是对"摩西十诫"第三条"不可妄称上帝之名"的仿拟。上帝不是阿拉丁神灯里的鬼仆，不会应声而至，满足你的任何要求；要想获得上帝的帮助，首先要积极自我救助。同样地，方法不是咒语，要让方法发生作用，首先要将指导原则和具体实践结合起来。豪斯曼批评那些不思考的校勘者说："对于校勘规则，他们死记硬背，没有掌握其真谛。规则对于他们来说只是一些象征符号，在不恰当的场合念念有词，而不是认真思考这个情形下所产生的具体问题。"[8] 而在目前中国学术界"创新饥渴症"的强迫要求下，有些研究之乞灵于方法，就像电影《木乃伊》中那个投机者本尼嘴里念叨着"菩萨救救我"一样，是在更低层次上妄称方法之名。

5. Du sollst lesen lernen.

【英译】Thou shalt learn to read.

【汉译】当学会阅读。

【疏证】莱尔斯的弟子阿图尔·路德维希曾在此条后加注曰："供考古学家参考。"（für Achäologen 'sehen'.）这似乎可以与王国维以"纸上材料""地下之新材料"互证的"二重证据法"相对照，亦即陈寅恪所谓"取地下之实物与纸上之遗文互相释证"。"二重证据法"是中国考古学和考据学的重大革新。德不孤，必有邻，看来西方也有这一方面的感悟。当然不仅是考古学家要学会阅读，从事考据的古典学家也要学会阅读，读懂文本是一切研究的前提。关于如何阅读，朱熹曾进行过非常细致深入的探讨，所论与西方学者往往可以相照：一是"务要穷究"，"如酷吏治狱，直是推勘到底，决是不恕他"[9]。G. 托马斯·坦瑟勒说，"校勘学家"作为"有着历史意识的读者"要对每一页上字句的含义斤斤辨察[10]。二是"看文字须是虚心，莫先立己意"，"须如人受词讼，听其说尽，然后方可决断"[11]，力求"客观理解"（objective understanding）。三是"譬之煎药，须是以大火煮滚，然后以慢火养之"，"譬如观此屋，若在外面见有此屋，便谓见了，即无缘识得。须是入去里面，逐一看过，是几多间架，几多窗棂。看了一遍，又重重看过，一齐记得，方是"，"凡人若读十遍不会，则读二十遍；又不会，则读三十遍至五十遍，必有见到处"[12]，从局部到整体，再从整体到局部，多次反复，通过伽达默尔所说的"阐释循环"（hermeneutic cycle），达到"了解之同情"（empathetic understanding）[13]。

6. Du sollst nicht Sanskritwurzeln klauben und mein Manna verschmähen.

【英译】Thou shalt not pick at Sanskrit-roots and reject my manna.

【汉译】不可挦撦梵语之根而舍弃我之吗哪。

【疏证】根据《出埃及记》，"吗哪"是以色列人穿越沙漠时神赐给他们的食物，形状像芫荽籽。有人对神的赐物不满，后来招致惩罚。卡尔德尔注曰，古典学家弗里德里希·艾伦特（Fridericus Ellendt）在其所编的《索福克勒斯词典》（1872 年出版于柏林）中曾提到，在古代文本疑难之处，或不谙希腊、拉丁古文，却从梵语得出一些似是而非的解答，莱尔斯读之有感，撰成此条。卡尔德尔认为该条已经不再适用，大概是对梵语与古希腊语、拉丁语之间的相关性有了新的认识。不过这条诫命的精神无疑仍然是成立的，那就是：不可郢书燕说，牵强附会；切忌哗众取宠，立异鸣高。

7. Du sollst lernen die Geister unterscheiden.

【英译】Thou shalt learn to distinguish intellects.

【汉译】当学会分辨学人。

【疏证】卡尔德尔注曰：雅各布·贝尔奈斯（Jacob Bernays）曾对年轻的维拉莫威兹（Wilamowitz）说起自己简择之严——对于有些学者如蒙森（Mommsen）和科伯特（Cobet），其文字可谓无所不读，但对有些学者，则几乎一字不读。按：贝尔奈斯（1824—1881）是与莱尔斯同时代的德国犹太古典学家。特奥多尔·蒙森（Theodor Mommsen，1817—1903），德国古典学家、历史学家、政治家、作家，被认为是 19 世纪最伟大的古典学家，1902年获诺贝尔文学奖，代表作为《罗马史》。卡雷尔·加布里尔·科伯特（Carel Gabriel Cobet，1813—1889），荷兰古典学家、校勘家，精通古文书学，对于古典文学有着非常渊博而又精准的知识，曾校理过第欧根尼·拉尔修《名哲言行录》等古典文本，主编过古典文本校勘专业期刊 *Mnemosyne*。蒙森和科伯特都是渊通博洽的学人，堪为楷模。不好的学人究竟是什么样子，莱尔斯和卡尔德尔都没有说明。不过章学诚《文史通义》关于"横通"之人的论说，似可与此相照——"横通之与通人，同而异，近而远，合而离"。所谓"横通"，是指学无根柢，胸无智珠，因多接名流、道听途说而形成的学问识见，不可达于大道，但又不得不谓之通，此为"横通"。故而章学诚说："君子所宜慎流别也。"[14]

8. Du sollst nicht glauben，dass Minerva ein blauer Dunst sei：sie ist dir gesetzet zur Weisheit.

【英译】Thou shalt not believe that Minerva is blue haze and a humbug；she has been ordained Wisdom for you.

【汉译】不要以为密涅瓦缥缈难凭，她是为你指定的智慧神。

【疏证】这是强调理性的价值。密涅瓦是罗马神话中的智慧女神，相当于希腊神话中的雅典娜。雅典娜是从宙斯的头脑中分娩出来的。克里特神话则说，雅典娜隐身在一团云雾之中，宙斯以头撞击云雾，遂令雅典娜现身。由卡尔德尔的注可以得知，按照当时马克斯·缪勒（Max Müller）所主张的神话起源于自然现象的理论，宙斯是天空和风暴之神，其所生出的雅典娜，是明亮而又温暖的空气。德语中的 blauer dunst 和英语中的 blue haze，意思都是蓝色的雾霭。这种东西望之似有，揽之却无。德语 Blauen Dunst vormanchen 的意思是给人的眼睛蒙上云翳，也就是蒙人骗人的意思。卡尔德尔认为莱尔斯这里是语带双关，所以在 blue haze 后加上 and humbug（蒙人）。文本校勘，一靠本子，二靠理性。一些校勘大家最令人称道的发明，常常是他们的理校。故而本特利说："对于我们而言，事实和道理胜过一百个本子。"

9. Du sollst nicht glauben, dass zehn schlechte Gründe gleich sind einem guten.

【英译】Thou shalt not believe that ten bad reasons are equal to one good one.

【汉译】不要以为十个不好的理由可抵一个好的。

【疏证】证据的质量比数量更能说明问题。德国牧师、《圣经》校勘家约翰·阿尔布雷希特·本格尔（Johann Albrecht Bengel，1687—1752）曾提出，对文本证据不要计其多寡，而要衡其轻重（the witnesses to the text must not be counted but weighted）[15]。A.E. 豪斯曼说："例证的数量不说明任何问题，

关键在于它们的性质，一个用作将来时的 λαβειν 胜过一百个 δε
ξασθαι。"[16]

10. Du sollst nicht glauben，was einige von den Heiden
gesagt haben，Wasser sei das Beste.

【英译】Thou shalt not believe what several of the pagans have
said：Water is the best.

【汉译】不要听信几个异教徒所说："水是最好的。"

【疏证】根据卡尔德尔注，"水是最好的"一语，出自品达
尔《奥林匹亚颂》，柏拉图和亚里士多德都曾加以引证，大概意
思是：物以稀为贵，金子不如铁实用，却因其难得而可贵；不
过也可以反过来说，用得越多的东西越是好，故而随处可得、
最为便宜的水是最好的。这几个希腊异教徒关于金子和水的价
值的讨论，与古典学领域中的古珍本和通行本差可比拟。莱尔
斯的意思大概是说通行本并不一定就是最好的，再次重申校勘
的重要性。肯尼（E. J. Kenney）在其《古典文本》一书中曾批
判人们对于通行本（lectio recepta）的顽固墨守[17]。

注释

[1] 清·张之洞《书目答问》附《姓名略》："由小学入经学
者，其经学可信。"张之洞撰、范希曾补正《书目答问补正》，上

海古籍出版社，2001年，第258页。

[2] 承徐添先生检示，在1873年3月7日莱尔斯获得博士学位五十周年的纪念活动上，其所戏撰的"古典语文学十诫"曾令与会者惊叹不已，见 E. Kammer 所撰《卡尔·莱尔斯学术成就回顾》（*Karl Lehrs：Ein Ruckblick Auf Seine Wissenschaftlichen Leistungen*，1879）。

[3]《西方校勘学论著选》（苏杰编译，上海人民出版社，2009年）第14页。以下简称"《论著选》"。

[4]《论著选》第3页。

[5]《论著选》第88页。

[6]《论著选》第14页。

[7]《论著选》第124页。

[8]《论著选》第27、28页。

[9] 宋·黎靖德编《朱子语类》卷十"读书法上"，王星贤点校，中华书局，1988年，第一册，第162、164页。

[10]《论著选》第182页。

[11]《朱子语类》卷十一"读书法下"，第179页。

[12]《朱子语类》卷十"读书法上"，第163、168、173页。

[13] William A. Foley, *Anthropological Linguistics: An Introduction*, Blackwell Publishing, 1997, pp. 173—175.

[14] 清·章学诚《文史通义》卷四"内篇四·横通"，上海书店，1988年，第二册，第18页。

[15] Bruce M. Metzger, Bart D. Ehrman, *The Text of the New*

Testament, New York: Oxford University Press, 2005, p.159.

[16] 《论著选》第 37 页。

[17] E. J. Kenney, *The Classical Text*, University of California Press, 1974, pp. 23—25.

（原刊于《复旦古籍所学报》第 1 辑，2012 年）

西方校勘学述略

长期以来，中国学界对于西方校勘学，可谓"只闻楼梯响，不见人下来"。1933 年胡适为陈垣《元典章校补释例》撰序，曾感叹中国校勘学不如西洋[1]。后来在《胡适口述自传》中，又进一步指出："中西校勘学的殊途同归的研究方法，颇使我惊异。但是我也得承认，西方校勘学所用的方法，实远比中国同类的方法更彻底、更科学化。"[2] 只可惜"胡适导其前，却无人继其后"[3]。2006 年余英时为刘笑敢《老子古今》撰序，再次提到西方"文本考证学"的"源远流长"、"日新月异"，指出这一方面的中西比较依然"少有问津者"[4]。有鉴于此，我们决心对西方校勘学进行系统的翻译和介绍，有幸得到了上海市"浦江人才计划"的立项支持。译介一个全新的领域，就像是完成一幅巨大的拼图，有一个从最初的摸索试错到最后的豁然开朗的过程。经过三年的努力，在翻译了一百多万字的各种基本文献之后，西方校勘学的全景图终于在我们眼前清晰起来。这里先对这一领域的山川形势进行简略的介绍。

西方的文本校勘起源于两千多年前的古希腊。游吟诗人引用荷马史诗，往往会根据需要加减改动，所以很早的时候《伊利亚特》和《奥德赛》就有了异文，需要通过比较鉴别，定于一是。就像中国东汉时期曾将经过校订的儒家经典标准文本刻于石上一样，古希腊的史诗也有所谓"城邦标准本"（city edition），由政府保存，供私人抄录 [5]。公元前 4 世纪下半叶，马其顿的亚历山大大帝征服希腊，并在帝国扩展过程中将希腊文明传播至东方，开启了"希腊化时代"，校勘得到了进一步的发展。当时著名的亚历山大图书馆，号称藏书六十万卷，为校勘提供了很好的条件。公元前 274 年前，亚历山大图书馆第一代研究馆员中的泽诺多图斯为了校正《伊利亚特》和《奥德赛》，曾比较过许多抄本，在方法上也更趋于科学。[6]

西方校勘学的原则和方法，是在文本的校勘整理，特别是在古典文本、《圣经》文本、莎士比亚文本以及近现代作家文本的校勘整理过程中发展并完善起来的。校勘者有两个可以倚恃的东西，一是本子，二是脑子——因而也就有了校勘工作的传统描述："根据本子和理性进行修正"（*emendatio codicum et ingenii ope*）[7]。随着认识的深入与经验的积累，校勘者对"本子"和"理性"的运用逐渐趋于成熟和科学，而在不同的历史阶段，校勘者的整理对象也各有其特殊性，因而就有了"折衷法"、"谱系法"和"底本法"等校勘的原则和方法。

折衷式校勘的做法是遍稽众本，从中选择出最佳异文。校勘家对异文的选择，是建立在外部证据和内部证据的基础上的。

所谓"外部证据"是指每一件文献载体的证据，包括它的时期、来源、与其他已知文献载体之间的关系等。所谓"内部证据"是指独立于文献载体的物质特性之外的、来自于文本内部的证据。具体如下：

（1）外部证据，主要有以下考量：

a. 支持某一异文的本子，时代越早，证明力越强。

b. 支持某一异文的多个本子，地理分布越广，证明力越强。

c. 本子应当衡其轻重，而不是计其多寡。

（2）内部证据，包括两种盖然性：

a. 通过考察古代语言文字细节与抄写者习惯所得出的传抄盖然性（Transcriptional Probability）。因而——

i. 取难不取易。这里"难"的意思是"对于抄写者而言是较难的"，因而抄写者有加以改动的冲动。特别是那些乍一看是错的，细一想有其道理的异文。

ii. 取短不取长。因为抄写者在抄写的时候更倾向于增繁，而不是删减。

iii. 取异不取同。因为抄写者在抄写的时候常常会将相关段落的平行表述进行协调统一。

iv. 取俗不取雅。因为抄写者习惯于将不太熟悉的语词改为较为熟悉的同义词，习惯于用雅饬的、更符合语法的语词去替换鄙俗的、生硬的语词。

b. 通过考察作者可能写的是什么所得出的内在盖然性（Intrinsic Probability），应当考虑——

i. 作者整部书的风格、词汇和思想。

ii. 直接上下文。

iii. 与作者在其他地方语言运用上的和谐一致。

iv. 其他因素。[8]

不过，由于这些校勘法则有很强的主观性，有时甚至互相矛盾，校勘家对于符合自己美学或神学观点的所有文本异文，都可以用这些法则来证明其正当性。从 19 世纪开始，学者们寻求更加客观、更加严格的方法以指导整理者的判断，先后发展出"谱系法"和"底本法"。尽管在一定程度上也是折衷的（它们都允许整理者参考众本），但也在一定程度上抑制了主观随意性（通过一些"客观"的标准确立一种或几种文献载体的优先性）。

谱系法（Stemmatics）之名来自谱系（stemma），谱系显示出存世文献证据彼此之间的关系。这种方法首先将校勘过程分为"对校"（recensio）和"修正"（emendatio）两个环节。"recensio"从词源上讲是"审查"的意思，我们译为"对校"。这与陈垣所说的"对校"既有联系也有区别。陈垣说："对校者，即以同书之祖本或别本对读……其主旨在校异同，不校是非。"谱系法所说的"对校"（recensio），也是"校异同，不校是非"，但却并不止步于此，而是进一步通过考察异文，得出各个本子之间的关系，从而建立起文本的谱系。陈垣所谓"祖本"、"别本"，是未经批判的，而谱系法正是要通过批判，确立何者为"祖本"，何者为"别本"。"对校"（recensio）的理论出发点是"相同的讹误显示出相同的来源"。当然存在一些例外，不过正如詹姆斯·威利斯所说："如果同时发现有两个人在同一个房子里被杀死，当然不能排除他们是被不同的人由于不同的原因所杀死，但如果把这作为我们的初始假定，却是很愚蠢的。"[9] "对校"就是藉由"共同讹误"和"独特讹误"，对某一作品的所有文献证据（本子）进行分组系联，建立其谱系，得出文本歧变之前的"原型"（archetype）。不过"原型"并不等于失落了的作者的原本。要企及作者的原本，必须对"原型"中的讹误进行"修正"。A. E. 豪斯曼认为，"对校"是科学，"修正"是艺术，因而校勘既是科学，也是艺术。

"对校"理论有一些瑕疵，同时也有一些学者对"对校"的严格的科学性提出质疑。谱系法假定所有的本子都是来源于单一的范本，随着传承，讹误越来越多。但实际上抄写者有时会参考两个以上的本子，有时也会对他认为存在讹误的地方进行理校。在这种情况下，根据"共同讹误"和"独特讹误"所建立的谱系就存在问题，甚至根本不可能建立谱系。1928 年，法国校勘家约瑟夫·贝迪耶对谱系法适用的严格性提出了质疑。他主要从事中世纪法文文献校勘整理，他发现，几乎所有的校勘家都把文本谱系分为双枝。他认为这并非偶然："一个二枝树绝不奇怪，但如果一丛、一片，甚至整个森林都是二枝树呢？"[10] 他怀疑整理者偏好双枝谱系，因为这将会给整理者的主观判断留下最大的空间，当文献证据不一致时，没有第三枝来打破"势均力敌"的困局。他还指出，不少作品可以构拟出两个以上的谱系 [11]，这表明谱系法并不像其鼓吹者所宣称的那样是"严格的"、"科学的"。

保罗·马斯从数学上为谱系法进行了辩护。他指出，三个文本之间的关系共有二十二种排列组合，其中只有一种涉及三枝谱系 [11]。但是，对于为什么几乎所有的范本都只被抄写两次这一致命问题，他却没有给出合理的解释，校勘学也因此陷入一场危机。1939 年尤金·维纳弗写道："在'共同讹误'基础上对抄本进行分类已不再可能；谱系丧失了信誉，随之而逝的还有我们对合成校本的信心。"[12] 不过谱系法在实践中并没有断绝，只要文本在传承过程中没有发生过混合，谱系法就被证明仍是行之有效的。至于为什么绝大多数谱系都是二枝这一问题，唐纳德·奥斯特洛夫斯基从逻辑学上进行了解释。他认为：谱系是一种假定性构拟，其中表示构拟结果的希腊文字母所代表的并不是失落了的中间抄本，而是文本传承的某个阶段；无论相应的阶段有过多少个传承环节，都不影响存世文本证据与原型之间的关系，因而可以根据奥卡姆剃刀原理，加以精减 [13]。

"折衷法"和"谱系法"是在整理《圣经》文本和古典文本的过程中发展出来的。这些文本的特点是：（1）原本时代久远，已不存在；（2）抄写传承，谱系复杂多元；（3）异文基本上都是关乎文义的。随着莎士比亚文本以及中世纪文本进入校勘领域，校勘家们碰到了新的问题。这些文本的特点是：（1）原本时代相隔不远，有些仍然存世；（2）主要是以印刷文本形式传承，谱系是一元的；（3）大量的异文是拼写形式、标点符号等非实质性的文本要素。针对这些文本的特点和问题，"底本法"应运而生。

1904年，英国书志学家罗纳德·麦克罗在整理托马斯·纳什文集时提出了"底本"（copy-text）这一概念。麦克罗意识到谱系法的局限性，认为更为审慎的做法是，选择一个认为是特别可靠的本子作为底本，只对底本有明显讹误的地方加以修正。这就是所谓底本法。这种方法首先要解决两个问题：一是选择底本的标准，二是底本的权威性。

麦克罗最初提出这个方法的时候，在底本的选择上并不一定取最早的本子。他说："如果整理者有理由相信某一特定的本子包含有其他本子所没有的后来的改订，同时没有理由怀疑这些改订是出于作者之手，那么整理者就别无选择，只有将这个本子作为他的工作底本。"1939年，在麦克罗《牛津版莎士比亚导论》中，他关于底本选择的观点发生了改变，因为他担心后来的本子（即使包含有作者的改订）可能比首印本更加偏离作者的原始手稿。他认为正确的做法是，用完好的最早印本作为底本，对照我们认为包含有作者改订的后来印本的第一版，将这些改订添加到底本中去。为了避免整理者的臆断，他又提出，如果认定后来的本子包含有作者的重要改订，"我们就必须接受那一版的除了明显的错误或者印刷错误以外的所有的改动"[14]。

1950年英国书志学家W. W.格雷格发表的《底本原理》，是一篇具有里程碑意义的论文，对英美校勘学产生了极为深远的影响。在这篇论文中，格雷格区分了"实质性异文"和"非实质性异文"，对底本权威的管辖范围进行了界定，从而解决了所谓的"底本专制"的问题。

"实质性异文"是指在思想内容方面有所不同的文本异文，"非实质性异文"是指在拼写、标点以及词形的分合等呈现形式上有所不同的文本异文。之所以要作这样的区分，是因为印刷厂的排字工对于这两种异文的态度截然不同。对于"实质性"的文字内容，他们倾向于忠实地复制，即使有所偏离也不是出于故意；而对于"非实质性"的呈现形式，他们通常会按自己的习惯和偏好加以调整，当然在不同程度上也会受到底本的影响。格雷格从而得出结论：

> 底本（通常）管辖非实质性文本要素问题，而实质性异文的取舍属于校勘学的一般理论所要解决的问题，完全超越于底本原理的狭窄适用范围之外。因而有可能发生以下情形：在校勘整理中被正确地选为底本的文本，在实质性异文方面并不一定提供最多的正确文字。如果不进行这样的区分，不使用这样的理论，必然导致对底本过于紧密、过于广泛的依赖，并由此产生所谓的底本专制。这样的专制，在我看来，损害了许多前代最好的校勘整理成果。[15]

总之一句话，格雷格认为："在实质性异文问题上不能给予底本至高无上或者压倒性的权威。"实质性异文的取舍，应当按照折衷法的外部证据与内部证据加以考量。不过，在委决不下的时候，应当取底本的文字，因为，"如果没有理由改动底本，当然不必徒然自扰"[16]。

惜乎格雷格降年不永，没有来得及用自己的底本原理整理过任何作品。美国书志学家弗雷德森·鲍尔斯（1905—1991）采纳了格雷格的理论，将其运用到现代文学特别是美国文学文本的校勘整理工作中去，并进行了重要拓展。现代文本往往保存有大量的出版前文件，如作者手稿、誊正稿、校样等，而且在作品出版和再版的过程中，作者也常常会加以修订，因而整理者选择底本、建立校本时所面临的问题，就与以往有很大的不同。底本的选择，往往是在作者手稿和第一版文本之间进行取舍。鲍尔斯认为应当选择作者的原始手稿，因为手稿中的拼写和标点等非实质性文本因素，反映的是作者本人的未受干预的意图。至于出版和再版过程中作者在内容上和形式上的修订，当然也要得到尊重。总之，建立校本的标准是"作者的最终意图"。鲍尔斯在弗吉尼亚大学创办学术期刊《书志学研究》并长期担任主编，刊发了大量的关于文本校勘的学术论文，有力地推动了文本校勘整理的"作者意图理论"。从 1970 年代开始，美国书志学家托马斯·坦瑟勒热情满怀地担任起这种理论的护法，并且进行了重要的发展。

格雷格、鲍尔斯和坦瑟勒是"新书志学"（New Bibliography）的代表人物。从英国兴起的"新书志学"将书籍作为物质和历史的对象进行全面彻底的研究，旨在为莎士比亚等的作品建立更为可靠的文本。由于英国本土和美国在现代几乎未遭战火，档案保存相对完整，所以"新书志学"的研究非常成功。一本书是在何时、何地生产，甚至出自哪一个排字工之手，都可以确定。在文本生产过程的所有细节都调查研究清楚之后，下一步则是剔除抄写者、编辑、排字工、印刷者等所带来的文本讹误，恢复作者原来的文本。"新书志学"是英美校勘学的代表[17]。

"新书志学"与同时期流行于英美文学研究的"新批评"（New Criticism）流派在很多方面截然相反。"新批评"是"非历史"的研究，而"新书志学"则是"历史"的研究；"新批评"关注的是文学的产品，"新书志学"关注的则是文学的生产；"新批评"是文学批评（literary criticism），"新书志学"则是文本校勘（textual criticism）；"新批评"反对从作者意图出发讨论文本[18]，而"新书志学"则是以作者意图作为其理论的核心和归趋。

不过，同样是对文本进行"历史"的研究，同样是关注文学的生产，同样是致力于"文本校勘"，美国校勘学家杰罗姆·麦根1983年从"新书志学"内部对"作者意图理论"进行批判，提出了"文本社会学理论"。麦根认为，文学艺术作品存在的样式从根本上讲是社会性的，而不是个人性的，所有文学作品的生产过程都要经历一个系统的嬗变，即从最初的心理事件（文学创作）转变为社会事件（文学作品），因此作品的作者权威（authority）也是社会性的，出版机构以及读者与作者之间的互动、合作，具有合理性和必然性。再回到前面提到的现代文本校勘整理中的底本选择问题，鲍尔斯、坦瑟勒从"作者意图理论"出发，取作者手稿，麦根则从作品权威的社会性出发，取第一版的文本，"因为第一版应当是作者和出版机构分工合作，最终展示给公众的结果"。

与英美"新书志学"的文本研究形成对照的，有法国的"文本发生学"（genetic criticism）。"文本发生学"是盛行于20世纪六七十年代的结构主义运动的产物，是一种方兴未艾的文学研究方式。虽然它旨在重建文学研究的时间维度，但却不同于传统的文学史；虽然它强调文本的美学维度，但也不排斥社会分析和心理分析理论；虽然它肇始于结构主义和后结构主义的"文本"是符号的无限游戏这一核心理念，但它同时也接受文本的目的论模式，并始终关注其作者问题；虽然它像传统的文献学或校勘学那样考察作者的笔记、提纲、草稿、校样等具体文件，但它的目标却不是建立一个最终文本，而是以实证的方式，重建写作过程的事件链条[19]。塞缪尔·约翰逊早在1779年就曾说过："目睹伟大作品的胚芽状态，感受其中潜藏着的出类拔萃的可能性，洵为赏心乐事；追踪它们的逐步生长和扩展，观察它们如何有时由于偶然的线索而获得突然的进展，有时则通过持续的沉思冥想缓慢向前……"[20]

严格来讲，"文本发生学"并不是校勘学。不过，"文本发生理论"对于文本整理也有影响。比如1984年加布勒对乔伊斯《尤利西斯》的整理，就采用了"对观本"（synoptic edition）的形式：右边是正文，左边是作为"对观文本"的"前文本"。这虽然不是文本发生过程的完整展示，但其对复数文本、文本的不确定性的强调，却被认为是"后结构主义挑战英美文本整理模式"的一次重要的尝试[21]。

注释

[1] 胡适"校勘学方法论——序陈垣先生的《元典章校补释例》"："西洋印书术起于十五世纪，比中国晚了六七百年，所以西洋古书的古写本保存的多，有古本可供校勘，是一长。欧洲名著往往译成各国文字，古译本也可供校勘，是二长。欧洲很早就有大学和图书馆，古本的保存比较容易，校书的人借用古本也比较容易，所以校勘之学比较普及，只算是治学的人一种不可少的工具，而不成为一二杰出的人的专门事业，这是三长。在中国则刻印书流行以后，写本多被抛弃了；四方邻国偶有古本的流传，而无古书的古译本；大学与公家藏书又都不发达，私家学者收藏有限，故工具不够用，所以一千年来，够得上科学的校勘学者，不过两三人而已。"载《胡适文集》（5），北京大学出版社，1998年，第122页。

[2]《胡适口述自传》，唐德刚整理、翻译，安徽教育出版社，2005年，第135页。

[3] 管锡华"七十年代末以来大陆校勘学研究综论"，载台湾

《汉学研究通讯》2002 年第 21 卷第 3 期。

[4] 余英时："'回归历史'与'面对现实'——序刘笑敢《老子古今》"："这一套专门之学并非中国传统所独擅。它在西方更为源远流长。至于文本的传衍和研究，如希腊罗马的经典作品，如希伯来文《圣经》和《新约》等，都有种种不同的版本，西方在校雠、考证各方面都积累了十分丰富的经验，文本处理的技术更是日新月异。二十世纪以来，中国学术界十分热心于中西哲学、文学以至史学的比较，但相形之下，'文本考证学'的中西比较，则少有问津者。事实上，由于研究对象——文本——的客观稳定性与具体性，这一方面的比较似乎更能凸显中西文化主要异同之所在。"

[5] 梅茨格等（Bruce Metzger and Bart Ehrman）《新约文本》（*The Text of The New Testament*），牛津大学出版社，2005 年，第 197—198 页。

[6] 同上。

[7] 肯尼（E. J. Kenney）《古典文本》（*The Classical Text*），加利福尼亚大学出版社，1974 年，第 25 页。

[8] 参考梅茨格（Bruce M. Metzger）等《新约文本》（*The Text of The New Testament*），第 302—304 页。这样的准则还有不少，虽然最初是为校勘《圣经》文本而提出来的，却具有广泛的适用性。

[9] 詹姆斯·威利斯（James Willis）《拉丁校勘学》（*Latin Textual Criticism*），芝加哥，1972 年，第 14 页。

[10] 约瑟夫·贝迪耶（Joseph Bédier）"《影子之诗》的抄本体系：关于古代文本整理方法的思考"（La tradition manuscrite du *Lai de l'Ombre*：Réflexions sur l'art d'éditer les anciens textes），*Romania* 54，1928 年，第 172 页。

[11] 保罗·马斯《校勘学》（*Textual Criticism*），英译本，牛津大学出版社，1958 年，第 47—48 页。

[12] "文本修正原理"（Principles of Textual Emendation），收入《法兰西语言和中世纪文学研究：献给米尔德莱德·波普教授》（*Studies in French Language and Medieval Literature Presented to Prof. Mildred K. Pope*），曼彻斯特，1939 年，第 351 页。

[13] 唐纳德·奥斯特洛夫斯基（Donald Ostrowski）"关于《古事记》校勘的一些理论思考"（Textual Criticism and the *Povest'vremennykh let*：Some Theoretical Considerations），载《哈佛乌克兰研究》（*Harvard Ukrainian Studies*），vol.5，no.1，1981 年，第 18 页。

[14] 转引自格雷格《底本原理》。

[15] 格雷格《底本原理》。

[16] 同上。

[17] 参看格特·莱尔努（Geert Lernout）"英美校勘学与加布勒对《尤利西斯》的整理"（Anglo-American Textual Criticism and the Case of Hans Walter Gabler's Edition of *Ulysses*），载《发生》（*Genesis*），9，1996 年，第 45—65 页。

[18] "新批评"的核心观点"意图谬误"就是这个意思，参看

威姆萨特等（W. K. Wimsatt and M. C. Beardsley）"意图谬误"（The Intentional Fallacy），*Sewanee Review*, vol. 54, 1946 年，第 468—488 页。另外，罗兰·巴特的著名观点"作者之死"也是大致相同的意思。

[19] 参看杰德·德普曼（Jed Deppman）等编《文本发生学》（*Genetic Criticism: Texts and Avant-textes*），宾夕法尼亚大学出版社，2004 年。

[20] 塞缪尔·约翰逊《诗与散文选》（*Selected Poetry and Prose*），加利福尼亚大学出版社，1978 年，第 407 页。转引自杰德·德普曼（Jed Deppman）等编《文本发生学》。

[21] 参看格特·莱尔努（Geert Lernout）"英美校勘学与加布勒对《尤利西斯》的整理"（Anglo-American Textual Criticism and the Case of Hans Walter Gabler's Edition of *Ulysses*），载《发生》（*Genesis*），9，1996 年，第 45–65 页。

（本文是《西方校勘学论著选》编译前言的部分内容，原刊于 2009 年）

西方版本学述略

　　说起西方的"分析书志学"，多数读者大概不知端的。约略说来，"书志分析"与中国所谓"版本鉴定"差可比拟，不妨姑且归之于"西方版本学"。

　　版本学曾被看成是传统国学中"一门古老而玄妙的绝学"（黄宾"评《版本学》"，《北京大学学报》1994 年第 5 期）。《中国大百科全书》对"版本学"的解释是："研究书籍各种不同版本在制作过程中所形成的特征和在流传过程中所形成的记录，辨识其差异，鉴别其真伪优劣的科学。"

　　"德不孤，必有邻"。对号称"绝学"的中国版本学感兴趣的读者，无疑也希望一窥西方版本学之究竟。然而在中学西学融会贯通的汹涌浪潮中，译介西方版本学的文献资料却寥寥罕觏。藉着翻译 G.T. 坦瑟勒《分析书志学纲要》（*Bibliographical Analysis: A Historical Introduction*）一书，我们对西方版本学领域进行了一番爬梳；今撮述其大略，并与中国版本学勘同辨异，以为导读。

一

《中国大百科全书》"版本学"所注英文为"science of edition",是似通非通的中式英文（"science of edition"又被当作"编辑学"的英文译名，也不恰当）。凭藉大百科全书的权威影响，"science of edition"这个山寨术语充斥于众多版本学论文的英文摘要。

关于版本学的各种综述、概览、回顾，鲜有提及西方版本学者。见闻所及，也几乎没有专门介绍西方版本学的文章。偶尔有论文提到西方版本学，也往往张冠李戴。比如"从西方版本学看《红楼梦》的诠释问题"（《明清小说研究》，1999年第3期）一文，文中所谓"版本学"对应的英文却是"textual criticism"，实际上是校勘学。"关于版本学若干问题的探讨"（《郑州大学学报》，1997年第5期）一文，倒是反复引用了一篇专门介绍西方版本学的文章——1985年《信使》上所刊安娜－玛丽亚·比安基的《新兴的版本学》，但是，这篇中译文章的篇幅只有区区五百字，而且，其英文版"The new science of bibliology"中与"版本学"相对应的是bibliology——据该短文介绍，bibliology是bibliography的扩充，研究范围包括图书的出版、发行和阅读的各个方面——其实相当于所谓"图书学"。不过，根据《大英百科全书》"bibliography and bibliology"条，两个词语表示的是同一个概念，现在bibliology已基本不用。

"Bibliography"或"bibliology"无疑比"science of edition"

正宗。然而"bibliography"并不等于"版本学"。其实在汉语中找不到与"bibliography"语义完全相当的词语。最早有人音译为"遍列格来夫",现在一般译为"目录学",也有译为"书志学"者。"书志学"这一术语主要是日本人在用,并没有进入汉语学界的主流。现在百度百科上搜不到"书志学",也搜不到"书志"。

我们倾向于译为"书志学"。从词源上来讲,"bibliography"由两个词根构成,第一个是 biblio,意思是"书"。日常语言中,"书"有以下两种用法:

(1)我写了一本书,正在联系出版社。

(2)我买了一本书,品相有点差。

这两个"书"字,所指其实有不同。前者是文本的内容,主要指抽象的语言结构(对这抽象语言结构的考据称为"文本学"[textual scholarship] 或者"校勘学"[textual criticism]),后者是文本的载体,主要指具体的物质实体。"书志学"中的"书",用的是后一种意思,即作为具体物质实体的书。

从构词上看,"书志"(bibliography)与"地志"(chorography)似可类比。"地志学"是按照位置、面积、地形、气候、水文、土壤、植物、居民、物产、交通、聚落、文化、政治等地理要素描写区域地理特征,而"书志学"则是按照图书的开本、字体、纸张、印刷、设计等材质形体要素考量、描述具体图书。正如格雷格所说,书志学是将图书作为物质对象、作为承载并传达文学作品的物质载体加以研究的。

如前文所说，西方的"书志学"并不完全等于中国的"版本学"，在翻译的时候，做不到"词义的铢两悉称"（match the meanings of words across the systems），只能进行"系统的整体比对"（align the systems as wholes）。

"书志学"（bibliography）分为彼此紧密相关的四个方向：列举书志学（enumerative bibliography）、描写书志学（descriptive bibliography）、分析书志学（analytical bibliography）和文本书志学（textual bibliography）。

所谓"列举书志学"（enumerative bibliography），倒过来是"书目列举"（bibliographical enumeration），就是按照一套统一的原则（诸如图书创制者、书名、时期、主题或者其他要素）列举图书。列举书志的一个条目，提供一个文本资料的核心要素，包括书名、作者、出版日期、出版地点，等等。列举书志学具有系统性、参考性，可以囊括无遗，也可以有所选择，最终形成某一主题的出版物的综览，其宗旨相当于我们所说的"辨章学术，考镜源流"。举例来说，学位论文后所附的"参考文献"就是一个专题列举书志，因而是评审论文时的一个重要关注点。可以说，列举书志就是文献目录。"bibliography"今多译为"目录学"，原因就在于此。

所谓"描写书志学"（descriptive bibliography），倒过来是"书志描写"（bibliographical description），就是将图书作为物质实体加以系统描写。在进行书志描写时有约定俗成的体例和程式。书名页、插图、字体、装订、纸张以及其他所有与识别图书有关的物质要素都要遵从规定的程式。

所谓"分析书志学"（analytic bibliography），倒过来是"书志分析"（bibliographical analysis），就是调查图书的印刷过程和图书的所有物质要素，在所得出的相关证据的基础上重建图书形成和传播的历史。这是书志描写的预备阶段，为书志描写提供所需要的术语、原理、分析的技术，以及描写的基础。

所谓"文本书志学"（textual bibliography），主要追溯各版本异文究竟来自于作者、编辑、排字工、印刷工，又抑或其他什么人，藉以对文本异文进行甄别，其宗旨是"确立最正确的文本形式"。这其实应当归于"文本校勘学"（textual criticism）。

韩国将书志学分为"系统书志学"、"形态书志学"与"原文书志学"三个分支（李惠国《当代韩国人文社会科学》，商务印书馆，1999 年）。其所谓"系统书志学"相当于前面所说的"列举书志学"，也就是我们所说的"目录学"。其所谓"原文书志学"相当于前面所说的"文本书志学"，也就是我们所说的"校勘学"。其所谓"形态书志学"相当于前面所说的"描写书志学"和"分析书志学"，也就是我们所说的"版本学"。

不难看出，"书志学"这个西方的"版本学"，其实包含了"目录学"和"校勘学"。中国学者对西方"版本学"如雾里看花，甚至觌面不识，各相关学科之间名实葛藤歧互的复杂关系是一个重要原因。在对相关术语进行"系统的整体比对"中我们发现，非但"书志学"如此，"校雠学"和"目录学"也有类似的情况。

程千帆先生《校雠广义》分为"版本编"、"目录编"、"校勘编"以及"典藏编"。言下之意，"校雠学"可以包含"版本学"与"目录学"。

李小缘先生在其所著《中国图书馆事业十年来之进步》(1936)中将1920年代至30年代的目录学家划分为四派："史的目录学家"、"版本目录学家"、"校雠目录学家"，以及"介于三者之间的新旧俱全者"。似乎"目录学"又包含"版本学"与"校雠学"。

"版本学"、"目录学"、"校勘学"，文献学的这三个主要分支学科之间各有侧重，彼此借资，甚至互相包含，这种情形在中西之间也形成饶有意思的对照，可谓东海西海，名理攸同。

要厘清相关中西概念的名实关系，除了通过"系统的整体比对"加以勘同之外，从语义演变历史的角度对相关术语进行溯源探流，也是一个有效途径。

比如中国所谓"版本"，是雕版印刷之后才有的名词，本来只涉及印本，后来推而广之，用"版本"一词来指称包括写本在内的所有形式的图书。

而bibliography的希腊词源由biblio（图书）和graphos（书写）构成，意思是"图书的抄写"，本来只涉及写本，后来则指称包括印本在内的所有形式的图书，再后来为了区分写本与印本，又用来专指印刷图书。

中国学者大多倾向于将写本与印本囊括在"版本"这一概念中，不强调两者之间的区分。

西方学者则倾向于将研究写本图书与研究印本图书分为两门学问。前者称"写本学"（codicology）或"古文书学"（paleography）；后者称"书志学"（bibliography, bibliology）或"古印本学"（palaeotypography）。

"古文书学"也是一个需要加以仔细厘清的术语。英语中有两个词与之相对应：一个是 diplomatics，一个是 paleography。这是相互关联但又彼此独立的两门学问，可是在使用中却每每相混。

与 diplomatics 相对应的"古文书学"，其研究对象是古代的"文书"或者说"公文"（diploma），往往聚焦于"文书"的体例程式等等。近年来中国社科院历史研究所主办的"中国古文书研究班"和"中国古文书学研讨会"，就属于这一类。

与 paleography 相对应的"古文书学"，其研究对象是古代的"文字"或者"书写"（graphos）。包括考释出土文献文字内容的"古文字学"，也包括研究以抄写形式传播文献的过程中所出现的各种问题的"古写本学"。与"书志学"相对立的"古文书学"，指的正是"古写本学"。

与 paleography 在形式上形成对照的是 paleotypography（古印刷学、古印本学）。不过现在不用这个术语，而是用 bibliography（书志学）来表示与"古写本学"相对立的"古印本学"。

35

二

作为印本考古学的"书志学"，其核心工作是"书志描写"和"书志分析"。

书志描写在著录图书基本项目之外，主要对图书物质载体进行全面细致的描写，描写的项目包括开本、折叠、页数、封面加装、书名叶、内容细目、用纸、插图、印刷、检核过的拷贝及其藏家，等等。近些年来，描写所涉及的项目益趋精细。

西方所谓"书志描写"，相比于中国所谓"版本著录"，有以下几点值得注意：

首先，西方活字印刷工艺与中国雕版印刷工艺之间有所不同。比如，西方的活字排印，一般一个版面（forme）排多页，因而就有印张（sheet）以怎样的方式、怎样的顺序折叠以形成一"叠"（quire）的问题。

其次，西方图书印刷中由于停机修正等因素，同一版本的不同拷贝之间往往存在着差异。书志描写注重这些差异，一般要检核尽量多的拷贝，从中确定最能反映印刷者的设想和意图的理想拷贝。值得注意的是，这里所说的"理想拷贝"并不同于中国学者所说的"善本"。

第三，西方书志描写不只是对观察到的状态的记录，更是对相应状态在具体情境中的意义的唤回。譬如某些古印本 et 的缩写、词尾的 rum 的缩写，在书志描写的时候当然需要加以记录（就像中国版本学记录避讳等用字现象一样），然而更为重要的是，还要注明这些缩写记号在历史上使用的整体情况（在何时何地流行）。

弗雷德森·鲍尔斯《书志描写原理》（*Principles of Bibliographical Description*，1949）一书论述了描写书志的标准流程，至今被学界奉为圭臬。鲍尔斯将描写书志的宗旨概括为："提供足够的信息，庶几使读者宛若亲见，领会其印刷形式，掌握其文本内容"。

应当指出的是，"书志描写"所"提供"的这些"信息"，是必须经过别择和认定的，而这别择和认定，则需要进行分析。可以说，"书志分析"是"书志描写"的前提和基础，是书志学的根本。

作为书志学之根本的书志分析，其宗旨是调查图书的印刷过程和图书的所有物质要素，在所得出的相关证据的基础上重建图书形成和传播的历史。书志分析是书志描写的预备阶段，为描写书志学提供所需的术语、数据、技术以及描写的基础。而书志描写基本上就是对书志分析结果以准确、简便又易于理解的形式加以记录。

三

G.T.坦瑟勒的《分析书志学纲要》一书概述了分析书志学的历史与现状，介绍了分析书志学的理论和方法，堪为西方版本学之入门津梁。

对于坦瑟勒，我们并不陌生。他是美国书志学、校勘学领域的泰斗级人物。几年前我们曾翻译过他的《校勘原理》（收入《西方校勘学论著选》，上海人民出版社，2009年）。在那本书中坦瑟勒开篇讨论"文本的本质"时援引了济慈的《希腊古瓮颂》，用古瓮"触手可及的存在状态"与"诗"相对照，藉以彰显文本的本质——抽象的语言结构。"诗"的稿本、抄本、印本即使尽数焚毁，只要有一个人还能背诵出这首诗，那么其文本就依然幸存。秦火之后有些中国文献不绝如缕的传承，依靠的就是这种抽象的"记忆中的文本"。

作为文本载体的书本，却是具体的存在，有其形，有其质。比如一首诗的文本，其抽象的语言结构，需要以具象的文字书写呈现出来。这种呈现，是一种艺术，有美恶优劣之分；是一种文化，有其传承因革。这种呈现从设想的"构形"到实现的"赋质"，需要经历一个制作过程，这个过程是技术，是图书的物质形成历史。所以，对作为文本载体的书本的分析，亦即所谓"书志分析"，就可以分为对制作过程的历史回溯和对设计要素的分析考量两个方向。

四

西方分析书志学首先聚焦于对具体图书制作过程的历史回溯。

作为文本载体、物质对象的书本，在许多方面可以跟济慈所歌颂的"古瓮"相比，与如今电视上收藏鉴赏类节目中的古董文物（比如青花瓷）有不少共同之处。对于青花瓷，人们首先感兴趣的是它的时代、产地、窑口，而要回答这些问题，则需要从工艺和材料上比对同期同地域的青花瓷，归纳出其特点。人们对于古印本的兴趣，也是首先聚焦于时代、地域、印刷坊等这些问题，从而也就需要通过对工艺和材料的分析，对古印本的制作过程进行历史回溯。"书志学革命"的发起者、被誉为"图书馆员的图书馆员"（librarian of librarians）的英国书志学家亨利·布拉德肖主张要"按照其印刷地点和印刷作坊对早期的图书进行梳理"，认为这是"认识早期印刷图书的唯一方法"，而这种方法，"为判定那些来源不明的图书的印刷时间以及印刷者提供了一个基础"。布拉德肖的这个认识是革命性的，"他不但认识到图书中的物质细节有其自身的故事，而且认识到这些故事与对书中文本的研究密切相关"。

个体图书的生命历史，可以分为出版前和出版后两个阶段。从个体图书的物质细节中的线索出发回溯其出版前历史，又可以分为排字研究和印刷研究两个方面。

西方分析书志学对排字过程的研究，相比于中国的古籍刻本鉴定，有以下几点值得注意：

首先是关于排字工、活字以及其他要素的识别。中国版本学中的刻工研究，主要聚焦于刻工书体字迹的个人特点。西方采用活字印刷，活字书体与排字工无关，而拼写的个人习惯，就成为排字工研究最早的内容之一。例如莎士比亚第一对开本中就有将"do"拼写成"doe"、将"go"拼写成"goe"、将"here"拼写成"heere"等拼写异文。具体活字在反复使用的过程中可能会有所破损磨渄，成为可识别的因素，可以透露出排字过程的某些信息。除此之外，一本书有着相同或者相近的页头和栏外标题，这些要素在排印过程中往往会重复利用，形成所谓的"龙骨版"。这些可识别因素，也是排字过程历史重建的重要证据。

其次是关于开本和估版。中国雕版印刷，基本上都是按叶剞劂，一叶一印。而西方活字排版，则有所谓"开本"问题。"开本"的概念值得细辨。《辞海》："开本，书刊幅面的大小。"《汉语大词典》："拿一定规格的整张印书纸裁开的若干等分的数目做标准，来表明书刊本子的大小，叫'开本'。"汉语中所说的"开本"一般指书本纸面的大小。西方的 format（"开本"），"是指印刷者决定在一个未折叠的印张的一面要排放书页单位的数量"，本来并不是表示纸张尺寸大小的概念（只有在整张纸的大小及形状比例标准化以后，"开本"才有确定的大小）。"开本"是书志学分析的基础概念，因为它决定了估版、排印、折叠这一系列图书制作环节的特点。譬如四开本，有可能是第 1 页、第 4 页、第 5 页和第 8 页排在一个版面（forme）上同时上机印刷。出于工作效率的考虑，排字的时候不应该按页码顺序排完第 1 页排第 2 页，而是应该排完第 1 页排第 4 页。这样就要跳过中间第 2 页和第 3 页的内容；这些内容的篇幅长短起讫，只能依靠排字工的估算，此即所谓"估版"。"估版"难以精确，故而随后排字的第2页、第3页的行数往往多于或者少于该书的标准行数。这些页面在印好折叠时被折在里面，称作"内版"（inner forme）。1948年W. H.邦德考察了伊丽莎白时代三个印书坊的四开本和八开本，发现行数不标准的页面几乎总见于内版。1955年欣曼通过破损活字重现页面的的考察，证明莎士比亚第一对开本不可能按页码顺序排字，而是按版（forme）排字（比如，第1页之后接第4页，因为这两页在同一版，同时上机印刷）。对估版现象的揭示具有革命性的意义，也关系到文本校勘。"因为不准确的估版，将会迫使排字工扩展或者压缩材料（比如将散文按诗行来排，或者将诗行按散文来排），甚至删掉其中一部分以便使之容纳进预先确定的空间。"

西方分析书志学对印刷过程的考察，相比于中国古籍刻本鉴定，有以下几点值得注意：

首先是拷贝之间的差异。坦瑟勒曾说，图书并不能"豁免于人类修修补补的天性冲动"，更不能"豁免于人类不能两次做同样的事情的自然哲理"（《校勘原理》），因而在全面细致的检核之前，不应轻率断言同一版次的不同拷贝之间不存在差异。中国古籍刻本有字的挖改描补、叶的抽换，西方活字印刷本则有所谓"停机修正"和"替换叶"。通过考察"停机修正"在同一印次不同拷贝之间所形成的异文，可以了解该印版的印刷过程曾有过几次中断。"停机修正"在活字印刷时代初期广泛存在，可以贯穿整个印刷过程。如果印刷后发现图书某叶有问题，有时会将该叶裁下，重新排印，粘在原叶的残根上，称为"替换叶"。这"问题"可能是文本讹误，也可能是内容违碍。替换叶的做法始于16世纪中叶，盛于17、18世纪，现代则比较少见。中国雕版印刷中叶的抽换，与此差可对照。对于这些书志学事实的调查，也是文本校勘的重要工作。

其次是对纸张的分析。中国版本学往往通过图书所用纸张的特点（比如帘纹）来判断图书的年代、产地等等。分析书志学也十分重视纸张证据的运用。纸张上的水印和帘纹不仅被用来判定纸张的年份批次，而且通过考察纸张帘纹的走向和水印在页面的位置，还有助于判定、印证图书的开本（重申一下，开本的本义并不是页面纸张的大小）。因为水印通常位于整张纸的一半的中心，而帘纹（编织纹）通常与整张纸的短边平行，所以可以根据具体书叶上水印的有无及位置、帘纹是纵向还是横向来推断其开本。这种方法的使用可以上溯到18世纪。

此外还有各种痕迹物证，可据以重建印刷过程的细节。比如通过考察重复使用的页头和边线的进行性磨损，据以判定各页组版上机印刷的先后次序。利用侧光观察印张两面活字印压所留凸痕的差异，藉以判定一叶的两面中哪一面先印。通过研究针孔（纸张在印刷机的压纸格上用针尖加以固定）的位置，可藉以确定页心在印版上是如何安放的。18世纪英美及欧陆所印图书常常在书页地脚可以看到数字记号（press figure），这些记号与用来指示书叶叠放次第的书帖（signature）不同，可能是用来记录印刷工的工作量以作为付酬的依据，学者们还结合印刷坊的分类账本对此进行了仔细的研究。

以上所列书帖、印刷记号、针孔、活字压痕、帘纹、替换叶，以及由于估版不精确所导致的页面字数过多或过少，这些在图书制作过程中所留下的痕迹线索，"并非意在引起读者注意"。尽管开本问题影响到叶面大小和高宽比例并最终影响到读者的阅读体验，但是书志学分析通常着眼于"有多少排定页面同时上机印刷，它们在印版上的位置安排，以及印张如何折叠以构成毛书"，而这些问题与绝大多数读者的阅读视觉体验并没有直接的关联。总之，对制作线索的分析，目的是为了重建图书生产的历史过程，这是西方传统分析书志学研究的重点。

五

西方分析书志学最初并没有将对图书设计要素的分析纳入研究范围。字体、行款、边白、插图、装帧以及纸张的选取，这些"希望对读者有所影响的物质细节"，直到 20 世纪末才越来越多地被个体图书生命史研究者以及版本校勘家们所讨论。坦瑟勒说，将设计要素分析与制作线索分析放在一个题目下加以讨论，是他自己的一个创举。为了论证这样做的合理性，他引述了杰罗姆·麦根的观点：图书由"语言代码"（linguistic codes）和"书志代码"（bibliographical codes）构成，两者都由读者读取。所谓"语言代码"，指的是作为文本内容的抽象语言结构，所谓"书志代码"，则是指将这抽象结构表而出之的包括字体、行款、插图等要素的视觉形象。

坦瑟勒还首次提出了对设计要素进行分析的讨论框架。对书志代码的分析解读，可以从科学和人文艺术的角度，分别形成心理研究、文化研究和美学研究等三种研究路径。

从科学的角度，对字体、行款等图书设计要素进行阅读生理和阅读心理的分析考量，就是所谓的心理研究路径。

宋代陈振孙《直斋书录解题》论及曾噩所刻《九家集注杜诗》时曾说："字大宜老，最为善本。"即从阅读生理的角度关注刻字的易读性。当然，近现代西方的相关分析要更为细致深入。比如对于字体行款，有"易辨性"（perceptibility）、"易识性"（legibility）、"易读性"（readability）这一组概念。

所谓"易辨性"，主要就字母层面而言，是指个体字母之间（聚合关系，即符号与符号之间的替换关系）的区分度。比如我们几年前编译的《西方校勘学论著选》封面上英文书名中的"Anthology"被一些图书馆错误地登录为"Antbology"，就是因为那种字体的"b"和"h"的区分度不够高，易辨性较差。

所谓"易识性"，主要就词语层面而言，是指在页面其他文字的背景下字母组成词语（组合关系，即符号与符号组合为更高一级的意义单位）的醒豁程度。词内字母间距离、词语间距离，以及行间距离，对此都会有所影响。比如说，古抄本在词语之间没有用间距显示切分，其易识性就比较差。

所谓"易读性"，主要就句段语篇层面而言，与读者瞬时记忆的局限性相关。比如说，行宽的设计，应当让绝大多数读者可以在有限的几眼之间领会一行中的词语；如果一行太长，那就必须"看太多眼"，"不但多了额外的焦点转变，而且还有头从左到右再回来的转动"，从而影响到"易读性"。

字体行款之类的图书设计，其根本价值在于呈现文本。1967年，克利夫兰艺术博物馆的梅拉尔德·E.弗罗尔斯塔德创办名为《排印研究杂志》（*Journal of Typographic Research*）的学术季刊，几年后更名为《看得见的语言》（*Visible Language*）。从刊名的改换不难看出排印艺术的基本认识：作为抽象语言结构的文本，正是藉由排印设计呈现目前。正所谓"得鱼而忘筌"、"见月而忽指"、"登岸而舍筏"，排印作为文本的容器和载体，其首要原则是透明无碍。碧翠丝·瓦德说，"印刷应当视而不见"，否则读者"潜意识里就会受到困扰"。她有一个经典的比喻，将排印艺术比作水晶高脚杯。美酒鉴赏家品酒，一定不会选华美的金杯，而是会选用水晶高脚杯，以使酒与人的视线之间没有障碍。排印虽说在一定程度上可以发挥创意，但是其艺术性不应妨碍其实用目的的实现。

这种创意，表现为图书的视觉形象，意图对读者有所影响。对这意图和影响的分析，即是所谓美学研究的路径。

从相关学术著作的书名中可以窥见此间消息，譬如伊拉姆1990年的《表达性的印刷：词语作为形象》。不难理解，插图作为图书设计要素，其表达会比较直接。而字体、字号、字母间距、版心大小等相对"安静"的设计要素，其表达往往须仰仗于对公共知识的指涉，即所谓"用典式"的设计。

一般说来，作者并不认为图书设计像文字和标点那样是其文本不可或缺的组成部分。大多数作者对于图书设计并不参与意见。当然，有些作者会参与设计某些元素，比如卡罗·刘易斯曾为自己写的童话《爱丽丝漫游奇境记》配作插图；有些作者则将某些视觉元素作为辅助表达文字主题的一种手段，比如阿波利奈尔题为"艾菲尔铁塔"的具体诗（concrete poem，又称"图形诗"），整首诗的字词排列成艾菲尔铁塔的形状，照应诗题，显然是作者创作意图的一个重要组成部分；甚至有些作者借用排印视觉元素在文字意蕴之外别有所寄，比如 2010 年书海出版社所出《独唱团》，序文页面中心空出一个锤子的形状，就是暗中指向电影《肖申克的救赎》中主人公为越狱在一册圣经中所藏的那一把尖锤。杰罗姆·麦根说，图书的"语言代码"和"书志代码"都由读者读取；这里书志代码的表达效果几近于语言代码，是较为突出的一例。

图书设计在呈现文本内容和表达审美旨趣的过程中，还积淀为一种文化，承载有多种信息。考察图书设计在一时一地的流行、相沿不替的传统，分析所有这些现象背后的缘由，就是所谓的文化研究路径。

著名书志学家、牛津大学教授 D. F. 麦肯齐曾有过这样一种课堂设计：他把一沓白纸折叠缝为配页，没有印刷文本，也没有装帧，然后将这个空白书芯展示给学生，让他们说出这个空白书芯是为哪一种文本设计的，并指出其年代。麦肯齐说，在他的启发下，学生们可以通过对纸张的种类、开本和配页的整体样貌的观察，得出正确的结论，即，该书芯是 1930 年代普及本小说的样子。如果再加上印刷文字，即使看不懂文义，也将进一步获悉字体、字号、行间距、栏外标题和页码、边白的宽窄、装饰和插图的风格等丰富信息。由此证明，借助有关图书市场文化潮流的历史知识，我们可以在无须省视印刷文本内容的情况下，从图书的物质细节中读出许多重要信息。Times New Roman 字体的设计者、英国印刷史研究者斯坦利·莫里森倾向于将印刷品作为普通的人工制品（文物）加以考察，因为，人类生产的所有物品，无论是否带有语言文本，都可以解读为人类在特定的政治、宗教和文学艺术的历史情境下施展其才智的证据。沿着这样的思路，剑桥大学图书学教授大卫·麦克基特里克所著《印本、写本以及对秩序的寻求：1450—1830》（2003）继续探讨"书志形式与公共意义之间的联系"，试图把握"五百年来作者、印刷者、出版者和读者之间赖以分享思想和知识的途径"。

六

西方分析书志学的基本主张可以概括为以下两点：一，"图书中有其自身生产历史的证据线索"；二，"图书的生产过程对文本有影响，也就对作品以图书形式所传达的文学意义有影响"。只有通过厘清图书的生产历史，才能正确阐明图书中指向文本历史的证据线索。中国版本学虽不曾揭橥此类理论，但在实践中却与西方有颇多相契合之处。

西方分析书志学将图书中的物质细节区分为无意让读者注意的制作痕迹和有意对读者有所影响的设计要素，采取多种路径展开全方位的研究。中国的版本鉴定学似乎没有强调这种区分，不过总的说来，也是与一般文物鉴定差相仿佛，兼顾到制作痕迹与设计要素。

在一般文物鉴定中，比如铜器鉴定中失蜡法的痕迹，瓷器鉴定中支钉的痕迹，这些都是制作线索分析；器物的设计用途、器形以及纹饰的历史文化内涵和审美旨趣，这些都是设计要素分析。在古籍版本鉴定中，纸张帘纹、版片修补痕迹的考察，属于制作线索分析；字体、行款、版式，则属于设计要素分析。

分析书志学从材料推断其来源，从痕迹归纳施为者的习惯，从馂饤琐屑的物质细节中寻绎个体图书的历史，在一些蛛丝马迹的基础上，力图准确复原事实的真相：何时，何地，何人，如何做，缘何如此……犹如福尔摩斯探案一般，充满着智力上的挑战，总体说来也不失其科学性。不过，有些书志学家希望从有限的证据中榨取更多的信息，有时候会从片面的假定前提出发，得出错误的推论结果。比如有些学者假定，印刷坊在一本书的印刷过程中，为了避免出现停工待料的局面，会合理安排排字工与印刷工的人数比例，以达成一种平衡。实际上印刷坊常常有多个印刷项目同时进行，如果拘于一隅，从只有一个印刷项目的假定出发，那么所得出的推论就必然存在问题。其实，不仅同一印刷坊的不同印刷项目之间紧密关联，不同的印刷坊之间也可能存在着合作。可以说，分析书志学近几十年的发展，就是不断拓展问题视野、修正片面之见的过程。

麦肯齐提醒人们，对于研究的假定前提应当保持清醒的意识，他说，如果我们确保其作为假定的性质，遵循"假定—演绎"的方法，通过举出反证，严格制约"草率的概括"，那么，书志学研究就可以得到更安全的发展。麦肯齐还说，"在进行创造性推理的过程中，想象力必须配以仔细的观察和系统的论证。"这让我们想起胡适所说的"大胆的假设，小心的求证"。

书志分析工作的成果往往见于各种书志学刊物，不过大部分却是归于描写性书志。各种描写性书志存贮书志学证据，丰富着我们对印刷与出版活动的总的知识。随着数码科技的发展，通过研发电子数据库，大众可以更为便捷地获取相关的分类信息。

书末所附"延伸阅读"，是"列举书志"十分应景切题的现身说法，是坦瑟勒这本书的一个重要组成部分。读者藉此"辨章学术，考镜源流"，可以详细了解英美分析书志学的全景图。

七

近几年来稍稍从事西方文献学的译介工作。承蒙周运兄以此书译事相委，遂借机对西方版本学研究的理论和方法进行了一番梳理。这个领域的译介，可以说基本上仍然处于拓荒阶段，因而未免临事而惧，迟迟其行，交稿和校对都有所延宕。周运兄皆予以优容和理解，并时时赠我以好书，高情厚谊，谨表谢悃于此。

学术翻译之险难，非亲为者不能尽知。翻译要征服原文，使其归化（陆谷孙"源文本的'征服者'"，《文汇读书周报》2006年9月8日）。就中译而言，西方版本学领域可谓草莱未辟，其征服和归化都非易事。如负重行远，路多崎岖，又不得绕行（严耕望《治史三书·翻译工作的重要性》："著作居于主动地位，比较自由，不懂的可以避而不谈；但翻译是被动的，不懂处不能逃避。"），故而跟跄甚至颠仆，都在所难免。

翻译多绵绵之事，却无赫赫之功。在昔为高士所鄙（张元济有言曰：士族儒流多鄙视别国方言为不屑；而习攻翻译，大抵间阎寒贱、性识暗钝之人），至今为流俗所轻（准诸某些高校考核评价系统，一部全译详注的西方学术名著，尚不如一篇发表在核心期刊的综述得分高）。学者每以"著书谋稻粮"自嘲，而译书并"稻粮"亦难谋得。在这种形势下，堪荷翻译之任者，未免"邪径趋时捷"。智巧者避难就易，跑马圈地，摘译资料，敷衍成"概论"专著；计拙者甚至冒译著为专著。

其例不劳远求。1934年商务印书馆"百科小丛书"出版马导源《书志学》。这个小册子分为"书志学的概念"、"综观的书志学"和"分观的书志学"三编。"综观的书志学""就全体的图书而论"讨论"图书的意义"、"图书的成立"和"图书的传来"。"分观的书志学""为各个图书的记载",实际上就是"目录学"。目录学、图书学、出版学等学科的历史回顾中每每提及马氏的这本书,认为是目录学"新旧俱全者"的"代表作"之一,"最早的一部图书学专著","起到了发凡起例的作用"……

这本书实乃攘窃之作。1934年《图书馆学季刊》第八卷第三期、第九卷第二期刊登了李尚友译日本小见山寿海著《书志学》。李尚友在译者序中指出,马导源的书"是实际译的署为著的","剽窃"了小见山寿海的书,而且译笔多有错误;另外为了掩饰攘窃之迹,每有删易。马导源毕业于日本东京法政大学。治学每取资于日本。其于1935年在商务印书馆出版的《吴梅村年谱》,也被指为完全抄袭日本铃木虎雄的《吴梅村年谱》。

攘窃之举,不必论矣;圈地之行,亦所羞为。我迂执地以为,译事虽鄙,亦不可躐等而进。一个相对陌生的领域,在大规模翻译之前就急于总结,固然可以取巧避开难点,但恐怕因此也就容易陷于片面和错误。《西方校勘学论著选》出版已逾四年,概论尚未推出,有负师友督责;今涉足西方版本学,又留连忘返,欲罢不能。述而不作,窃比先贤,虽绠短汲深,愿勉为其难。读者诸君幸有以教我。

(本文是《分析书志学纲要》的译者序)

51

西方用典研究窥管

一

　　中国历史上对于用典的论说时见载籍，称名有多种。南朝刘勰《文心雕龙》称之为"事类"，钟嵘《诗品序》称之为"用事"，萧绎《内典碑铭集林序》称之为"引事"，宋代沈义父《乐府指迷》称之为"用代字"，等等。近年来，学者们对用典和典故词进行了专题研究。罗积勇《用典研究》（2005）主要从修辞的角度对用典现象进行了系统的讨论。唐子恒《汉语典故词语散论》（2008）主要从词汇学角度对典故词语的构成和语义进行了概述。这一类专题研究总结了用典和典故词研究的历史和现状，并在理论分析上有所建树，颇为可观；不过，仍有剩义可发。

　　用典和典故词语并非汉语言文学特有的现象。不但西方语言文学中有着非常丰富的用典，而且西方学术界对用典现象也有着非常深入的研究。然而迄今为止，学术界对于国外类似的研究却少有涉及。他山之石，可以攻玉。我们应当加强这一方面的借鉴。

二

西方关于用典研究的术语，也极为纷歧，诸如"镶嵌语"（inlay language）、"引文"（quotation）、"用典"（allusion）、"指涉"（reference）、"文本间性"（intertextuality），等等，不一而足（Tsur 1998，Irwin 2001），以至于 Irwin（2001）说，分类命名癖，已经成为这一类研究的"挥之不去的原罪"（besetting sin）。这些，与中国关于用典的研究相映成趣，同时也都说明用典现象的特殊与复杂。

西方关于用典的研究，有以下几点值得注意：

第一，"明引"和"暗用"的区分。

陈望道《修辞学发凡》（1997〔1932〕）："引用故事成语，约有两个方式：第一，说出它是何处成语故事的，是明引法；第二，并不说明，单将成语故事编入自己文中的，是暗用法。"罗积勇（2005）认为，从引用标志的有无所做的这个区分，是一个重要贡献，并且专门讨论了"明引"的标志。

西方学者对于 quotation 和 allusion 的区分，与这里所说的"明引"和"暗用"大致相当，但在论述上却大不相同。

西方所谓 allusion，是一种间接的指涉；它并不只是指称对象的替换，更为关键的是要引发一些联想；作者通过给出一些线索企图让他的读者或者听众想到某一个早前文本，而且一般而言读者或听众是有可能产生这种联想并且意识到作者的意图的。

Irwin（2001）指出，allusion 也可以是标明出处的。例如，当一个男子拿不定主意是否该向某个心仪的女子表白的时候，说："我不是普鲁弗洛克。"这显然是 allusion。如果他说："我不像艾略特《阿尔弗雷德·普鲁弗洛克的爱情之歌》一诗中的普鲁弗洛克。"这仍然 allusion，尽管在修辞上也许很蹩脚。之所以这两句话都是 allusion，这是因为，对于它们的准确理解，关键不在于指称对象的替换，而是在于必须形成特定的联想。而这特定的联想，要求读者必须熟悉艾略特《阿尔弗雷德·普鲁弗洛克的爱情之歌》。只有这样，他才能联想到普鲁弗洛克是怎样的一个人，才能理解作者的意思是："我不是一个优柔寡断的人，我不会带着懊恼、念叨着'本来可以做到'去生活。"

Holthuis（1994）指出，quotation 的标志，可以是显性的，也可以是隐性的。

根据 Holthuis（1994），quotation 和 allusion 区别表现在：前者是"对线性化的文本材质的复制"（reproduction of linearized textual elements），后者则是"对非线性化的文本旨趣的指涉"（references to non-linearizd text features）；前者着眼于"形"（physically motivated），后者着眼于"意"（semantically oriented）；前者直言无隐，后者迂曲暗示。

相较于中国学者从形式标记上区分"明引"和"暗用",西方学者对 quotation 和 allusion 的辨析,更接近问题的本质。笔者以为,quotation 可译为"引用",allusion 可译为"用典"。"引用"的语义是自足、自明的,也就是说,"言传"足以尽其"意";而"用典",则需要读者熟悉"原典",否则无法把握作者的意图,也就是说,在作者"言传"之外,还需要读者的"意会"。

"用典"之有别于一般的"引用",在于其表达对"原典"的依赖。不了解"原典",就不可能准确、完全地理解"用典"。

第二,"用典"的认知过程。

"用典"发生在语言交际中。根据 Grice(1975)所提出的"合作原则"(Cooperative Principle),为了语言交际的实现,交谈双方必须合作,共同遵循一些原则,具体包括:质量原则、数量原则、关系原则、方式原则。其中所谓"数量原则",又可称为"足量不过量原则",具体说就是,说话人要提供达到交际目的所需要的足够的信息量,同时不超过这个量。也就是说,在听话人能够理解的情况下,尽量把话说得简短些。所谓"关系原则",又可称为"切题原则",具体说就是,听话人要尽量把握说话人的意图("他人有心,予忖度之"),不要驴唇不对马嘴。"合作原则",是人们获得交际能力(Communicative Competence)的前提。

Tsur(1998)在"合作原则"和"交际能力"的基础上,用"猜谜"做比方,从认知语言学和认知诗学的角度讨论用典的价值和功能的实现。

Tsur（1998）认为，一般而言，人们在非诗性（nonpoetic）语言交际中，通常是藉由并忽略（attend away from）"能指"，去把握"所指"[1]，得"意"而忘"言"。与之形成对照的是，诗性语言，却要求我们回过头去关注能指，关注符号链条中的各级能指：从语言外的被指称对象到语言（符号）能指；从语义单位到语音串，最终到记录语音单位的字形。当这一认知过程遇到障碍或者存在悬疑时，我们可以看得更加清楚，譬如"猜谜语"。面对"谜语"，解读者必须仔细检视字形结构、语音结构、语素、词汇、语法、语义以及语言外的相关知识，从某个不确定的点上找到"意义迷宫"的"出口"。在诗的语言中，解读者并不需要找"出口"，只是要在解读的初期有所"延宕"[2]。Culler（1975）认为，诗是就关于人的以及关于人与世界之关系的某个问题的一种意有所指的表态。对这种"意有所指"的解读，也像"猜谜"一样，需要检视各级能指，并且联系相关的语言外的知识，才能会作者之心。属于文学语言的"用典"，其认知过程正是如此。读者从作者所提供的线索（"典面"）出发，结合语境和言语外的原典，推测并获知作者所要传达的意思。

第三，"用典"的语用功能。

对于"用典"现象，我们可以将其作为一种修辞手法去分析其修辞效果和美学价值，同时也可以将其作为一种社会语言交际活动，从社会语言学的角度去讨论其语用功能。后者似乎

56

国内学者着墨不多，这里略作展开。

语用学的一个重要任务，是研究语言在具体语境中的言外之意。例如有些人喜欢在与人交谈中加入许多英文，这些英文的具体含义（其指称功能）是什么不重要，重要的是讲英文这一行为本身所显示出的某种意味（其指示功能）。讲英文有时候（与外国人交谈时，或者与有着相同留学背景的人交谈时）能拉近说话者之间的距离，有时候（与不太懂英文的中国人交谈时）则是拉开说话者之间的距离，讲英文成了一种身份的标识。

"用典"有着与"讲英文"类似的语用功能。这种语言风格（genre）代表着学识修养，甚至门第出身，因而具有较高的社会威望，受到特别的追捧。就像钱锺书的小说《围城》里所描写的滥讲英文那样[3]，一些介于中间层次的人对于"用典"风靡影从，使得"用典"降格为"掉书袋子"，从"用"（use）变成"误用"、"滥用"（misuse，abuse）。《颜氏家训·勉学》有专门的描述："士大夫或不学问，羞为鄙朴，道听途说，强事饰辞……言食则'糊口'，道钱则'孔方'，问移则'楚丘'，论婚则'宴尔'，及王则无不'仲宣'，语刘则无不'公幹'。凡有一二百件，传相祖述，寻问莫知原由，施安时复失所。"

三

"词汇化"是近年来研究的一个热点。关于"词汇化"的概念，比较新的标准表述是 Brinton & Traugott（2005）："所谓'词汇化'是指这样一种语言演变：在某特定语境下，说话者将一个句法结构或者词法构形用作一个新的意义形式，而这个新的意义形式的形式和语义特点，不能完全从其句法结构成分或者词法构形方式中推断出来。随着时间的推移，这个意义形式的内部构成性可能会进一步丧失，从而变得更具词汇性。"[4]

简而言之，词汇化就是结构性语段的可分析性逐渐丧失的过程。比照这个定义来看，似乎可以得出典故的词汇化迥异于一般词语的词汇化的结论，因为如果不知典源，只分析典面的结构，一般无法得出典故的语义，也就是说，用典本来就缺乏结构上的可分析性，故而典故的词汇化好象是在突然之间完成的。

事情并不这样简单。典故的词汇化已经突破了以上关于"词汇化"的标准表述。

语言表述，从表意方式上来分，有的是"指涉"（referring），有的是"表示"（denoting）。Russell（1905）区分了语义的"见知"（acquaintance）和"闻知"（knowledge about）。所谓"见知"，是对指称对象有直接的感知；所谓"闻知"，则只是藉由语言表示（denoting phrases）而知晓[5]。大致说来，"见知"与"指涉"相对应，"闻知"与"表示"相对应。在言语交际中"指涉"功能的实现，有赖于听者对指称对象（referent）的"见知"。例如"放心吧，我会对他说的"这一句话中，代词"他"的指涉功能的实现，是以听话者知道"他"究竟指谁为前提的。

语言表述，从构成上来分，有的是结构性的（structured），有的是非结构性的（unstructured）。"结构性的"是合成的，复杂的；"非结构性的"则是单纯的，原始的。前者的例子如短语"一个笑话"，后者的例子如单纯词"葡萄"。结构性对应于"表示"，非结构性对应于"指涉"。要想让一个人知道"葡萄"一词的确切语义，最有效的方式是让他在现实生活中看到、接触到葡萄的实物。

Neale（1993）在 Russell 有关研究的基础上，进一步厘清"指涉"（reference）和"结构"（structure）之间的关系，认为，只有那些在语义上是"非结构性的"表述方式，才能被看成是"指涉"的装置；结构分析的开始，意味着指涉分析的离场。

这似乎可以用汉字六书来打比方。非结构性语段的"指涉"，可以比作六书中的"象形"，即，字符与所指的事物联系起来，是一种"依赖对象"（object dependent）的符号；比如"日"字和"月"字，要分析其字义的来源，必须联系到字形所指的对象——太阳和月亮——的形状。与此形成对照的是，结构性语段的"表示"，可以比作六书中的"会意"，是一种"不依赖对象"（object independent）符号；比如"日"字和"月"字结合成"明"字，这种结构会意，不必联系到自然界的太阳和月亮。

这还可以用间谍所用的密码来打比方，大多数密码是结构式，如摩尔斯电码。不过，有一种密码，即用一本书作为编码解码依据所形成的密码，大概可以看成是指涉式的。用典，就像这种密码，编码解码双方必须依据同一个早前文本，这是言语交流得以实现的前提。

"用典"，正如其英文对译之一 reference 所显示的那样，是"指涉"（referring）。也就是说，尽管"用典"的典面有时候是相对复杂的语言片段，但是其语义认知所依靠的途径却主要是"指涉"，而不是"结构"。所以不应该以结构上的不可分析性来论定其词汇化。

　　典故词语的可分析性，在于其"指涉"，而不是"结构"。而"指涉"的可分析性，就是典面与典源之间的联系。如果说句法结构、词法结构的词汇化过程是"去结构化"的过程，那么，典故的词汇化过程就是"去指涉化"，也就是"去典故化"的过程。比如"捉刀"一词，本来用《世说新语》中曹操的典故，由于长期使用，许多人只知道"捉刀"是代笔作文，并不明了其典源，甚至不知道这是一个典故词，这时，"捉刀"当然就已经词汇化了。

　　无论是象形字还是会意字，都是字。无论是"去典故化"所形成的词，还是"去结构化"所形成的词，都是词。正如《礼记·中庸》所说："及其成功，一也。"

四

　　总之，典故词语是汉语词汇系统中较为复杂、特殊的一类。不过，"德不孤，必有邻"，西方语言学关于用典现象的研究，可以作为我们的"他山之石"。借鉴西方的理论，我们认为，用典不是对线性文本材料的复制，而是对非线性文本旨趣的指涉，意在引发关于原典的某种联想，这需要读者或者听者熟悉原典。关于用典的词汇化，我们不能简单地从结构可分析性的变化来进行讨论，而是必须从用典的指涉性出发展开研究。

注释

[1] 参看钱锺书《管锥编·周易正义·乾》："求道之能喻而理之能明，初不拘泥于某象，变其象也可；及道之既喻而理之既明，亦不恋着于象，舍象也可。到岸舍筏、见月忽指、获鱼兔而弃筌蹄，胥得意忘言之谓也。"中华书局，1979 年，第 12 页。

[2] 参看钱锺书（同上）："诗也者，有象之言，依象以成言；舍象忘言，是无诗矣，变象易言，是别为一诗甚且非诗矣。"

[3] 参看钱锺书《围城》："（张先生）喜欢中国话里夹无谓的英文字。他并无中文难达的新意，需要借英文来讲；所以他说话里嵌的英文字，还比不得嘴里嵌的金牙，因为金牙不仅妆点，尚可使用，只好比牙缝里嵌的肉屑，表示饭菜吃得好，此外全无用处。"生活·读书·新知三联书店，2002 年，第 44 页。

[4] 所引为笔者试译。

[5] 《孟子·尽心下》："由文王至于孔子，五百有余岁，若太公望、散宜生，则见而知之；若孔子，则闻而知之。""见知"指对同时代的人和事的了解，"闻知"指后代对前代的人和事的了

解。这里我们姑且借用"见知"来表示"对指称对象有直接感知"的 acquaintance，借用"闻知"来表示"只是藉由语言表示而知晓"的 knowledge about。

参考文献

陈望道（1997[1932]），《修辞学发凡》，上海教育出版社。

罗积勇（2005），《用典研究》，武汉大学出版社。

唐子恒（2008），《汉语典故词语散论》，齐鲁书社。

Brinton, Laurel J. and Traugott, Elizabeth C. (2005). *Lexicalization and Language Change*. Cambridge: Cambridge University Press.

Culler, Jonathan D. (1975). *Structuralist Poetics*. Routledge and Kegan Paul.

Grice, H. Paul (1975). Logic and Conversation. In Cole, P. and Morgan, J. (eds), *Syntax and Semantics*, vol.3, pp.45-58, New York: Academic Press.

Holthuis, Susanne (1994). Intertextuality and Meaning Constitution: An Approach to the Comprehension of Intertextual poetry. In Petofi, Janos S. and Olivi, Terry (eds) *Approaches to Poetry: Some Aspects of Textuality, Intertextuality and Intermediality*. de Gruyter.

Irwin,William (2001). What Is an Allusion? *The Journal of Aesthetics and Art Criticism*. Vol.59, No.3,pp.287-297.

Russell, Bertrand (1905). On Denoting. *Mind*, New Series, Vol.14, No.56, pp.479-493.

Neale, Stephen (1993). Term Limits. *Philosophical Perspectives,* 7, pp.89-123.

Tsur, Reuven (1998). Biblical Allusion and Cognitive Processes. http://www.tau.ac.il/~tsurxx/inlay_2a.html.

（本文作为会议论文发表于"文本、诠证、传播"中日学者学术研讨会，2013 年 12 月，上海）

F.G. 凯尼恩与西方图书史

　　弗雷德里克·乔治·凯尼恩（Sir Frederic George Kenyon，1863—1952）是英国著名古典学家、圣经学家和古文书学家。1863 年 1 月生于伦敦，父亲是著名法学家、牛津大学瓦伊纳英国法讲座教授（Vinerian professor of law at Oxford）约翰·罗伯特·凯尼恩（John Robert Kenyon，1807—1880）。F．G．凯尼恩先后就读于温切斯特公学（Winchester College）和牛津大学新学院（New College），毕业后 1883 年被遴选为牛津大学莫德林学院（Magdalen College）教研人员（fellow）。1889 年成为大英博物馆助理馆员，1898 年被选为写本部副部长。1909 年被任命为大英博物馆馆长、图书馆首席馆员，担任此职一直到 1931年退休。其间，1912 年被封为爵士，1913 年担任古典学会会长，1917 年成为英国人文与社会科学院（British Academy）院长，1918 年成为英国皇家艺术学院（Royal Academy）古代史教授，1919 年成为希腊学研究学会会长。1952 年 F．G．凯尼恩去世，享年 89 岁。其长女凯瑟琳·玛丽·凯尼恩（Dame Kathleen

Mary Kenyon，1906—1978）是一位著名考古学家，曾主持约旦河西岸耶利哥（Jericho）古城遗址的发掘。在如此"父作之，子述之"的学术世家中，F.G.凯尼恩成就显著，声名洋溢，庶几可谓"无忧者其惟文王乎"！

说到F.G.凯尼恩的成就，不能不提到纸草。纸草是古埃及文明留给后世的最辉煌的一项遗产，在西方文明史上占有十分重要的地位。17世纪末，让·安贝尔迪（Jean Imberdis）写下题为"纸草"的长诗，对纸草进行了热情礼赞：

> 人工穷时，幸得天造！
>
> 沼泽所生，有曰纸草。
>
> 剖之为条，洵美且阔，
>
> 经纬成张，凡人获此神奇之物。
>
> 亲密朋友，天各一方，
>
> 借此可以，互诉衷肠。
>
> 书籍承载，智慧之光，
>
> 以先启后，训诲无疆。
>
> 维此纸草，磨砺人之心智，
>
> 浩瀚群书，扩张学识之网。
>
> ……

19世纪末，埃及出土了大量的极为珍贵的古代纸草文献如奥克西林库斯纸草等等，为古典学、圣经学和古文书学的研究打开了崭新的局面，致力于纸草文献的整理、研究和保存的所谓"纸草学"（Papyrology）一时成为显学。牛津大学和大英博物馆作为纸草学重镇，所藏纸草文献蔚为大宗。在这两个地方学习和工作的凯尼恩，适逢其会，勇预时流，毕生致力于纸草文献的整理、研究和出版，著述颇丰，主要有：亚里士多德《雅典宪法》（Aristotle's *Constitution of Athens*）的首个校勘整理本以及英文翻译（1891，1904，1920），《大英博物馆所藏纸草文献中的古典文本》（*Classical Texts from Papyri in the British Museum*，1891），《大英博物馆所藏希腊文纸草目录》（*Catalogue of Greek Papyri in the British Museum*，1893，1898，1907），《希腊文纸草文献古文书学》（*Palaeography of Greek Papyri*，1899），《我们的圣经和古代写本》（*Our Bible and the Ancient Manuscripts*，1895），《新约文本校勘手册》（*Handbook to the Textual Criticism of the New Testament*，1901，1912），《切斯特·比提圣经纸草》（*The Chester Beatty Biblical Papyri：Descriptions and Texts of Twelve Manuscripts on Papyrus of the Greek Bible*，1933—1941）。除此之外，他还出版过布朗宁（Robert and Elizabeth Barrett Browning）诗作的几个整理本（1912，1914）。特别值得一提的是，凯尼恩相信《新约》的历史真实性，认为埃及纸草文献以及其他考古证据可以印证福音书中关于历史事实的记述，这一见解常常被后代持相同观点的学者所援引。

纸草文献的出土，为西方图书史的研究提供了大量的实物和第一手资料。在本书中，凯尼恩主要对这些资料进行了概括和分析，并结合古典文学作品中关于图书和阅读的零星记述，向读者生动而又详细地介绍了古希腊和古罗马社会生活中图书的材质、形制、内容以及阅读习惯的发生、发展和演变的情况。梗概如次：

通过考察埃及、美索不达米亚、小亚细亚和克里特岛早期使用文字的情况，以及荷马史诗的特点，凯尼恩认为，大约公元前9世纪荷马在创作《伊利亚特》和《奥德赛》的时候，就已经使用文字进行书写。当时应当有少量抄本供游吟诗人记诵，大众则是通过专业背诵者接触文学。公元前7世纪到公元前6世纪，抒情诗繁荣，有许多不适合公开表演的个人创作，其传播只能是依靠抄本。当时已经有书房，有阅读，但是获取知识的主要方式仍然是口头展示和对话。公元前5世纪希腊文学进入鼎盛时期，图书开始批量生产，大量存在。亚里士多德及其门人弟子的学术研究和写作，如果没有一批可供参考的藏书，是根本无法想象的。亚里士多德对希腊文学史的进程有非常大的影响，可以说正是因为有了亚里士多德，希腊世界才进入了阅读的时代。从亚历山大图书馆的建立开始，希腊世界的图书制造业极为繁荣。我们可以通过考察传世文献中所提到的已亡佚的作品的信息以及埃及出土的纸草文献的情况，来估量希腊文学的总量。可以说，从公元前3世纪到公元3世纪这一段时间内产生了大量的希腊文学作品，传至今天的只是其中很小的一部分。而通过考察埃及纸草文献抄写时间的历史分布，我们发现，读书最多的时间段，是在公元2世纪至3世纪之间。这一时间段是希腊－罗马占领埃及的鼎盛时期。公元4世纪，由于罗马文明的整体衰落和基督教的不断扩展，异教文学陡然衰落，基督教文学开始兴起。

从公元前9世纪到公元3、4世纪这大约一千二百年的希腊图书的历史中，前六百年的图书，我们看不到实物，没有直接证据；后六百年的图书，我们不但有非常丰富的间接证据，还有相当数量的实际样本。就图书的材质而言，最重要的是纸草和皮纸。资料显示，自公元前6世纪以降，希腊世界普遍使用的书写材料是纸草。由此可以推定，纸草的使用，至少可以上溯至抒情诗时代，甚至可以上溯到希腊文学的开端荷马史诗时代。纸草主要生长于埃及尼罗河三角洲。将纸草秆茎的木髓剖成条，竖排一层，再横排一层，借着粘力，经纬成纸张。如此制成的纸草，尺寸品质有几个等级，各有名称。单张纸草并排粘联，形成纸草卷子。在卷子上书写，文字被安排成多栏。字迹常见于单张粘接处，故而"张"与"栏"迥不相侔。每一栏的行数以及每一行的字数在一定程度上取决于纸草的尺寸，并不固定。书名见于卷末。卷子一般只写横纤维的正面，罕见双面书写。文本没有句读，词与词之间也没有分隔。图书的抄写主要由个体写工完成，风格极不统一。

意大利早期使用文字的情况已难以考实。公元前3世纪，随着希腊的影响进入罗马，拉丁文学才逐渐得以形成。希腊文学带来了希腊图书，罗马人开始熟悉纸草卷子，此后纸草卷子便成了拉丁世界里图书的标准形式。公共图书馆和私人图书馆不断建立，甚至多到炫耀性聚书的程度。1752 年在赫库兰尼姆古城发现了被维苏威火山爆发所掩埋的一个私人图书馆，即此可见罗马图书世界之一斑。罗马帝国时代，人们亲近文学的方式除了阅读以外，还有公开朗诵。

按照瓦罗的记述，皮纸的起源可以追溯到埃及国王托勒密和帕加马国王尤曼尼斯在建立图书馆方面的竞赛。托勒密禁止纸草出口，使得尤曼尼斯开始发展皮纸制造业。从上个世纪初出土的皮纸文献来看，对皮纸的使用，应该不是纸草禁运的结果。尤曼尼斯所做的，只是将已经存在的书写材料用于抄写文学书籍而已。图书的册页形式应当起源于由三五个写字板结合而成的写字簿。除了皮纸册子之外，还有纸草册子。值得注意的是，早期纸草册子，主要用于基督教人群。这大概与当时基督教人群贫困的经济状况有关。从公元 4 世纪起，皮纸册子取代纸草卷子和纸草册子，成为图书的主流形式。这一方面是由于对更大容量的载体的需求，另一方面是由于皮纸制作工艺的发展完善。相对于纸草卷子，皮纸册子一是容量大，二是便于翻阅查检，三是经久耐用，这些因素使得皮纸最终战胜了纸草，册子最终战胜了卷子。皮纸材料取代纸草材料，册页形式取代卷轴形式，这对于古典文学和基督教文学，都具有非常重要的意义。一堆卷子没有整体感，而册子则自成单位。因而正是在这一时期，正典的划界最终得以确定，完整的《圣经》首次制作出来。

大致说来，西方图书世界约略可考的历史，共有两千五六百年。就图书的材料形制而言，大约一千年是纸草卷子，一千年是皮纸册子，而绵延至今的五六百年，则是纸质印刷图书。

薪尽火传。在凯尼恩身后，关于古希腊罗马图书的生产和阅读的研究，被后来者继续推向深入。

特纳爵士（Sir Eric Gardner Turner，1911—1983）《希腊纸草文献概论》（*Greek Papyri: An Introduction*），牛津大学出版社，1968 年。这本书对在埃及发现的希腊和拉丁文献的出土、整理和研究的情况进行了概括和介绍。这些文献绝大多数写于希腊人统治埃及的那一千年里（从亚历山大大帝到公元 8 世纪），被掩埋在埃及干燥的沙漠里才得以保存至今。虽然书名叫"希腊纸草"，但既不限于希腊文（也收入拉丁文献），也不限于纸草（也收入用墨水写在皮革、皮纸、陶片和木牍上的文字）。作者认为文学文本和文书文本的研究可以互为启发，不应当厚此薄彼。作者的初衷是为路径纷歧的纸草文献领域提供一份导游图，让读者对纸草文献的探索既富有成果又充满趣味。

罗伯茨（Colin Henderson Roberts，1909—1990）和斯基特（Theodore Cressy Skeat，1907—2003）《册页书的诞生》（*The Birth of The Codex*），牛津大学出版社，1983 年。这本小册子在考古资料的基础上，对册页书取代卷轴书最终成为书籍主流行式的发生、发展的过程进行了详尽的检讨和描写，对基督教人群在这一过程中所起到的作用进行了深入细致的分析。

约翰逊（William Allen Johnson）《卷轴书和写工研究：以奥

克西林库斯纸草卷为中心》（*Bookrolls and Scribes in Oxyrhynchus*），多伦多大学出版社，2004年。有鉴于以前关于卷轴书的讨论所依据的数据基础十分狭小，大都是印象式的，约翰逊为救其弊，便以奥克西林库斯出土的文学纸草卷为研究对象，并以其他地方出土的纸草卷作为对照组，对纸草卷的形制、尺寸、分栏以及写工等情况进行了调查、归纳和分类，拓展了我们关于古代卷轴书的生产情况的认识。

哈里斯（William Harris）《古代的识字人口》（*Ancient Literacy*），哈佛大学出版社，1989年。该书对从公元前800年希腊字母发明开始一直到公元5世纪为止古典时代人们读写能力的水平、类型和功能等问题从社会文化历史的角度进行了深入细致的研究，认为：由于社会制度和技术条件的影响，古希腊罗马的学校教育非常有限，因而不可能有大量的识字人口，人们对于口头交流的依赖，比我们此前普遍设想的还要严重。

哈夫洛克（Eric A. Havelock）《缪斯学书：口头传统和书面传统的古今演变》（*The Muse Learns to Write: Reflections on Orality and Literacy from Antiquity to the Present*），耶鲁大学出版社，1986年。哈夫洛克对日常语言和构成口头传统之基础的"存储语言"（storage language）进行了区分，认为后者是仪式化的，押韵的，诗性的，并且在本质上是叙事性的，为承载重要的文化信息、并将其以相对固定容易记忆的形式传递下去提供了工具。该书认为，文字的发明和使用，具有革命性的意义。有了文字书写，言语行为就可以诉诸视觉，可以更好地进行反思。但是在希腊社会并没有发生从口头传统到书面传统的突变。"缪斯在希腊并没有成为弃妇，她在继续歌唱的同时，学会了阅读和书写"。口头传统在很长一段时间内与书面传统并存，在这一过程中，希腊文学渐次完成了从荷马到亚里士多德的演变。

以上几本书，分别从文献学、历史学、社会学、哲学等角度，对古希腊罗马图书的生产和使用的情况进行了进一步的研究，可以作为凯尼恩这本书的延伸读物。

人，总是希望自己短暂的存在能够获得超越时空局限的意义。《左传·襄公二十四年》："太上有立德，其次有立功，其次有立言，虽久不废，此之谓不朽。""立言"之"不朽"，离不开载体。G.托马斯·坦瑟勒说："当一个人企图创造一件语言艺术作品时，他瞄准完美，瞄准独立实体的客观性，将其从头脑中发射到一个地方，希望他人可以从那里发现并获取。"这使得人的主观思想成为客观存在的载体就是书，书使思想不朽成为可能。此即太史公所说："藏之名山，副在京师，俟后世圣人君子。""书"之时义大矣哉！

如果没有书，"立言"将会多么困难。"塔西佗描写道，一个作者是怎样不得不租下场地和椅子，并亲自恳请，聚拢若干听众；而玉外纳则抱怨道，有一个富人愿意出借他的一所废宅，并打发他解放了的奴隶和贫穷的门客来充作听众，但却不愿意承担椅子的费用……"（凯尼恩，第85页）

在今天的网络论坛上，人们跟帖时常常会写上"沙发"两个字，表示先睹为快、切近的欣赏和支持。这读者自带的俏皮的虚拟的"沙发"，与塔西佗、玉外纳口中作者张罗的沉重的现实的"椅子"相映成趣。坐在历史的"沙发"上，回顾图书发生、发展、演变的过程，我们依稀听到了人类超越自身、传承文化的不懈努力，"在永恒中的回响"（echo in eternity）。

（本文是《古希腊罗马的图书与读者》的译者序，原刊于 2012 年）

种系发生学方法在西方校勘学中的应用

余英时（2006）曾提到西方"文本考证学"的"源远流长"、"日新月异"[1]。对于西方校勘学传统的"源远流长"，拙译《西方校勘学论著选》一书已约略呈现大概，本文将对西方"文本处理技术"的"日新月异"，进行简要的介绍。

校勘学的科学化

胡适（1933）说："西方校勘学所用的方法，实远比中国同类的方法更彻底、更科学化。"[2] 回顾西方校勘学的发展历史，我们可以知道，胡适所说的"更彻底、更科学化"的校勘方法主要是指谱系法。

何为谱系法？"校勘"又称"考证"、"考据"，最重"证据"。当证据存在分歧时，不能简单地"三人占则从二人之言"[3]，因为，"证据应当衡其轻重，而不是计其多寡"[4]。要确定哪一种证据更为可信，就要搞清楚各种证据之间的关系。"谱系法"就是通过比较各种本子证据之间的同和异，勾勒出文本传播的历史谱系，进而得出文本歧变之前的"原型"。这种方法减少了校勘判断的主观随意性，因而是较为科学的。

"谱系法"的发明权被记在了德国校勘家卡尔·拉赫曼（Karl Lachmann，1793—1851）的名下，故又被称为"拉赫曼方法"。不过，这并不符合历史事实。

雷诺兹（L. D. Reynolds）和威尔逊（N. G. Wilson）指出：意大利古典学家波利提安（Politian，1454—1494）已经开始对范本依然存世的抄本正确地适用"剔除法"（eliminatio），法国古典学家斯卡利杰（Scaliger，1540—1609）提出了中世纪抄本的"原型"（archetype）这一概念。德国神学家本格尔（J. A. Bengel，1687—1752）在谱系的基础上对《新约》抄本进行分类，"谱系法"已具雏形。1830 年卡尔·拉赫曼在为自己的《新约》校理本进行方法设计和论证的时候，对本格尔的方法进行了更为细致的表述[5]。

塞巴斯提亚诺·廷帕纳罗（Sebastiano Timpanaro）用谱系法对"拉赫曼方法"的来龙去脉进行了考察，认为：与谱系法相关的许多方法和意见可以上溯至文艺复兴时期，18 世纪《新约》研究者的贡献尤其巨大；在拉赫曼整理卢克莱修文本时对谱系法的表述（1850）之前，其他学者如聪普特（Zumpt）、里奇尔（Ritschl）、马德维希（Madvig）等已有大致相同的表述，特别是里奇尔的学生贝尔奈斯（Bernays）在其 1847 年发表的关于校理卢克莱修的论文中，已经对谱系法有了相当完整的表述；而拉赫曼本人，不但在其以前的文本校理中没有使用过谱系法，而且就在其对卢克莱修的校理中，也没有贯彻始终，存在一些根本性的错误；谱系法的创始之功应当归于施利特尔（Schlyter）、聪普特、马德维希，特别是里奇尔和贝尔奈斯[6]。

到胡适接触西方校勘学的时候，"谱系法"已有一百多年的历史，是相当成熟的方法。在 20 世纪初叶对"赛先生"热情礼赞的语境下，胡适强调指出西方校勘学的"科学化"。与此同时，西方也有不少人对"科学"推崇有加，将科学的方法运用到人文艺术领域蔚然成风。海瑟伦（R. B. Haselen）在其《科学对于抄本研究的帮助》（1935）一书中说道："更为重要的是，科学开始改变学者面对其问题的态度，包括方法的使用和推理的过程……最重要的是爱因斯坦以及其他数学家的工作，他们对科学'思想'进行了彻底的革命。"[7]

不过，也有人对科学在校勘领域的适用性表示怀疑。英国古典学大师 A . E . 豪斯曼在其《用思考校勘》（1922）一文中指出："校勘不是数学的一个分支学科，事实上根本就不是一门严格的科学……校勘工作跟牛顿研究行星运动完全不同，更像是狗抓跳蚤。如果一条狗用数学原理研究跳蚤的区域和数量，除非碰巧，否则它永远也抓不住一只跳蚤。"[8]路德维希·比勒尔（1960）认为科学方法的机械使用导致了"校勘学的危机"："这种倾向作为对于过度臆测的一剂有益的解毒针而兴起，却一方面引向过度的批判，另一方面引向纯粹的假定构建。"[9]

事物的发展道路往往是螺旋式上升。1980 年代以来，随着自然科学和计算机技术的进一步发展，校勘学再次走向"科学化"，主要表现为运用种系发生学方法考察文本传播的进化关系。

1991 年，文本整理者暨计算机专家彼得·鲁宾逊和进化生物学家罗伯特·奥哈拉合作，以挪威古代叙事诗《斯维波达格之歌》（*Svipdagsmal*）为对象，尝试用种系发生学方法厘清各抄本之间的关系，首次对豪斯曼的名言提出挑战 [10]。后来鲁宾逊又与多人合作，用类似的方法整理英国文学名著《坎特伯雷故事集》，进一步拓展这一方面的研究 [11]。克里斯托弗·豪等人《抄本进化论》（2001）以《坎特伯雷故事集》以及史诗《英格兰诸王》为例，对考察抄本进化的方法进行了介绍 [12]。迈克尔·斯托尔兹《新文献学与新种系学》（2003）[13] 对运用种系学方法并以电子版的形式整理沃尔弗拉姆（Wolfram）史诗《珀西瓦尔》（*Parzival*）进行了全面的报告。马修·斯潘塞《虚造抄本的种系发生学实验》（2004）[14] 模仿真实抄本传播的过程，人为虚造出一个抄本系统，然后请不同的人用种系发生学方法构拟抄本的进化关系，将结果与真实的抄本关系进行对照，对种系发生学方法的可靠性进行检验。

我们将在以上文献的基础上，对西方校勘学运用种系发生学的情况进行简要的述评。

种系发生与文本演化之间的相似性

种系发生学（phylogenetics）是生物学的一个分支学科，主要从历史演化的角度研究生物种群之间的进化关系。物种随着时间的推移发生变化，可能分化成不同的枝系，或者杂交在一起，或者因灭绝而终结。这个过程可以用种系发生树进行形象的反映。化石的记录是零星的、不可靠的，种系发生学主要依据的是现在的 DNA 数据。种系发生树就是以关于进化事件发生的先后顺序的假说为基础而构建起来的。

种系学方法之所以可以应用于文本校勘，是因为种系发生与文本传播之间具有很强的可比性。对于这一点，克里斯托弗·豪等人的《抄本进化论》（2001）进行了很好的总结：

在 15 世纪古登堡活字印刷术推广之前，书的传播依靠的是抄工的手抄。抄工在抄写文本时常常出现一些错误，有时也会有意地予以改动。无论是出于有意还是无意，改动过的文本，都有可能成为下一个抄工的范本，从而讹变的文字扩散开来。在抄写过程中出现的讹变在下一轮抄写中繁衍开去的过程，与DNA 发生变异，并随着遗传繁衍开去的过程甚为近似。

甚至种系发生学中的一些特异现象也可以在文本传播嬗变中找到相对应的现象。例如重新组合（recombination）。进化就是分化，已分化的相近物种之间杂交混合，形成重组体，称作"遗传重组"（genetic recombination）。抄工在抄写文本的过程中，有时候会中途更换范本，从而造成文本拼凑补衲的情形。

这与生物进化中的遗传重组颇为相似。

又如水平迁移（lateral transfer）。基因特征在历时种群之间的传承演化是"垂直进化"，在共时种群之间的感染同化是"水平迁移"。共时的若干文本（而不是同一文本的若干变本）之间的混同，可以比作基因的水平迁移。

又如"窜句脱文"（homoeoteleutons）。在抄写过程中，抄工的视线从范本移向抄本，然后再移回范本。在移回范本的时候，抄工的视线并没有回到此前所看的地方而是回到后面出现同一个词的地方，从而导致中间内容的脱漏，称作"窜句脱文"。在遗传系统中，DNA 在两个短的直接重复之间的序列被删弃的现象，是重复因素的错位重组，或称为"滑脱复制"（slippage replication）。"滑脱复制"与"窜句脱文"内在机理大致相同。

又如趋同进化（convergent evolution）。无论由于什么原因，在不同的种群中出现同样的变化，称作"趋同进化"。不同的抄工在同一地域工作，可能因共同的方言产生相同的讹变，这其实也是一种趋同进化。[15]

种系发生学方法

西方古典校勘和《圣经》校勘所要处理的文本证据，有相当大一部分是抄本。同一文本的存世抄本数量有时候可达几十种、几百种之多，《新约》的抄本数量甚至有数千种。面对数量如此庞大的数据，如果用传统的谱系法，非经年累月，不能有个结果。

进化生物学家们研究种系发生，已经取得了巨大的成就，特别是利用计算机技术，对各种数据进行自动化处理，发展出一系列方法和程序。如果这些方法和程序可以用来处理与种系数据相类似的抄本异文信息，那将会大大提高研究的效率。

研究种系发生，最为关键的是对生物进行分类。分类的方法大致可分为枝序分类法（Cladistics）和表型分类法（Phenetics）。枝序分类法着重研究种群在其进化历史上分孽事件（branching events）的顺序。表型分类法则是根据生物体的相似程度对种群进行分类[16]。

分类所依据的数据有两种，一是特征数据（character data），二是距离数据（distance data）。特征数据的表述形式是：物种x具有特征状态k。距离数据的表述形式是：物种x和物种y之间的差距为（譬如说）3.2单位[17]。特征数据是原始数据，距离数据是由特征数据计算获得。采用特征数据的分析方法又可称为特征方法，采用距离数据的分析方法又可称为距离方法。

最大简约法（maximum parsimony）是枝序分类法的代表，最大似然法（maximum likelihood method）是表型分类法的代表。此外还有距离矩阵法（distance matrix method）。

最大似然法虽然广泛适用于生物学领域，但在用于抄本分析时却存在困难[18]。因而目前用于文本种系分析的主要是最大简约法和距离矩阵法。

最大简约法的原理是，生物演化应该遵循简约性原则，所需变异次数最少（演化步数最少）的进化树，可能是最符合自然情况的系统树。由此出发，1991 年美国佛罗里达州立大学生物学教授戴维·斯沃福德（David Swofford）研发出"用简约法分析种系"（Phylogenetic Analysis Using Parsimony）程序，简称 PAUP[19]，是目前适用范围较广的种系发生分析软件之一。

距离矩阵法方面，最常用的方法是"邻接法"（Neighbor-Joining）。另外，德国比勒弗尔德大学数学教授 A.德雷斯等人研发的"分裂–分解"（split-decomposition）法也是在距离矩阵的基础上推导生物种系，相关的"分裂–树"（SPLITSTREE）程序往往被用来分析抄本系统[20]。

文本的转写、校对和编码

在运用有关种系发生分析软件对文本信息进行处理之前，先要对有关抄本进行转写、校对和编码。

（一）转写（transcription），就是将纸本文件的内容转写为可机读的电子文件。鲁宾逊和斯劳波瓦《〈巴斯妇故事〉之序言抄本转写的指导原则》（1993）[21] 是这一方面的代表性文献。其"转写理论"主要有以下四点：

（1）将抄本内容转写为可机读的电子文件，从根本上讲是一种阐释活动。

（2）转写存在层次选择的问题，按照忠实度从高到低依次有：

Graphic 式，较为忠实地记录原始文件的文字形体，类似于摹写；

Graphetic 式，区分字母的各种写法，相当于中文古籍转写时保留异写字；

Graphemic 式，区分词的各种拼写，相当于中文古籍转写时保留异构字[22]；

Regularized 式，对词的各种拼写进行统一化，相当于中文古籍转写时对异体字进行规范化。

（3）就转写的目的而言，Graphic 式（"摹写式"）和 Regularized 式（"规范式"）都不可取。

（4）合理的做法是，在 Graphemic 式的基础上，适度向 Graphetic 式倾斜，相当于中文古籍转写时在保留异构字的基础上，保留一部分异写字。

（二）校对（collation），就是将各个抄本的转写文件进行逐行对照，按词对齐，记录有意义的异文，生成关于所有本子之异同的尽可能精确的记录。克里斯托弗·豪等（2001）以史诗《英格兰诸王》第 13 行为例对此作了说明。该行六个抄本和一个印本的文字如下：

ffourtene yeere he bare his crowne l reede　　　　Ashmole59

xiiije yere he bare his crowne in dede　　　　Bodley48

xiiije yere bare his corone in dede	Bodley686
ffourtene yere he bare his croune l rede	CULAd6686
ffourtene yere bare he his crowne in dede	Harley2261
fortene bare hys crown in dede	Lansdowne210
Bare the crowne xij yere xi monthes & xvi dayes in dede	
	de Worde（印本）

这一行文字的意思大致是："事实上他在位十四年"。校对结果如下：

ffourtene	yeere	he	bare	his	crowne	l	reede
xiiije	yere	he	bare	his	crowne	in	dede
xiiije	yere		bare	his	corone	in	dede
ffourtene	yere	he	bare	his	croune	l	rede
ffourtene	yere	bare	he	his	crowne	in	dede
fortene		bare		hys	crown	in	dede
Bare the crowne xij yere xi monthes & xvi dayes						in	dede

最后一行可照其他本子乙转如下：

xij　yere xi monthes & xvi dayes Bare the crowne in dede

（三）编码（encoding），就是将转写文件的校对结果转化为种系发生学分析软件可以直接处理的形式。克里斯托弗·豪等（2001）将以上各行的异文信息编码如下：

AAAAAAAHH　Ashmole59

AAAAAAAAA　Bodley48

AAASAAAAA　Bodley686

AAAAAAAHH	CULAd6686
AAARAAAAA	Harley2261
ALASAAAAA	Lansdowne210
HAESRMAAA	de Worde

最后一行 de Worde 印本的文义大致为"事实上在位（字面义："戴王冠"）十二年十一个月又十六天"，编码含义如下：

H 表示从"十四"（ffourtene 或 xiiije）变为"十二"（xij）；

A 表示没有发生变化的"年"（yere）；

E 表示一行中的一部分发生变化（衍增"十一个月十六天"[xi monthes & xvi dayes]）；

S 表示脱漏"他"（he）；

R 表示舛倒，即"戴"（bare）的前移；

M 表示限定词"他的"（his）替换为定冠词"这个"（the），意义差别不大；

AAA 表示"王冠"+"在"+"事实上"（crowne in dede）三个单词没有变化[23]。

应当说，在将校对结果进行编码时，比较棘手的是衍文和夺文，因为这在按词对齐时会乱了数组。在这里西方校勘家借用种系学中的"空位"（gap）概念来概括衍文和夺文两种现象。对于"空位"，种系分析软件允许三种处理方式：忽略空位，把空位当作一个特殊的异文，或者排除掉包含空位的整列[24]。

异文的情况还可以以异文为目加以记录。鲁宾逊等（1992）以《斯维波达格之歌》的 44 个抄本为例进行了说明：

这些文件可以用两种格式展示。格式 A，每一行以异文数码开始，继之以标志抄本的数码，中间空一格。如此则"6 1 2 7"表示异文 6 只出现于抄本 1、2 和 7。格式 B，每一行首列异文数码，空一格，然后是 44 个 0 或 1。1 表示相应位置所对应的抄本中有该异文，0 表示相应位置上所对应的抄本中没有该异文。如此则为 6 1100001000000000000000000000000000000000 000000。

用种系发生学方法分析抄本系统的几个实验

如前所说，近二十年来，西方文本整理者、计算机专家以及生物学专家共同努力，尝试用种系发生学方法重建若干中世纪抄本系统的传播历史，取得了可喜的成果。这里将这些跨学科的实验综述如下 [25]：

（一）《斯维波达格之歌》抄本系统

《斯维波达格之歌》是挪威古代叙事诗，现存古抄本 47 个，是 1650 年至 1830 年之间分别用冰岛语、丹麦语以及瑞典语写成。因时代晚近，这些抄本之间的关系大多是清楚的。这一点，为验证种系发生学方法分析结果提供了可能性。这也是鲁宾逊选择该文本开展实验的原因。

首先，鲁宾逊根据外部证据并用传统谱系法，对《斯维波达格之歌》的抄本进行了分组，得出一个抄本关系列表。然后，鲁宾逊对各抄本进行转写、校对和编码，并将编码后的文件交给几个生物学家，请他们用种系发生学方法进行分析处理。这几个生物学家在对编码文件所对应的抄本完全不了解的情况下，用两种不同的种系发生学方法进行处理，得出种系发生树。有两位生物学专家采用几种类聚统计法（statistical clustering techniques），结果不是很理想；奥哈拉采用枝序分类方法，借助 PAUP 软件所得出的种系发生树，与鲁宾逊根据外部证据所得出的抄本间的关系大致吻合。

为什么枝序分类法会获得成功？鲁宾逊总结了三点原因：（1）枝序分类法对祖传异文和派生异文进行了区分，主要根据共同的派生异文对抄本进行分组，这与传统的谱系法在原理上非常接近。（2）枝序分类法提供了一个绕开所谓"对校的悖论"的方法。E. 塔尔博特·唐纳逊（E. Talbot Donaldson）曾指出：在知道原型之前，我们无法构拟谱系，但是如果没有谱系，我们就无法确定哪一个异文是原型[26]。面对这一困境，我们可以用枝序分类法构拟一个无根的树（unrooted tree），从而将整个树的祖本异文（即所谓"原型"）问题暂且搁置起来。（3）枝序分类法明确以树的模型开展工作，认为相似性不等于同源性。类聚统计学方法则主要是在相似性的基础上进行类聚统计分析，因而效果不如枝序分类法好。

用枝序分类法分析《斯维波达格之歌》所获得的成功具有重要意义。那些抄本多、部头大、关系复杂、令传统谱系法束手无策的文本传承系统，将有望得以厘清。在此基础上，文本整理者、语言史研究者以及文化史研究者的研究都将获得进展。

(二)《坎特伯雷故事集》抄本系统

乔叟的《坎特伯雷故事集》的文本问题是英语文学文献中最为困难的难题之一。1400年乔叟辞世时该书并没有完成，1500年前的各种本子流传至今共有88种，其中84种是抄本，4种是早期印本，大约有60种相对完整。六百年的传抄和整理都未能根本解决其文本问题。上个世纪二三十年代约翰·曼利（John Manly）和伊迪思·里克特（Edith Rickert）对《坎特伯雷故事集》的文本系统进行艰苦的梳理，先后制作了6万多张校对卡，在此基础上分析了文本传承，并最终在1941年推出了一个整理本。但是他们的工作没有获得成功，没有人采信他们的整理本，学者们对他们的方法进行了严厉的批判。从此人们视此为畏途，少有问津者。

1989年鲁宾逊开始用《坎特伯雷故事集》的部分内容验证其所研发的校对程序。1991年之后，伊丽莎白·斯劳波瓦（Elizabeth Solopova）和诺曼·布莱克（Norman Blake）先后加入该项研究，共同制订了研究方案。他们借助计算机技术，采用种系发生学方法，有步骤地对《坎特伯雷故事集》各部分进行分析研究，并以光盘形式逐步出版他们分析过程的所有文件，使读者可以验证他们的方法。

在他们的网站上可以看到对该项目的介绍："《坎特伯雷故事集》阅读、研究和整理的新方法"[27]。关于文本的转写、校对和编码等步骤已见前述。在编码之后，他们用了两个种系发生学方法分别作进一步的处理。

　　首先，他们采用"分裂－分解"方法，用 SPLITSTREE 程序对《坎特伯雷故事集》总序的前 250 行的 21 个抄本的异文信息进行分析，得出 SplitsTree 图（图 1）。

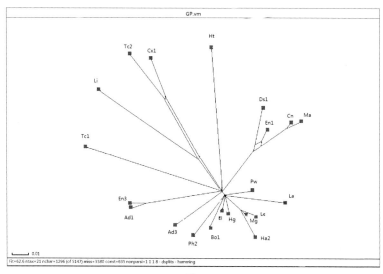

图 1

　　这个多歧树形图告诉我们，文本传承有一个根本的分裂：从 Ad3、Ad1、En3 顺时针旋转一直到 Ds1、En1、Ma 的各枝系构成上部（称为 α 组）；从 Ph2、Bo1 逆时针旋转一直到 Pw、La 各枝系构成下部（称为 O 组）。此外，它还告诉我们，在这两个大组中还存在多个小组：如 Ds1、En1、Cn、Ma 小组（称为 A 小组）和 Ii、Tc2、Cx1 小组（称为 B 小组），而 Ht 可能来自于 A、B 两个枝系的根系。

　　应当说明的是，在这个树形图中，枝条的长度代表差异的距离。另外，这是个无根树，并没有告诉我们哪个抄本最接近乔叟的原稿。树的中心点并不一定就代表根部。不过，学者们用传统谱系法所推导出的最接近原稿的抄本 Hg，倒正好是在树的中心点[28]。

他们又采用枝序分类法，用 PAUP 软件，得出枝序图（cladogram）（图 2）。

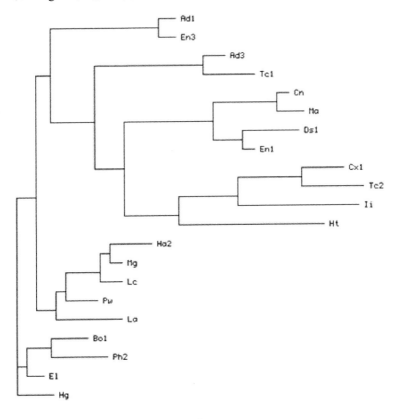

图 2

不难看出，用两种程序所得到的抄本分组十分接近。不过，鲁宾逊等人仍然非常谨慎："这些程序所得出的抄本关系图不是我们分析的终点，而是起点。我们学会了质疑这些程序：它们的结果有可能偏离正轨，有时非常离谱，从数据上校勘学家一眼就能看出是不合逻辑的。因而，我们用这些程序得出关系线索，然后再用其他方法进行探寻、确认、澄清、拓展，或者否定。"[29]

（三）《珀西瓦尔》抄本系统

沃尔弗拉姆的《珀西瓦尔》是欧洲中世纪最重要的史诗作品。因其内容复杂、篇幅巨大、抄本繁多，整理难度颇大。迈克尔·斯托尔兹（2003）对在新的历史条件下整理《珀西瓦尔》进行了尝试和讨论，提出了"新文献学"（New Philology）和"新种系学"（New Phylogeny）两个概念。其所谓"新种系学"，就是指生物种系发生学方法在文本校勘中的运用。

斯托尔兹认为："新文献学"强调文本传播的多样性和中世纪文本的不稳定性，放弃定于一尊的等级谱系，转而探寻中世纪文本的不确定性背后的意义和价值；而"新种系学"则是聚焦于抄本之间的关系和分类，以之作为文本校勘判断的基础。《珀西瓦尔》新的校理本必须考虑大量的异文，在新文献学和新种系学二元对立的方法论格局下确立文本。在新种系学方面，生物学家与文献学家的合作清楚地表明了两个学科所面临的问题的相似性。为分析生物进化关系而编写的计算机程序被证明对于确定抄本之间的关系也是有用的，在比传统方法用时要省很多的情况下，可以对抄本进行清楚明白的分类。在新文献学方面，电子媒介技术为清楚展示中世纪文本的嬗变提供了条件。

电子显示文本是新校理本不可或缺的前提，同时其本身也是一个整理本，有其自身的价值。这样的整理本使读者可以参与到校理的过程之中，将在不同异文间取舍的权利留给他们。另外，在这一过程中所形成的抄本数据库对于文学史研究者和语言史研究者也都有重要意义。

（四）虚造抄本系统的实验

用实际存在的抄本系统进行种系发生学分析的实验，可以将其结果与用传统的谱系法所得出的结果互相对照，从而检验其有效性。然而这并不是终极的验证，因为两种关于抄本间关系的构拟结果，都只是假说。有鉴于此，马修·斯潘塞等虚造了一个抄本系统（当然，这个系统中各抄本之间的关系，就是确实无疑的），然后用多个种系发生学方法进行实验，从而对种系发生学方法的适用性进行最终的验证。

他们以《珀西瓦尔》哈托（A. T. Hatto）英译本的前八段（834 个词，49 个句子）为基础制造抄本系统。之所以做这样的选择，是因为这是一部文学作品，长度适合志愿抄写者（剑桥大学的研究生）在较短时间内抄完（20 到 50 分钟），而且有一些不寻常的语言现象，可以产生一些讹误以供分析。虚造传承中的第一个文本是直接从印本抄写而来。接下来的 20 个抄本是以此前抄本的复印本为范本抄写而来。他们要求抄写者仔细、清晰地抄写其范本，但没有告诉他们研究目的是什么，对于明显的拼写错误和标点错误是否应当校正，也没有做任何要求。由此得到一个完全的抄本传播系统，这些抄本之间、抄本组之间的关系，称为"真实种系"（true phylogeny）。

他们对这些抄本进行转写和校对，形成以抄本为行、以单词为列的数组。如果有单词的衍增或脱漏，就用空位（gap）代表。他们把这个数组通过编码转化成生物种系学中常用的NEXUS 格式文件，交给没有参与第一阶段工作的其他几个人（记为 ACB），让这几个人用种系发生学的方法重建文本传播的历史。套用论文"盲审"的说法，这可以称之为"盲析"（blind analysis）。

ACB 等人采用多种方法（邻接法、最大简约法、分裂－分解法）和软件尝试重建这个虚造文本的种系。因为真实文本在传播中往往会发生抄本亡佚，所以他们还从全部抄本中任意选取一部分做子集合的种系分析，藉以考察抄本亡佚对于种系重建的影响。

这个实验的结果表明，用种系发生学方法重建文本传播的进化历史虽然未臻完美，但总的说来十分接近真实种系，种系发生学方法可以用于对抄本进化的分析研究。

结语

近些年来，种系发生学的方法越来越多地被运用到人文社会科学领域，为语言史、文化史的研究打开新的局面 [30]。用种系发生学方法研究文本谱系，正是在这个潮流中应运而生。

西方文本整理者认识到，文本在复制过程中发生讹变与生物在进化过程中发生变异，两者十分近似，从而产生了用生物种系发生学方法分析文本传播过程的想法。西方的文本整理者开始借助计算机技术，运用种系发生学分析文本传承关系，取得了令人欣喜的成果，证明了这种方法跨学科应用的可行性和有效性。总的来说，这一方面的研究有以下几个特点：

一是多个学科的交流融合。运用种系发生学方法重建文本传播的历史，需要综合文献学、计算机应用、统计学以及种系发生学等几个学科领域的知识、技术和方法。

二是多个学者的分工合作。个案研究中所面临的抄本系统庞大而又复杂，只有众人协同工作，才能有效推进。前面介绍的几种研究文献，除了迈克尔·斯托尔兹是单独署名外，其他都是集体合作，而且是你中有我，我中有你，形成了一个学术共同体。

三是寻找自然科学与人文艺术之间的契合点与平衡点。A.E.豪斯曼反对用数学原理、用统计学的方法研究文本问题，认为校勘更像是"狗抓跳蚤"，需要具体问题具体分析。鲁宾逊等人尝试用种系发生学的方法重建文本的传播历史，是对豪斯曼的挑战。不过，他们也认识到这种方法的局限，认为种系发生学方法所得出的结论不是终点，而是起点，需要校勘者鉴别和判断。

正如胡适（1933）所说，中西校勘学在研究方法上有"殊途同归"的一面，但总的来说，西方校勘学的方法"更科学化",值得我们学习和借鉴。种系发生学方法在文本校勘中的应用,是西方校勘学科学化的最新的体现,无疑值得我们关注。本文的综述不一定全面,介绍也不一定准确,抛砖引玉,希望有更多的国内同行关注西方校勘学,也希望国内生物学以及计算机应用方面的专家学者关注其技术和方法在文本校勘中的应用,共同推进对西方校勘学的研究和借鉴,最终提高中国校勘学的理论水平和实践效果。

注释

[1] 余英时"《老子古今》序",载刘笑敢《老子古今》,中国社会科学出版社,2006年,第2、3页。

[2] 胡适"校勘学方法论——序陈垣先生的《元典章校补释例》",载《胡适文集》第5卷,北京大学出版社,1998年,第122页。

[3]《三国志·魏志·高贵乡公纪》载,少帝高贵乡公至太学与诸儒论学,问及郑玄与王肃对《尚书》同一问题的解释"二义不同,何者为是?"博士庾峻对曰:"先儒所执,各有乖异,臣不足以定之。然《洪范》称'三人占,则从二人之言'。贾、马及肃皆以为'顺考古道'。以洪范言之,肃义为长。"中华书局,1959年,第136、137页。

[4] 参看 Bruce M. Metzger, Bart D. Ehrman. *The Text of the New*

Testament. New York： Oxford University Press，2005，p. 302。

[5] 参看 L. D. Reynolds，N. G. Wilson. *Scribes & Scholars： A Guide to the Transmission of Greek & Latin Literature.* 3rd edition. New York： Oxford University Press，1991，pp. 208-211。

[6] 参看 Sebastiano Timpanaro. *The Genesis of Lachmann's method.* edited and translated by Glenn W. Most. Chicago： The University of Chicago Press. 2005. pp. 102-118。

[7] 转引自路德维希·比勒尔《文法学家的技艺：校勘学引论》，收入《西方校勘学论著选》，上海人民出版社，2009 年，第 151 页。

[8] A. E. 豪斯曼《用思考校勘》，收入《西方校勘学论著选》，第 26 页。

[9] 路德维希·比勒尔《文法学家的技艺：校勘学引论》，收入《西方校勘学论著选》，第 151 页。

[10] Peter Robison，J. O. Hara. "Report on the Textual Criticism Challenge 1991". *Bryn Mawr Classical Review*，1992，3 (4)，pp. 331-337。

[11] Peter Robison et al. New methods of editing，exploring，and reading *The Canterbury Tales*. http：//www.canterburytalesproject. org/pubs/desc2.html.

[12] Christopher J. Howe，Adrian C. Barbrook，Matthew Spencer，Peter Robison，Barbara Bordalejo and Linne R. Mooney. "Manuscript evolution". *TRENDS in Genetics*，Vol.17, No.3,

2001，pp. 147–152.

[13] Michael Stolz. New Philology and New Phylogeny：
"Aspects of a Critical Electronic Edition of Wolfram's *Parzival*".
Literary and Linguistic Computing，Vol.18，No.2，2003，pp. 139–
150.

[14] Matthew Spencer，Elizabeth A. Davidson，Adrian C.
Barbrook and Christopher J. Howe. "Phylogenetics of artificial
manuscripts". *Journal of Theoretical Biology*. Vol.227，No.4，
2004，pp. 503–511.

[15] 同注 [12]。

[16] 参看 http：//www.icp.ucl.ac.be/~opperd/private/phenetics.
html。

[17] 参看 http：//rjohara.net/darwin/logs/07/07-095。

[18] 同注 [14]。

[19] 参看 http：//paup.csit.fsu.edu/index.html。

[20] 参看 A. Dress，D. Huson，V. Moulton. "Analyzing and
visualizing sequence and distance data using SPLITSTREE". *Discrete
Applied Mathematics*，Vol.71，1996，pp. 95–109。

[21] Peter Robinson and Elizabeth Solopova，"Guidelines for
Transcription of the Manuscripts of the Wife of Bath's Prologue". *The
Canterbury Tales* Project Occasional Paper I，1993，pp. 19–52. 见
http：//www.canterburytalesproject.org/pubs/op1-transguide.pdf。

[22] 关于"异写字"与"异构字"，参看王宁《汉字构形学

讲座》，上海教育出版社，2002 年，第 84 页。

[23]　注 [12] 所引文献对于各字母所代表的情况有一个系统的对照表。

[24]　同注 [14]。

[25]　克里斯托弗·豪、鲁宾逊等人《抄本进化论》（2001）的核心内容与《坎特伯雷故事集》的有关种系发生学应用实验大致相同，这里略过不提。

[26]　参看 E. Talbot Donaldson. "The Psychology of Editors". *Speaking of Chaucer*. London：Athlone Press，1970，pp. 102–118.

[27]　同注 [11]。

[28]　同注 [12]。

[29]　同注 [12]。

[30]　语言史方面的研究如美国 Don Ringe 等正在进行的"历史语言学中的计算机种系发生学"（COMPUTATIONAL PHYLOGENETICS IN HISTORICAL LINGUISTICS）项目，参看 http：//www.cs.rice.edu/~nakhleh/CPHL/，文化史方面的研究，可参看如 Ruth Mace 等"用种系发生学方法研究文化进化"（A phylogenetic approach to cultural evolution），*Trends in Ecology & Evolution*. Vol.20，No.3，2005，pp. 116–121。

（原刊于《古典文献研究》第十三辑，2010 年）

校勘的"道"与"技"

做任何事情，都有一个"how"（"如何做"）的问题。而"know-how"（"知道如何做"），又有着不同的层次。善解牛的庖丁说："臣之所好者，道也，进乎技矣。""技"是低层次的 know-how。"技"来自于经验，来自于不断的试错，其主要特点是有效、管用，即所谓"不管白猫黑猫，捉住老鼠就是好猫"。这个层次的 know（"知"），是知其然，不知其所以然。"道"是高层次的 know-how。"道"在经验之外，更参以理性，其主要特点是深刻、系统、一以贯之、以简驭繁。这个层次的 know（"知"），是知其然，更知其所以然。

校勘之事，有其"道"和"技"。校勘学，就是关于校勘的"道"和"技"的学问。

德国学者加布勒为《约翰·霍普金斯文学理论与批评指南》撰写的"校勘学"条目，对西方校勘学进行了很好的概括。颜庆余君将其翻译为中文，发表在《古典文献研究》第十三辑，是做了一件好事。不过，因为我们对西方校勘学的译介还处在起步阶段，所以译文中难免还有一些不准确，甚至错误的地方。这里谨就其第一自然段略为商榷。

（一）

加布勒原文：Textual criticism provides the principles for the scholarly editing of the texts of cultural heritage.

颜译：校勘学为学者编校文化遗产的书写文本提供诸项原则。

按：这是开篇第一句，有点儿开宗明义，为"校勘学"下定义的意思，所以很关键。颜君将 the scholarly editing 译为"学者编校"，不准确。the scholarly editing，字面可译为"学术性整理"。西方的古籍整理，跟中国的古籍整理差不多，也有类似于"学术性整理本"和"白话普及本"的区分。前者又叫 critical editing（校勘整理），后者则称为"当代化整理"（参看杰罗姆·麦根《现代校勘学批判》第 95 页）。"校勘整理"的宗旨是复古，即回溯文本传播的历史过程，恢复文本的原始面貌。"当代化整理"则是让文本与时俱进，以便当代人的阅读理解。将状中结构的 scholarly editing（"学术性整理"或"校勘性整理"）翻译为"学者编校"（主谓结构），等于忽略了"学术性整理"（即"校勘整理"）和"当代化整理"的区分（因为所有 editing 的施事者都是 scholar）。

今试译为：校勘学为对文化遗产中的文本进行学术性整理（按：又叫"校勘性整理"）提供原理和方法。

（二）

加布勒原文：but its systematic principles in the works of the librarian Aristarchus of Samothrace for the most part have not survived.

颜译：不过其系统原则大多未能在阿里斯塔克斯的著作中保存下来。

按：颜君将 works 译为"著作"，不妥，应译为"工作"；整句的结构也不对。

从语义上看，译为"大多未能在阿里斯塔克斯的著作中保存下来"，这就意味着：（1）其系统原则有可能保存在其他人的著作中；（2）今天可以看到 Aristarchus of Samothrace 的著作。其实，希腊化时代的校勘学，已基本无从考实。另外，Aristarchus of Samothrace 的著作，也已尤存，只零星见于各种集注的摘引。

从结构上看，介词结构 in the works of the librarian Aristarchus of Samothrace 所修饰的，是 its systematic principles，而不是 survived。

今试译为：贯彻在阿里斯塔尔库斯馆长各项工作中的系统原则，绝大部分已经失传。

（三）

加布勒原文：Instead，the scriptoria of the proliferating centers of medieval learning were ruled by the pragmatics of the copyist.

颜译：取而代之的是抄写者的语用学，主导着中世纪学术传播中心的僧侣誊抄间。

按：颜君将 pragmatics 译为"语用学"，错误（后文"语用学"出现了几次，也都是错的）。"语用学"是语言学的一个分支学科，迄今只有一百多年的历史，中世纪怎么会有"语用学"？这里的 pragmatics，相当于开头我们提到的那种"有效"、"管用"的"技"，而亚历山大图书馆馆长阿里斯塔尔库斯的"系统原则"，则有似乎"道"。在中世纪，"道"已不存，校勘所凭者，唯有"技"。

今试译为：取而代之，在作为中世纪知识扩散中心的抄书作坊里，奉行的是抄工的行业经验技术。

（四）

加布勒原文：Scribes interpreted texts as they copied them，and as they did so they often compared variant source document exemplars and，in the process，altered texts in transmission.

颜译：抄写者边抄写边释读，并在释读时经常对照不同的原始文献标本，在此过程中改变了文本及其流传状况。

按：颜君将 source document exemplars 译为"原始文献标本"，不准确。Exemplar 是复制的模版，可译为"范本"。译为"标本"，则体现不出"范本"与"过录本"之间的区分。source document 可译"源文件"，这是相对于 target document（"目标文件"，指这一过程即将形成的过录本）而言的专门术语。另外，颜君将 texts in transmission 译为"文本及其流传状况"，显然也是不妥的。

今试译为：抄工们在抄写文本的同时也训释文本，而当如此作为的时候，他们常常比较相歧异的多个源文件范本，并在这个过程中，改动传承中的文本。

（2011 年 3 月 19 日）

桑兹行文并无甚费解之处

桑兹《西方古典学术史》中译本的出版，是中国西方古典学研究领域的一件大事。高峰枫先生《翻一翻西方学术的家底》一文（《东方早报·上海书评》2011 年 7 月 17 日刊发），对桑兹一书的价值以及张治先生中文译本的风格进行了很好的介绍和评点。韩潮先生《荷马的寓意》一文（2011 年 8 月 7 日刊发），针对高文所涉及的一例，即桑兹提及的阿那克萨哥拉对荷马的寓意解释，提出不同的意见，并对一段中文翻译提出商榷。韩文引据西方学者的有关讨论，认为桑兹关于阿那克萨哥拉的论断缺乏文献依据，这无疑是很有道理的。不过，其关于那段中文翻译的商榷，似乎仍嫌未达一间。本着疑义相与析的精神，这里也略陈管见。

Anaxagoras of Clazomenae saw the rays of the sun in the arrows of Apollo. Not content with this obvious anticipation of Solar Mythology，he is said（whether truly or not）to have found……

原中译：阿那克萨革拉将日之光线领会为阿波罗的箭矢。因不满于日神故事的预言太明显，据言（姑且听之）他曾……

发现……"

韩文认为，前一句的意思是："阿那克萨哥拉尝言，阿波罗的箭矢代表的就是日光。"后一句"桑兹的意思是说：'如果说阿那克萨哥拉明显预见了后世的比较神话学有些言过其实的话，那么，据说（姑且不论其真伪与否）他还曾发现……'"并进而评论说："桑兹先举一例，唯恐夸大其辞不够确切，又引用了一则真伪莫辨的材料，实在令人感到费解。"

韩文对第一句的理解、对第二句"神话学"一语的理解，都是对的。不过其所谓"桑兹"（感觉）"有些言过其实"、"唯恐夸大其辞不够确切"云云，恐怕并不符合桑兹原文之义。桑兹的结论，固然可以商榷，但桑兹的行文，却并无甚费解之处。只是 Not content with this obvious anticipation of Solar Mythology 一句略微有点儿麻烦。这句其实可以分为两句：This is an obvious anticipation of Solar Mythology. Not content with this.....

今试译为：

阿那克萨哥拉曾把阿波罗的箭矢解释为太阳的光线。这显然开启了太阳神话学的先河。非唯如此，据说（真假未知）他还曾发现……

这两句的大概意思是说，阿那克萨哥拉不仅开启了太阳神话学的先河，据说还曾为辩证法导夫先路……

（原刊于《东方早报·上海书评》，2011 年 10 月 8 日）

第二编

《歧路灯》引用儒家典籍考论

一、引言

清代李绿园（1707—1790）所撰《歧路灯》，是一部意在淑世的教育小说，在中国文学史上占有十分重要的地位。朱自清认为《歧路灯》"只逊于《红楼梦》一筹，与《儒林外史》是可以并驾齐驱的[1]"。这固然是过誉之论，但也不是无因之说。冯友兰指出："《歧路灯》的道学气太重，的确是一个大毛病。"[2]所谓"道学气"，是指书中有不少封建道德说教，同时也表现为对儒家典籍的大量引用。这在思想上颇受诟病，却自有其社会历史认识价值；在阅读时洵为难点，却自有其美学欣赏价值。本文将从小说引用儒家典籍的角度，对其教育思想进行义理寻绎，对其语言艺术进行辞章赏析。

河南学者栾星在上世纪六七十年代用十余年的时间对《歧路灯》进行校注，校注本于1980年由中州书画社（即今中州古籍出版社）出版，在海内外引起强烈反响。栾氏"以清乾隆末年钞本《歧路灯》为原本，参稽他本，校订全书为一百零八回，并作注千余条，于俚语、方言、称谓、名物制度及古人、古籍、历史事件、三教九流行藏等，加以注释，详加考订，颇为精审"[3]，是今天阅读、研究《歧路灯》的最重要的版本[4]。不过就小说引用儒家典籍而言，校注本在校勘、标点、注释等方面仍还存在一些问题。本文将对此予以考据补正。

二、礼教道学的根柢

儒家典籍是《歧路灯》作者所宣扬的礼教道学的根柢。小说以明代河南祥符（今开封）一户乡绅谭孝移、谭绍闻父子二人的生平为叙事主线，以谭绍闻改过迁善为核心情节。作者借书中主要人物之口，或者以叙事者的身份发表了许多"道学气"十足的议论，要其指归，不外乎四书五经，程朱理学。另外作者在书中主要人物的名字拟定上也颇费心思，皆有其来历和寓意。

（一）四书五经

第十二回谭孝移临终向儿子绍闻反复叮咛的八个字"用心读书，亲近正人"，是整部小说的主脑。第九五回谭绍闻的堂兄谭绍衣论道："这是满天下子弟的'八字小学'，咱家子弟的'八字孝经'"，应当"镂之以肝，印之以心，终身用之不尽。"那么所要读的是什么书呢？当然是四书五经。读到什么程度？

到会背能讲。

第十一回谭孝移自京城告病回乡，见到儿子绍闻的第二任老师侯冠玉，首先问："端福的《五经》读熟不曾？讲了几部呢？"并强调读经的重要："穷经所以致用，不仅为功名而设；即令为功名起见，目不识经，也就言无根柢。"儒家典籍是致用和言论的根柢，谭孝移的话代表作者的观点。当时科考也重五经。虽然"五经"科目应试者聊聊无几，而且"多是临场旋报的，希图《五经》人少，中的数目宽些。"（第七回）但是第七回却有学台责令举报"儒童中有能背诵《五经》者，文理稍顺，即准入学充附"一事，这一方面反映出科考的实情，另一方面也是作者的理想所寄。

与《五经》相比，《四书》尤为科举考试所重。第七回祥符县学署副学陈乔龄说道："如今做官，逢着月课，只出《四书》题，经题随秀才们自己拣着做，就没有经文也罢。"书中所见"《四书》题"凡九处，《论语》其八："无友不如己者"（第四三回），"或乞醯焉"（第七九回），"孝弟也者，其为人之本与"（第八七回），"吾与点也"（第八七回），"君子不重则不威"（第九十回），"因不失其亲，亦可宗也"（第九十回），"君子不器"（第九三回），"强恕而行，求仁莫近焉"（第九三回）；《孟子》其一："人恒过然后能改"（第八七回）。

朱熹《四书集注》是当时的教材，注文也要一起背会的。与《歧路灯》成书年代大致相同的《红楼梦》和《绿野仙踪》都有相关的叙述。《红楼梦》第七三回贾宝玉暗忖："如今打算打算，肚子内现可背诵的，不过只有'学''庸''二论'是带注背得出的。""学""庸""二论"指《大学》、《中庸》、《论语》，注即朱熹集注。《绿野仙踪》第一回："一则王献述训诱有方，二则于冰天姿卓越，至一年后，将《诗》、《书》、《易》三经并四书大小字各烂熟胸中，兼能句句都讲的来。"所谓"大小字"是指正文和注文。

小说作者李绿园曾应科举试中举人，做过一任知县，告归后在家乡教过书。习举子业，为士子师，其腹笥所藏，要为儒家典籍。及其援笔为文，四书五经就成了他叙事行文、发表议论的最重要的资源。小说引用儒家典籍约一百五十处，其中《论语》五十处，《诗经》三十五处，《孟子》十六处，《礼记》十四处，《易经》十一处，《尚书》九处，《左传》五处。另外还引用朱熹《四书集注》及《诗经集传》凡五处。

（二）名寓教思

华夏族人对姓氏名号非常重视。孔子以"正名"为先[5]，《离骚》因"肇锡余以嘉名"而感。《歧路灯》作者为书中人物拟名，绝非轻易，都有来历，有寓意。主要人物的名字基本上都来自四书五经，论其用意，用书中的话来说就是"以寓教思"。

主人公谭绍闻字念修。第五五回："程嵩淑道：'尊公名以绍闻，必是取"绍闻衣德"之意，字以念修，大约是"念祖修德"意思了。'"按："绍闻衣德"，出自《尚书·康诰》："绍闻衣德言。"正义曰："继其所闻者，服行其德言。""念祖修德"，

110

出自《诗经·大雅·文王》："无念尔祖，聿修厥德。"谭绍闻次子名"用威"。第九五回："观察道：'二俉什么名子？'绍闻道：'名叫悟果。'观察道：'咦，这像僧尼派头，不可为训。此俉名簣初，是学册已有注名，不必更改。这二俉就该以用字起派，以下就是心字。'簣初道：'伯大人就起个名儿，以肇其始。'观察沉吟道：'"董之用威"，即以用威为名，以寓教思。'"
"董之用威"，栾注："语出《尚书·大禹谟》，是禹向舜陈说的修政治民的方法。董，督促，督责。"

"绍闻"、"用威"名字寓意书中明揭之外，其他主要人物的名字也都能从儒家典籍找到出处。谭绍闻之父谭忠弼，号孝移，寓意"忠乃孝移"，本《孝经》："移事父孝以事于君，则为忠矣。"谭绍闻长子谭簣初，寓意"自强不息"，本《论语·子罕》："譬如为山，未成一簣，止，吾止也；譬如平地，虽覆一簣，进，吾往也。"朱子集注："盖学者自强不息，则积少成多。中道而止，则前功尽弃，其止其往，皆在我而不在人也。"谭绍闻之师娄昭，号潜斋，本《中庸》："诗云：潜虽伏矣，亦孔之昭。"谭家仆人王中，号象荩，本《诗经·大雅·文王》："王之荩臣。"朱熹集传："荩，进也。言其忠爱之笃，进进无已也。""象"，法也。《尚书·微子之命》："崇德象贤。"谭绍闻之友盛希侨、盛希瑗昆仲，寓意"希贤"。"侨"乃子产之名，"瑗"乃蘧伯玉之名，皆春秋之际贤人。《史记·仲尼弟子列传》："孔子之所严事：于周则老子；于卫，蘧伯玉；……于郑，子产；……"书中几位"老成典型"的名字也是各有其寓意。程希明，字嵩淑，嵩，高也，寓意"高明"。《中庸》："极高明而道中庸。"小说中程嵩淑为人亢爽，多次对谭绍闻予以训诫。张维城字类村，寓意"卫道明善"。《诗经·大雅·板》："宗子维城。无俾城坏。"《诗经·大雅·皇矣》："克明克类。"朱熹集传："克类，能分善恶也。"小说中张类村主要事迹是刻印《阴骘文注释》。孔述经字耘轩，寓意"耕读传家"，第十九回"教子孙两条正路曰读曰耕"，可为映照。

如上所说，《歧路灯》中人物的名字每每本之经传，使人"顾名而思义"。除此以外，人物所居止的亭台楼室的名号也往往本之经传，使人"寓目而警心"。祥符县令衙署中有"斯未亭"（第六五回），乃县令与幕友商议公务之地。"斯未"取自《论语·公冶长》："子使漆雕开仕。对曰：'吾斯之未能信。'子说。"孔子让漆雕开出仕，漆雕开表示，为官治民事关重大，对此尚未能自信。孔子对他的态度很满意。县令将其向幕友请教的处所命名为"斯未亭"，也正是表示其未敢自信的态度，表示对为官治民之事的敬慎和认真。盛希侨家中有"退思亭"，娄潜斋署中有"补过处"，俱见于回目：第六八回"退思亭盛希侨说冤"，第七一回"补过处正言训门徒"。"退思"、"补过"皆本之《孝经》。《孝经·事君》："君子之事上也，进思尽忠，退思补过，将顺其美，匡救其恶，故上下能相亲也。"

（三）"庄言正论"

《歧路灯》中的道德说教，多是借书中老成典型之口，引

112

经据典，发为"庄言正论"[6]。可以说，儒家典籍是书中议论的底蕴。由于当时儒生对于经典多是熟读成诵，在引用的时候往往只是点到即止，言简而义丰，辞约而理赡，有着极强的"文本间性"（intertextuality）。这就要求阅读者熟悉所指涉的经典。儒家典籍是我们充分理解书中"庄言正论"的一把钥匙。举例说明：

　　谭孝移道："论我的生平，原不敢做那歪邪的事，其实私情妄意，心里是尽有的。只是想一想，怕坏了祖宗的清白家风，怕留下儿孙的邪僻榜样，便强放下了。各人心曲里，私欲丛杂的光景，只是狠按捺罢了。如今若应了这保举，这就是欺君，自己良心万难过去。这是本情实话，你还不知道我么？"潜斋道："举念便想到祖宗，这便是孝；想到儿孙，这便是慈。若说是心里没一毫妄动，除非是淡然无欲的圣人能之。你这一段话，便是真正的贤良方正了。"（第六回）

　　这一段讲修己的功夫，是全书"教训"的主旨。朱自清说："这个理欲不断的战争和得失，便是本书的教训，或说是理想。"这也正是程朱理学的核心要义。朱熹《孟子序说》引杨氏曰："孟子一书，只是要正人心，教人存心养性，收其放心。"《朱子语类》卷十二："圣贤千言万语，只是教人明天理，灭人欲。"而"想到祖宗"、"想到儿孙"这样朴素的"复性"之阶，即是朱熹

《大学章句序》所谓"不待求之民生日用彝伦之外",同时也是《诗》、《书》中反复叮咛的教训。《诗经·大雅·文王》:"无念尔祖,聿修厥德。"《大雅·文王有声》:"诒厥孙谋,以燕翼子。"伪古文《尚书》"五子之歌":"有典有则,贻厥子孙。"

小说核心情节是谭绍闻的改过迁善,作者将这个迷途能反的原始动力归结为孟子的"性善说",多次引用《孟子·告子上》"牛山之木"章,其中"平旦气"三字全书共出现五次,有三首回末诗用该章之义:

> 冲年一入匪人党,心内明白不自由。五鼓醒来平旦气,斩钉截铁猛回头。(第二十回)
>
> 自古曾传夜气良,鸡声唱晓渐回阳。天心徐逗滋萌蘖,依旧牛山木又昌。(第二五回)
>
> 人生原自具秉常,那堪斧斤日相伤;可怜雨露生萌蘖,又被竖童作牧场。(第四二回)

可谓三复斯言,寄托深远。

谭孝移留给儿子"用心读书,亲近正人"这"八字小学",前四个字已见前论;后四个字书中也是反复提撕,揆其根据,亦不外乎儒家典籍:切切戒之以"比匪"(第三六回、四三回),语本《周易·比》:"比之匪人,不亦伤乎。"殷殷期之以"蓬麻"(第一回、六三回),语本《荀子·劝学》:"蓬生麻中,不扶而直。"更以月课题目教之以"无友不如己者"(第四三回),出自

《论语·学而》："无友不如己者，过则勿惮改。"

书中随处所发之议论，也多是以儒家典籍为根据。

例如关于教子，则曰"无忘无助"：

> 观察道："……簧初侄今科不中，正省了早发早萎这个忧心。即下科不中也不妨。若两科不中就迟了。"绍闻道："哥大人教训，愚弟如聋聩忽听半天人语，可惜簧初今日不曾来。"观察道："他来又不可说破，一说破，又不免凿开混沌。总在我们为父兄的，默存其意于无忘无助之间而已。"（第九六回）

"无忘无助"语本《孟子》。《孟子·公孙丑上》曾举宋人揠苗助长的故事，认为"养浩然之气"的基本态度应该是"必有事焉而勿正，心勿忘，勿助长也"，既不可无所作为，也不能急于求成。作者拈来作为教育子弟的要诀，可谓得宜。反观今日为人父母者在教育子女问题上急于求成以至于拔苗助长的种种作为，先哲之言，实在是一盏耿耿不灭的歧路明灯。

关于临丧，则曰"宁俭""宁戚"：

> 潜斋道："你路上对我说，孔耘轩这几日瘦了半个，全不像他。这岂不是哀毁骨立么？即如席上粗粗的几碗菜儿，薄酒一二巡，便都起了；若说他吝惜，不记得前日行'问名'礼时，那席上何尝不是珍错俱备？"（第六回）

115

"粗粗的几碗菜""哀毁骨立",这一段议论所根据的,当是《论语·八佾》:"礼,与其奢也,宁俭;丧,与其易也,宁戚。"

关于为政,则曰"德风""德草":

> 此等劣员,那能恫瘝民瘼,一家哭一邑合掌。但上台之德风,州县之德草,今日幸叼厚贶,何不撤此梨园以便攀谈聆教?（第九五回）

这段话的故事是:抚台用梨园演剧招待学台,有属员某河道素好狎优,唐突搀言,遭学台面斥,抚台于是向学台表示该河道已因素行不谨名列弹章,学台答曰:"上台之德风,州县之德草。""德风""德草"语本《论语·颜渊》:"子欲善,而民善矣。君子之德风,小人之德草。草上之风,必偃。"朱子集注:"以身教者从,以言教者讼。"学台引《论语》,盖以"身教"戒之也。

三、修辞文章的凭依

小说作者不仅从儒家典籍中汲取其义理,发表为"典而且实"的议论,而且采掇其词华,铺写成"雅而且趣"[7]的文章。冯友兰对《歧路灯》的"辞令"赞叹有加,而其"辞令"的最大特色,就是以儒家典籍作为小说语言运用的一个资源和凭依。

这是作者儒生身份的当行本色，后院风光。庄重的经典语词与轻松的行文语境之间形成一种张力，或弹射为具有发覆机趣的歇后语，或共振成具有重奏效果的双关语，或断章取义结撰为涉笔成趣的雅致辞令。

（一）截下歇后

"截下"是八股命题的一种形式，其目的是为了考验士子对儒家经典熟悉和理解的程度。"歇后"是趣语修辞的一种方法，具体操作是隐去句末之词，暗示其义。作者以其所熟悉的四书五经中语句截下而为歇后，儒生之常习，翻成修辞之雅趣。

1. "巧言令"="色"。

希侨道："也罢。夏贤弟，掏出你的'巧言令'来。"逢若撩起衣服，解开顺袋，取出六颗色子，放在碗里。（第二十回）

栾注："巧言令"，这是一句隐后语。《论语·学而篇》有"巧言令色，鲜矣仁"的话，"巧言令"，隐指色子。

2. "万方有"="罪"，"直而无礼则"="绞"。

弄出世上"万方有"，落个"直而无礼则"。（第六四回）

栾注："弄出世上'万方有'，落个'直而无礼则'"，意谓管贻安弄出罪情来，落了个被绞死的结局。也是一句含有嘲弄意味的游戏笔墨。"万方有"为"万方有罪"的截后语，隐射一个罪字。语出《尚书·汤诰》。"直而无礼则"为"直而无礼则绞"的截后语。语出《论语·泰伯》。绞的原意，谓急切，意谓人如太爽直而不能用礼来节制，就要流于急切。这里，把绞用为绞刑的绞。绞为旧日死刑之一种，次于斩。

（二）谐音双关

双关，英文为pun。西方人认为"双关（pun）"是常见的幽默形式，并将爱讲双关语的人称为punster。《歧路灯》作者李绿园可以算得上是个classical punster——是个"第一流的"，同时也是"熟悉经典的""双关语的制造者"。

1."一贯（罐）之传"。

> 乔龄道："昨日备的祭酒，未必用清。我就叫门斗再带一罐儿酒去。"程嵩淑道："老师既赐以一罐之传，门生们就心领神惠。"（第五回）

栾注："一罐之传，是一句玩笑话。孔子有'吾道一以贯之'（《论语·里仁》）的话，后世遂以一贯之传来形容孔学的道统与学统。'罐'与'贯'同音，遂以'一罐'谐'一贯'。"

按："心领神惠（会）"也是谐音双关，因所赐之酒是祭酒，故可称"神惠"。

2."欲加之罪（醉）"。

嵩淑道："但愿老师于门生，常常欲加之罪（醉）而已，亦何患无辞。"师弟各粲然大笑。(第七回)

按:《左传·僖公十年》:"欲加之罪，其无辞乎？"后演变为"欲加之罪，何患无辞"。程嵩淑以"进贤者蒙上赏"为由向老师周东宿请赏（赐酒），周东宿以为理由不充分，程嵩淑遂有此雅谑，意思是，只要老师赐酒，管他什么理由。

3."相（箱）在尔室"。

绍闻道："箱子他咬不破，不妨事。"锁了门要走。妇人道："俺住的屋子漏的要紧，大叔看看，好叫匠人收拾。"绍闻跟的看屋漏，偏偏走扇门儿，自会掩关。竟是"'箱'在尔室"，不能"不愧于屋漏"矣。(第二九回)

栾注："这是一句双关语。《诗·大雅·抑》:'相在尔室，尚不愧于屋漏。''相'与'戏箱'之'箱'同音；屋漏，本意为屋之暗角处，'不愧于屋漏'，犹如说不欺暗室。"按：亦见《中庸》。

4."有耻且格（革）"。

现今程县公是百姓的父母，光棍的阎王，咱两个这不

119

大前程，便要到"有耻且革"地位。（第四六回）

按：栾氏未注。《论语·为政》："道之以政，齐之以刑，民免而无耻；道之以德，齐之以礼，有耻且格。"朱子集注："格，至也。……民耻于不善，而又有以至于善也。""有耻且格"经文的意思是百姓既有道德感又能实现秩序和谐。小说"有耻且革"意思是这两个劣秀才的前程有可能十分丢人地被革斥。

5."切切偲偲（撕撕）"。

不多一时，白鸽嘴办理酒肉上来。这一起儿朋友，"切切偲偲"，摆满桌面。（第五八回）

按：《论语·子路》："朋友切切偲偲怡怡如也。"朱子集注："切切，恳到也。偲偲，详勉也。怡怡，和悦也。"栾注："这里指把买回来的熟食切切撕撕。"

（三）断章取义

作者引用经传，有时仅撷取词华，断章取义，涉笔成趣。

1."鲜矣"。

到了他令郎夏逢若手内，嗜饮善啖，纵酒宿娼，不上三五年，已到"鲜矣"的地位。（第十八回）

"鲜矣"二字引自《论语》。《论语·学而》："其为人也孝弟，而好犯上者，鲜矣。"《论语·里仁》："以约失之者鲜矣。"朱熹集注："鲜，少也。""鲜"，甚言其少，字亦作"尠"。冯友兰称道《歧路灯》辞令之妙，特举此例，并在行文中加以戏仿。用孔夫子之语，将感慨语气包裹在措辞之中，似乎在历史的隧道之中，听到一声悠然的回响。

2."其涸也"。

后来自己输了些，家中吃了些，那邓三变一宗银子，本是无源之水，也渐到了其涸也地位。（第五六回）

按："其涸也"出自《孟子·离娄下》："徐子曰：'仲尼亟称于水，曰：水哉，水哉！何取于水也？'孟子曰：'原泉混混，不舍昼夜。盈科而后进，放乎四海，有本者如是，是之取尔。苟为无本，七八月之间雨集，沟浍皆盈；其涸也，可立而待也。故声闻过情，君子耻之。'"孟子以水为喻，表示"躐等干誉"不可取。这里作者藉以形容夏逢若所得不义之财，悖入悖出，如无源之水，"其涸也，可立而待也"。

3."必有事焉"。

原来真正必有事焉之人，困了即睡，不是故意往寻黑甜。（第九二回）

按："必有事焉"出自《孟子·公孙丑上》："必有事焉而勿正，心勿忘，勿助长也。"本是孟子"养浩然之气"的要诀，这里作者撷取文辞，遗落经义，只是要表示"有事"的意思。

4."莫之为而为"。

大凡学生肯读书，黑脸皮儿都是秀气；不肯读书的，即是白净脸，也都是油气。这是莫之为而为的。（第十一回）

按："莫之为而为"出自《孟子·万章上》："莫之为而为者天也，莫之致而致者命也。"孟子认为上古尧、舜传位于贤，禹传位于子，是"天与贤，则与贤，天与子，则与子"，是"天命"。这里作者所要表达的意思与经义无涉，只是要说"腹有诗书气自华"这种现象，是自然而然，不期然而然的。

5."继长增高"，"恶紫夺朱"。

先喝了一声打嘴，皂隶过来打了二十个耳刮子。直打的两腮边继长增高，满口中恶紫夺朱。（第六十回）

按："继长增高""恶紫夺朱"皆是以经典之语为雅谑。前者出自《礼记·月令·孟夏之月》："是月也，继长增高，毋有坏堕。"后者出自《论语·阳货》："恶紫之夺朱也，恶郑声之乱雅乐也。"朱子集注："朱，正色，紫，间色。雅，正也。……天下之理，正而胜者常少，不正而胜者常多。圣人所以恶之也。"孔子以"恶紫夺朱"为喻，表达痛恨似是而非者惑乱人心的意思。这里作者有意曲解其义，表示口中颜色紫朱夹杂，鲜血直流。

6．"莫见乎隐，莫显乎微"。

> 孔耘轩道："诚意正心许程朱说，不许我们说；许我们心里说，不许我们嘴里说；许我们教子弟说，不许对妻妾说。诚意正心本来无形，那得有声。惠老是画匠，如医书上会画那莫见乎隐、莫显乎微的心肝叶儿。"（第三九回）

按：《中庸》："莫见乎隐，莫显乎微，故君子慎其独也。"朱子集注："见，音现。隐，暗处也。微，细事也。独者，人所不知而己所独知之地也。言幽暗之中，细微之事，迹虽未形而几则已动，人虽不知而己独知之，则是天下之事无有著见明显而过于此者。""莫见乎隐，莫显乎微"本来的意思是暗室欺心，神目似电，隐微之事最为著见明显。这里作者有意曲解，表示人的心肝叶儿"隐"而"莫见"，"微"而"莫显"，是从外表看不到的东西。

四、校点考据的准据

《歧路灯》大量引用儒家典籍，相关部分的校勘、标点和注释就要以四书五经为准据。另外，由于朱熹对儒家典籍的注释是当时的基本教学参考书，是作者最熟悉的书籍，因而也颇多引用。栾星先生所做的校点注释可称精审，然而间或也有未及之处，今以校勘、标点、注释为目试为补正。

（一）校勘问题

1."族"当为"旅"。

> 官场中"仪礼"一部，是三千两，"毛诗"一部，是三百两，称"师"者，是二千五百两，称"族"者，是五百两。不惟谈之口头，竟且形之笔札。以此为官，不盗国帑，不啖民脂，何以填项？（第一〇五回）

按：这段话说的是官场中提到银子数量的隐语。"毛诗"一部是三百两容易理解，"诗三百"也。"仪礼"三千则需要解释。《礼记·礼器》："经礼三百，曲礼三千。"郑玄注："经礼谓《周礼》也……曲犹事也，谓今礼也。"郑玄所谓"今礼"即《仪礼》。《朱子语类》卷八十七："郑康成注：'经礼三百'云是《周礼》，'曲礼三千'云是《仪礼》。"大概这就是"'仪礼'一部，是三千两"的来源。

"称'师'者，是二千五百两"云云，其直接来源应当是朱熹的《四书集注》。《论语·先进》"加之以师旅"朱子集注："二千五百人为师，五百人为旅。"故"师"可隐射二千五百，"旅"可隐射五百。栾校本"族"字，乃"旅"字之形讹。上海

124

图书馆藏清钞本 [8] 作"曰旅者，五百两也"，可据以校正。

2."客"当为"害"。

惠养民道："事之无客于义者，从俗可也。"（第六二回）

按：《论语·子罕》："麻冕，礼也；今也纯，俭。吾从众。"朱子集注："程子曰：'君子处世，事之无害于义者，从俗可也；害于义，则不可从也。'""客"当为"害"字之形讹。上海图书馆藏清钞本作"事之无害于义者"，可据以校正。

3."未"当为"末"。

惠养民怕张扬起来坏了理学名头，惹城内朋友传言嗤笑，只得上在"吾未如之何也"账簿了。（第四十回）

程嵩淑笑道："老类哥，老侄留你住下，你今晚暂唱一个'外'何如？"张类村笑道："休说唱外，就是唱'末'，如今也成了'吾未如之何也已矣'。"（第七九回）

按：两处"吾未如之何也"，"未"皆当作"末"。上海图书馆藏清钞本两处皆作"吾末如之何"。"吾末如之何也"，意思是无可奈何，出自《论语·子罕》："说而不绎，从而不改，吾末如之何也已矣。"《论语·卫灵公》："不曰如之何如之何者，吾末如之何也已矣。""就是唱'末'，如今也成了'吾末如之何也已矣'。""吾末如之何也已矣"之"末"字与前句"就是唱

'末'"（"生旦净末丑"之"末"）谐音双关。

4."宴昵之私"应为"宴私之意"。

　　老嫂怒的时节，老哥不敢了，遵着圣人说的话，"宴昵之私，不形乎动静"；老嫂喜的时节，老哥你敢了，遵着圣人说的话，"惰慢邪僻气，不设于身体"。（第八八回）

按：这一段是程嵩淑调侃惠圣人的玩笑话。"宴昵之私，不形乎动静"当是采自《诗经·周南·关雎》朱子集传引汉匡衡语："情欲之感无介乎容仪，宴私之意不形乎动静"。"宴私之意不形乎动静"照应"老哥不敢（狎昵）"，谓有"意"却不敢行动。"宴私之意"讹为"宴昵之私"，当是受《诗经·郑风·女曰鸡鸣》朱子集传"则不留于宴昵之私可知矣"句的影响。"惰慢邪僻气，不设于身体"出自《礼记·乐记》："惰慢邪僻之气，不设于身体。"原文有结构助词"之"。从上下文来看，所引典籍语句略皆对仗："赦小过""肆大眚"，"不形乎动静""不设于身体"，"不节若，则嗟若""既来之，则安之"，"惰慢邪僻气"与"宴昵之私（宴私之意）"相对，也应当有"之"字。上海图书馆藏清钞本作"惰慢之气，不涉于身体"，无"邪僻"二字，有"之"字，似是改经典之文以求与前句"宴昵之私（宴私之意）"相对仗，于文为优。

126

5. "侮圣之言"当为"侮圣人之言"。

> 老弟妇回娘家等着你接，你遵着圣人说，"不节若，则嗟若"；今日回来了，你遵着圣人说，"既来之，则安之"。呸，呸，侮圣之言，口过！口过！（第八八回）

按：上海图书馆藏清钞本作"侮圣人之言"，是。"侮圣人之言"，用圣人的话来开玩笑。语出《论语·季氏》："小人不知天命而不畏也，狎大人，侮圣人之言。"朱熹集注："侮，戏玩也。"从句法结构上分析，"[[侮圣]之言]"是定中结构，"[侮[圣人之言]]"是动宾结构，语义有重要区别，不可不辨。

6. "肤受之恚"当为"肤受之愬"。

> 这翠姐与丈夫生气回来，又没人送，脸上羞，心内恼，向母亲兄弟们诉了肤受之恚，这巴氏肚内，是万万没有"不行焉"三个字。（第八五回）

按："肤受之恚"不通，"恚"当为"愬"字之形讹。上海图书馆藏清钞本作"说了些肤受之愬"，可据以改正。"肤受之愬"与下句"不行焉"出自《论语·颜渊》："浸润之谮，肤受之愬，不行焉，可谓明也已矣。"朱子集注："肤受，谓肌肤所受，利害切身，如《易》所谓剥床以肤，切近灾者也。愬，愬己之冤也。"小说用《论语》此章，潜台词是巴氏溺爱不明。

（二）标点问题

1."孝、友、睦、姻、任、恤"。

贤弟审问官司，也要有一定的拿手，只以亲、义、序、别、信为经，以孝友、睦姻、任恤为纬，不拘什么户婚田产，再不会大错，也就再不得错。（第一〇五回）

栾注：亲、义、序、别、信，指父子有亲，君臣有义，夫妇有别，长幼有序，朋友有信。见《孟子·滕文公》。旧日称作"五伦"。

按：《周礼·地官·大司徒》："二曰六行：孝、友、睦、姻、任、恤。"郑玄注："善于父母为孝；善于兄弟为友；睦，亲于九族；姻，亲于外亲；任，信于友道；恤，振忧贫者。"盛希瑗告诫谭绍文，审问官司当以五伦为经，六行为纬，显然"孝友""睦姻""任恤"各两字之间当用顿号隔开。

2."凡五等"。

紫泥道："难说我是不好赌的？只是学院两个字，这几日就横在心里，只怕'公、侯、伯、子、男'凡五等了。"绳祖道："记得书还不怕。"紫泥道："怕仍旧贯。"绳祖道："既是'贯'了，何不仍旧？"（第三三回）

栾注："公、侯、伯、子、男，是古代的五等爵位。这里是王紫泥自我嘲弄的一句幽默话，怕由旧年的岁考四等，再降为五等。"

按："凡五等"，语出《礼记·王制》："王者之制禄爵，公、侯、伯、子、男凡五等。"该句引号当至"凡五等"后。王紫泥所说，必是书中熟话，非是临时之语，幽默意味方显。另外"仍旧贯"语出《论语·先进》："鲁人为长府。闵子骞曰：仍旧贯，如之何？何必改作。"这里也应当加引号以明之。

（三）注释问题

1."法言必从"。

程嵩淑道："只要老侄竖起脊梁，立个不折不磨的志气，这才算尊翁一个令子，俺们才称起一个父执。若说口头感激，也不过是法言必从而已。"（第五五回）

栾注："法言，合于礼法之言。《孝经·卿大夫》：'非先王之法言不敢道。'"

按："法言必从"本《论语》。《论语·子罕》："法语之言，能无从乎，改之为贵。巽与之言，能无说乎，绎之为贵。说而不绎，从而不改，吾末如之何也已矣。"朱子集注："法语者，正言之也。……法言人所敬惮，故必从；然不改，则面从而已。"若只是"口头感激"，却不肯"竖起脊梁"，改其素行，则不过是"面从"而已。程嵩淑引用《论语》此章，乃是责之以"改之为贵"。

129

2.“片言折狱”。

> 有诗赞县尊：惩凶烛猾理盆冤，折狱唯良只片言。……
> （第三一回）

栾注：折狱，断决狱讼。语出《易·丰》。

按：《易·丰》：“象曰：雷电皆至，丰；君子以折狱致刑。”只有“折狱”，没有“片言”。“折狱唯良只片言”语本《论语》。《论语·颜渊》：“子曰：片言可以折狱者，其由也与？”朱子集注：“片言，半言。折，断也。子路忠信明决，故言出而人信服之，不待其辞之毕也。”

3.“语鲁大师乐”。

> 总之，妇人妒则必悍，悍则必凶，这是“纯如也”，“绎如也”，“累累乎端如贯珠”的。（第六七回）

栾注：“纯如也”，“绎如也”，语出《论语·八佾》，原为孔子与鲁国乐官大师乐谈论音乐的话。

按：《论语·八佾》：“子语鲁大师乐。曰：乐其可知也。始作，翕如也，从之，纯如也，皦如也，绎如也，以成。”朱子集注：“语，告也。大师，乐官名。”“大师”是鲁国掌管音乐的职官名。“语大师乐”，告诉大师关于音乐的道理，相当于“语鲁大师以乐”。宋王与之《周礼订义》卷三九：“郑锷曰：孔子

130

语鲁大师以乐，则知乐之有序。""乐"不是鲁大师的名字。宋吴仁杰《两汉刊误补遗》卷四"乐师"条："盖鲁乐师实以雅乐受业于孔子者也，故称'师挚之始，洋洋盈耳'，又'语鲁太师乐'，此太师挚也。"认为此处鲁大师即师挚。栾注"孔子与鲁国乐官大师乐谈论音乐"，"大师乐"的"乐"字当删。

4."今有同室之人斗者"。

　　　只因一个人生妒，真正夫妇、伯侄、妻妾一家人，吵成了"今有同室之人斗者"，竟是"披发缨冠"而不能救了。（第六七回）

栾注：见《孟子·离娄》。"被发缨冠"，披头散发，谓情势急切不暇梳装。这里，是用"被发缨冠"的急切相救心情，来描写张正心。

按：《孟子·离娄》："今有同室之人斗者，救之，虽被发缨冠而救之，可也。乡邻有斗者，被发缨冠而往救之，则惑也，虽闭户可也。""救"的意思是制止，不是救援。书中的故事是：张类村之妾杜氏因丫环杏花生子而嫉妒，必欲除之而后快。其侄张正心知道后，上门与之吵嚷，到了要打庶伯母耳刮子的地步。张类村闻报后急匆匆赶回加以制止，对杜氏说"你休哭"，又向侄子说"你也放从容些"。"夫妇、伯侄、妻妾一家人吵成了'同室之人斗者'"，显然张正心是"斗者"而不是"救者"。整句的意思不过是说一家人吵到了不可开交的地步。

5.“百工居肆”。

> 这娄朴、谭绍闻两人，一来是百工居肆，二来是新发
> 于硎，一日所读之书，加倍平素三日。（第二回）

栾注：百工指各行工匠，肆是市廛作坊。学生入学如工匠
居肆，郑重从事的意思。

按：“百工居肆”比喻学习，语本《论语·子张》：“百工居
肆以成其事；君子学以致其道。”朱子集注：“工不居肆，则迁
于异物而业不精。君子不学，则夺于外诱而志不笃。尹氏曰：
学所以致其道也。百工居肆，必务成其事。君子之于学，可不
知所务哉。”

6.“鱼烂曰馁”。

> 谭家累世家规，虽说叫谭绍闻损了些，其实内政仍旧。
> 自从娶了巫翠姐，开了赌风，把一个内政，竟成了鱼烂曰
> 馁。（第五十回）

按：“鱼烂曰馁”，句中的意思是坏烂至极。出自《四书集
注》。《论语·乡党》：“食饐而餲，鱼馁而肉败，不食。”朱子集
注：“鱼烂曰馁，肉腐曰败。”

7. "君子曰终"。

到了半夜，竟把一个方正醇笃的学者，成了一个君子曰终。（第十二回）

按："君子曰终"，句中的意思是死。出自《四书集注》。《论语·泰伯》"曾子有疾"章，朱子集注："程子曰：君子曰终，小人曰死。"

8. "贤人而隐于下位者"。

孝移听到此处，不觉暗赞道："这老先生真个是贤人而隐于下位者。"（第九回）

惠养民道："我旧年在那教学时，这王中尝劝谭绍闻改过迁善，真正是贤人而隐于下位者。"（第五五回）

按："贤人而隐于下位者"出自《四书集注》。《论语·八佾》"仪封人请见"朱子集注："仪，卫邑。封人，掌封疆之官，盖贤而隐于下位者也。"

9. "不啻口出"。

这孔耘轩本来的说项情深，又兼酒带半酣，便一五一十，把谭孝移品行端方，素来的好处，说个不啻口出。（第四回）

因把盛公子怎的一个豪迈倜傥，风流款洽，夸奖了一番；怎的一个房屋壮丽，怎的一个肴馔精美，夸的不啻口出。（第十五回）

按："不啻口出"不同于"赞不绝口"或"不绝于口"，意思是带有一种与有荣焉的自豪感，语出《大学》："人之有技，若己有之，人之彦圣，其心好之，不啻若自其口出。"

10."下愚不移"。

若论夏逢若耗了父亲宦囊，也受了许多艰窘，遭了多少羞辱。今日陡然有这注肥钱，勿论得之义与不义，也该生发个正经营运。争乃这样人，下愚不移，心中打算另置一处房屋，招两个出色标致的娼妓，好引诱城内一起儿憨头狼子弟赌博，每日开场放赌，抽一股头钱，就够母妻三口儿肥肥的过活。（第五三回）

按："下愚不移"语出《论语·阳货》："唯上知与下愚不移。"朱子集注引程子曰："人性本善，有不可移者。何也？语其性则皆善也，语其才则有下愚之不移。所谓下愚有二焉，自暴自弃也。人苟以善自治，则无不可移。虽昏愚之至，皆可渐磨而进也。惟自暴者拒之以不信，自弃者绝之以不为，虽圣人与居，不能化而入也。"

11. "再三渎"。

> 山主先说你现有多少，且不可欺瞒一分：如一万两才足用，须备一千两丹母；一千两足用，须备一百两丹母；一百两足用，须备十两丹母，随你多寡，一总儿焚香告神。不得临时再添，犯了再三渎之戒。（第七五回）

按："再三渎"是用典，语出《易·蒙》："匪我求童蒙，童蒙求我。初筮告，再、三渎，渎则不告。""再三"不是"渎"的状语，"再三渎"是主谓结构，即"再、三（则）渎"。

12. "堂构"。

> 可惜这升庵先生，一个少年翰撰，将来位列台鼎，堂构前休，如今在云南受苦。（第九回）

栾注：堂构，用指先人遗业。按杨慎的父亲为大学士杨廷和，故这里有"堂构前休"的话。

按："堂构"比喻继承祖先的遗业。出自《尚书·大诰》："若考作室，既底法，厥子乃弗肯堂，矧肯构？"

13. "瞰亡"。

> 你去投个帖儿，不过是谨具"清风两袖"；他的回帖也就瞰亡而投。不必，不必。"（第七回）

按："瞰亡"语出《孟子·滕文公下》："阳货瞰孔子之亡也，而馈孔子蒸豚；孔子亦瞰其亡也，而往拜之。"意思是瞰准其不在家的时候，前往拜访。

14."先施"。

孝移道："先生奉屈舍下，小儿多领教益，尚未得致谢，何敢承此先施。"（第十一回）

栾注：旧日亲友相互拜谒探望，走先者叫作先施。由被谒者口中说出，有不敢当的意思。

按："先施"语出《礼记·中庸》："所求乎朋友，先施之。"孔颖达疏："欲求朋友以恩惠施己，则己当先施恩惠于朋友也。"后以"先施"指人先行拜访或馈赠礼物。

15."十目所视，十手所指"。

这谭绍闻也觉得今日十目所视，十手所指，心中老大的不安。（第二一回）

按："十目所视，十手所指"语出《大学》："曾子曰：十目所视，十手所指，其严乎。"这里应加引号以明之。绍闻之所以不安，并不单纯是因为众人目视手指，而是有圣经贤传的教训"在耳朵内打搅"[9]。

16. "中人以上可以语上"。

　　侯冠玉道："令郎资禀过人，三个月读了三本儿《八股快心集》，自是中人以上可以语上的。"（第十一回）

　　按："中人以上可以语上"出自《论语·雍也》："中人以上，可以语上也。"侯冠玉是个不称职的老师，偏好以圣人之言点缀于唇齿之间，此处当加引号以明之。

17. "不仁者远矣"。

　　惠养民道："……弟在那边，也就不仁者远矣。"（第三八回）

　　按：《论语》："舜有天下，选于众，举皋陶，不仁者远矣。汤有天下，选于众，举伊尹，不仁者远矣。"前文有"南张哩邵静存送他个绰号儿，叫做惠圣人，原是嘲笑他，他却有几分居之不疑光景。这个蠢法，也就千古无二。"此处惠养民引《论语》以圣贤自居，正照应前文，当加引号以明之。

18. "非圣者无法，为下者不倍"。

　　凡我所说，俱本圣人之经训，遵时王之令典，敢非圣者无法，为下者不倍？（第六二回）

按：后两句紧承上两句，意思是不敢非圣人经训，违时王令典。两句皆是用典，不可用句法分析。"非圣者无法"语本《孝经》："要君者无上，非圣人者无法。""为下者不倍"语本《中庸》："是故居上不骄，为下不倍。""非圣人者无法""为下不倍"原典之义与句中所用之义略有龃龉，未免有以辞害义之嫌。

19. "退食"。

> 本县莅祥已久，每遇兄弟构讼，虽庭断剖决，而自揣俗吏德薄，毫无化导，以致人伦风漓，殊深退食之惭。（第七一回）

按："退食"语出《诗经·召南·羔羊》："退食自公，委蛇委蛇。"正义："毛以为召南大夫皆正直节俭……外服羔羊之裘，内有羔羊之德，故退朝而食，从公门入私门，布德施行，皆委蛇然。动而有法，可使人踪迹而效之。"县尊认为自己身居"大夫"之职，外服"羔羊"之服，内无"羔羊"之德（"俗吏德薄"），未能"布德施行"（"毫无化导"），故而"殊深退食之惭"。

20. "诞登道岸"。

> 无为而为本圣修，诞登道岸几能俦？若因祈福方行善，也算人间第一流。（第九八回）

按：《诗经·大雅·皇矣》："帝谓文王：无然畔援，无然歆羡，诞先登于岸。""诞登道岸"实脱胎于"诞先登于岸"。"诞"为句首助词，可以不论。"登道岸"的"道"字又是从何而来？朱熹集传："岸，道之极至处也……人心有所畔援，有所歆羡，则溺于人欲之流而不能以自济。文王无是二者，故独能先知先举以造道之极至。"能臻此境者鲜有其匹，故曰"几能俦"也。

另外，"稼穑惟宝"（第一〇八回）语出《诗经·大雅·桑柔》，"致身"（第四六回）语出《论语·学而》，"宫墙"（第五二回）语出《论语·子张》，"后进"（第六二回）语出《论语·先进》，"匪彝"、"咸若"（第三三回）语出《尚书·汤诰》、《皋陶谟》，这些都可以从《汉语大词典》中查到，就不一一列举了。

五、结语

总之，《歧路灯》对儒家典籍进行了大规模的引用，儒家典籍是小说礼教道学的根柢、修辞文章的凭依，也是我们今天对小说文本进行校点考据的准据。面对古典文学作品，无论是进行"文学批评"（literary criticism）还是"文本考据"（textual criticism），都必须熟知作者所熟知的经典。唯其如此，才能"知人论世"确然有据，"以意逆志"不至偏失。

注释

[1]　朱自清《歧路灯》，载《歧路灯论丛（一）》，中州书画社，1982 年。

[2]　冯友兰《〈歧路灯〉序》，《歧路灯》，朴社，1927 年。

[3]　李昌铉《〈歧路灯〉研究八十年》，《西北师大学报》1999 年第 5 期。

[4]　1998 年中州古籍出版社将栾氏 1980 年校注本重新排印出版，未作明显修订。2004 年中华书局出版署为"李颖点校"的《歧路灯》，其文字与标点与栾氏校注本完全相同。徐云知《〈歧路灯〉版本考》（《学术交流》2004 年第 1 期）认为，所有铅印版本中，"以中州古籍出版社版本为最佳"。

[5]　刘宗迪《姓氏名号面面观》（齐鲁书社，2000 年）认为："孔子'正名'思想直接的文化前提是姓名制度。"

[6]　书中人物张正心的话，见第八八回。

[7]　书中人物张正心的话，见第八八回。

[8]　《歧路灯》，"古本小说集成"丛书，上海古籍出版社，1993 年。

[9]　见《歧路灯》第七二回。

（原刊于《兰州学刊》2010 年第 8 期）

《歧路灯》校点与明清社会生活

　　清人李绿园所撰《歧路灯》，是一部重要的长篇白话小说。小说的故事拟托于明代嘉靖年间，实际上所描写的，却是清初康、雍、乾间的社会现实。"作者以写实的手法，为读者展示一幅浩瀚的社会生活图卷"[1]，不但具有极高的文学欣赏价值，而且还有着十分重要的历史认识价值。可是这样一部经典文学作品，其传播之路，却迭遭多艰，二百余年只是以抄本的形式在河南流行。书经三写，乌焉成马，存世各抄本之间异文颇夥。上个世纪六七十年代，河南学者栾星用了十年的心力，对《歧路灯》文本进行校订、标点、注释，厥功至伟。1980 年中州书画社出版栾氏校注本，在海内外产生巨大影响，被众多研究者倚为定本。2004 年中华书局出版的《歧路灯》校点本，一仍其旧，与栾校本在文字、标点方面没有明显区别。然而校书之难，又岂能望毕其功于一役？笔者以上海图书馆所藏清抄本[2]（以下称"上图清抄本"）加以校核，感觉栾校本仍然存在不少问题。今仅就文本校点中涉及明清社会生活的内容，分为"医卜星相"、

"食货财用"、"文艺礼俗"三个部分举例讨论。

一、医卜星相

医卜星相古称方技。在明清之际，它们是主流的思想、文化之外的另一种流行面颇广的知识和信仰，有其特殊的术语和逻辑。《歧路灯》涉及这方面内容不少。随着这种知识和信仰逐渐淡出人们的社会生活，书中有关记述在其传抄流行过程中不免滋生一些讹误。

1. 老先生命门火衰，以致龙门之火，上痞冲于心胃。（11—124）[3]

按："龙门之火"似是而非，当是涉上句"命门火衰"而误，应据上图清抄本作"龙雷之火"。"龙雷之火"，中医术语。明赵献可《医贯》："论五行各有五：以火言之，有阳火，有阴火，有水中之火，有土中之火，有金中之火，有木中之火。阳火者，天上日月之火，生于寅而死于酉。阴火者，炳烛之火，生于酉而死于寅。此对待之火也。水中火者，霹雳火也，即龙雷之火，无形而有声，不焚草木，得雨而益炽，见于季春而伏于季秋。原夫龙雷之见者，以五月一阴生，水底冷而天上热，龙为阳物，故随阳而上升，冬至一阳来复，故龙亦随阳下伏，雷亦收声。人身肾中相火，亦犹是也。"《女仙外史》第七二回："这要知道龙本属木，是以龙雷之火，因龙而发。"亦其例也。

2.年来，在汉口成了药材大庄，正要上京到海岱门东二条胡同如松号发卖。又在本省禹州横山庙买的伏牛山山查、花粉、苍术、桔梗、连翘等粗货，并带的封丘监狱中黄蓍，汤阴扁鹊庙边九岐艾，汝州鱼山旁香附子售卖。（108—1010）

按：这段文字中所提到的山查、苍术、桔梗、连翘等，皆是常见中药材，唯"花粉"所指为何，不知确切。应根据上图清抄本作"天花粉"。天花粉，中药材，原称"栝蒌根"，又称"地蒌"。[4]

3.共摇了六遍，排成天火同人之卦，批了世应，又批了卯丑亥午申戌，又批上父兄官兄才子六亲，断道："如今申月，今日是丁卯日，占谒贵求财，官星持室而空，出空亥日，才得见贵人，财利称心。此卦是现今不能，应在亥字出空之日。"（37—344、345）

按："父子官兄才子六亲"，"才"当为"财"。卜筮所谓"六亲"，是指"父母、子孙、官鬼、妻财、兄弟"五种卦象、爻象。具体到"天火同人之卦"，根据清王洪绪《卜筮正宗》，其六爻之干支、六亲、世应如下：

天火同人

—— 子孙壬戌 （应）

—— 妻财壬申

—— 兄弟壬午

—— 官鬼已亥 （世）

—— 子孙已丑

—— 父母己卯

初爻至六爻，地支依次为"卯丑亥午申戌"，六亲依次为"父子官兄财子"。

"官星持室而空"，"室"当据上图清抄本作"世"。"官星持世"指同人卦九三爻六亲之"官鬼"正当世爻。[5]

4.夏逢若道："你的事，我昨夜灯下下课，早已算明。"（64—602）

按："灯下下课"衍一"下"字，应据上图清抄本作"灯下课"。灯下课又名灯下术，是一种神乎其技的卜筮术。指卜筮者在前一天晚上将第二天求卜者所问之事预为测算，到时候"来人不用问"，即告诉其结果。"灯下课"后的逗号应去掉，读为"你的事，我昨夜灯下课早已算明"，"灯下课"作状语。

5.貂鼠皮道："你这回去，是俺们看的喜神笑的日子，大家

144

都要发财哩。"（57—529）

按："看的喜神笑的日子"，应据上图清抄本校点为"看就喜神，算的好日子"。清抄本"算"字作"筭"，形讹为"笑"。喜神，算命占卜的一种名堂。"看就"，"就"用在动词后，表示就绪、完成。《歧路灯》第六四回："如今咱的事，厨子我已安插就了，一个是张家二粘竿，一个是秦小鹰儿。"第六一回："目下顾不的看你的子平，我先把选择大事替你看就了，改日再看你这个贵造罢。"

6. 谭兄，你这贵造好的很呀！是个拱贵格。乙巳鼠猴香，八柱中不见申字。却有一个未字、一个酉字，拱起这个贵人来，拱禄拱贵，填实则凶。（61—572）

按："乙巳鼠猴香"当据上图清抄本作"乙巳鼠猴乡"。清王洪绪《卜筮正宗·贵人歌诀》曰："甲戊兼牛羊，乙巳鼠猴乡，丙丁猪鸡位，壬癸兔蛇藏，庚辛逢马虎，此是贵人方。"歌诀各句或用动词"兼"、"逢"、"藏"，或用名词"乡"、"位"，皆为变文避复，表示同样的意思，即某天干与某地支相逢主贵。"八柱"当据上图清抄本作"四柱"。明清之际算命以人出生的年、月、日、时为四柱，合四柱的干支为八字。

7. 葬的日子，又犯了飞廉病符。（61—566）

145

按："飞廉病符"当据上图清抄本校点为"飞廉、官符"。飞廉、官符皆旧时阴阳家所谓凶神。明谢肇淛《五杂俎·天部二》："今阴阳家禁忌，可谓极密……一日之中，则有白虎、黑杀、刀砧、天火、重丧、天贼、地贼、血支、血忌、归忌、黑道、土瘟、天狗、大败、蚩尤、官符、死炁、飞廉、受死、火星、河魁、钩绞、焦坎、游祸、灭门、的呼等凶神。"

8. 总是你这贵莹，左旋壬龙，配右旋辛水，水出辰库，用癸山丁向，合甲子辰水局。（61—570）

按："甲子辰水局"当据上图清抄本作"申子辰水局"。子到亥十二地支有规律地三三组合，形成火、水、木、金四种局，即"寅午戌火局"、"申子辰水局"、"亥卯未木局"、"巳酉丑金局"。[6]

9. 若照我这个向法，说别的你未必懂的，只东南村上那两三所高楼，便是尊莹的文华插天。（61—570）

按："文华插天"当据上图清抄本作"文笔插天"。"華""筆"形近而讹。"文笔插天"，风水格局之一。[7]

10. 至于烧丹之事，要夺造化，全凭子时初刻，自有运用。（75—728）

按："子时初刻"应据上图清抄本作"子时初初刻"。一日十二时辰，一个时辰相当于今天的两个小时。每个时辰又为初、正，如"子时初"、"子时正"，各相当于一个小时。初、正又分为初刻、二刻、三刻等，因而有"子时初初刻"。明郎瑛《七修类稿》："既有初初刻、正初刻，非一时十刻乎？"

二、食货财用

食货财用关系到社会的经济生活。朝廷编户齐民，立法设刑；四民各守所业，"食足""货通"[8]。《歧路灯》为我们提供了明清社会经济生活的十分丰富的细节，通行本在这方面也存在一些讹误。

11. 如本州有一毫侵蚀干没之处，定然天降之罚，身首不得保全，子孙亦遭殄灭，庶可谢已填沟壑者黯黯之魂，待徙于衽席者嗷嗷之口。各田里烟册花户，其悉谅焉。特示。（94—878）

按："田里"应据上图清抄本作"图里"。"图"，旧时地方区划名。清顾炎武《日知录·图》引《嘉定县志》："图，即里也。"又明崇祯《常熟县志》："高皇帝编氓之制，一百一十户为里，里又名图。县凡九乡……乡统都，都统图。都之大者复为扇，以分辖各图。扇又名区。"《初刻拍案惊奇》卷六："快行名

147

乡各图，五家十家保甲一挨查，就见明白。"

12. 早已慌坏了本街保正、团长。（51—471）

按："团长"应据上图清抄本作"图长"。图长，犹里长。另本书第四五回："同了河阳驿乡约地保壮丁团长，二更天到他家搜人。"第五一回："下轿到了前店坐下，保正、团长一齐磕头。""保正、团长早已把真魂走了，只得磕头起来。""尸已验完，董公吩咐保正、团长，协同皂捕，将诱赌匪棍巴庚、钱可仰，并问那个同场白面皮、穿色衣的，底系何人，一同锁拿进署。""且说公差协同保正、团长，到了巴庚酒馆门首，又是牢拴紧扣。""公差与保正、团长，开了酒馆门，牵着四个赌犯，径上衙门回话。"第六四回："本街地方、团长，以及各衙门人役，都许他一个口愿，他们也自然不说闲话。"各处"团长"据清抄本都应作"图长"。

13. 杠上头夫，抬金箱、抬银柜，细审后，方晓得髭髯非真。（63—594）

按："头夫"应据上图清抄本作"所夫"。"所夫"，舁夫也。冯梦龙《情史类略·情外类·车梁》："山西车御史梁，按部某州，见拽轿小童，爱之，至州令易门子。吏目以无应。车曰：'如途中拽轿小童亦可。'吏目又以小童乃递运所夫。驿丞喻其意，进

148

言曰：'小童曾供役上官。'竟以易之。强景明戏作《拽轿行》云：'拽轿拽轿，彼狡童兮，大人要。'末云：'可惜吏目却不晓。好个驿丞到知道。'"抬轿子的小童是"递运所夫"，"所夫"所指为何，不难想见。

14. 谭绍闻到张家湾，梅克仁觅飞沙船一只，太平船一只，行李皮箱早已装妥，单等下车登舟。（105—984）

按："飞沙船"应据上图清抄本作"沙飞船"。清李斗《扬州画舫录·舫扁录》："木顶船，谓之飞仙，制如苏州酒船。本于城内沙氏所造，今谓之沙飞。"

15. 王氏道："那的有果子哩。是前几年时，自己做的油酥四五样子，桔饼、糖仙枝、圆梨饼十来样子。这几年就断截了。况且也没茶叶。"（83—794、795）

按："糖仙枝、圆梨饼"应标点为"糖仙、枝圆、梨饼"。"枝圆"即龙眼。"糖仙"，明清之际一种食品。《儒林外史》二十六回："那孙乡绅家三间大敞厅，点了百十枝大蜡烛，摆着糖斗、糖仙，吃一看二眼观三的席。"是其例。

16. 光州鹅，固始鸭，还嫌物产太近。（52—485）
按："光州鹅，固始鸭"应据上图清抄本乙作"光州鸭，固

149

始鹅"。本书第十六回："果然，除了光鸭、固鹅，别的就没有河南的东西。"第七八回："一张是豫中土产：黄河鲤鱼，鲁山鹿脯，光州腌鸭，固始板鹅。"皆为参证。

17. 何铜匠果然取出二百钱来，绍闻看见轮廓完好，字画分明，心里又有些动火。（76—739）

按："轮廓完好"应据上图清抄本作"轮郭肉好"。"肉好"，钱孔称"好"，其余称"肉"。林则徐《会奏查议银昂钱贱便民事宜折》："欲抑洋元，莫如官局先铸银钱，轮廓肉好，悉照制钱之式。"《三国志·魏志·董卓传》："更铸为小钱，大五分，无文章，肉好无轮廓，不磨镟。"

18. 张正心答礼不迭，说道："目下暂收二百，弟亦将原约暂寄南院。统俟商量明妥，一总同官中立券成交。"（68—651）

按："同官中"当据上图清抄本作"同官牙"。"牙"，经纪人。明清之际牙行分为官牙和私牙。当时交易立券、银钱过付一般要"同人"，即要有中间第三方作见证。例如本书第五三回："内书房称银子虽未同人，那买办礼物一百九十七两，却同着他的家人。"第六六回："兄弟，你好孟浪！偌大一宗账目，如何并无个同人，难说当日曾没个人作合么？""同官牙"最为正式，相当于今天的合同公证。

19. 若说系亲戚本族，果然内而馆阁，或外而府道，路过某处，这请大席，送厚照，馈赠马匹，装路菜，长随衙役得了这个差，说是某大老爷是我本官表兄内弟，他们脸上也光彩，口中也气壮。"（86—819、820）

按："馈赠马匹"应据上图清抄本作"赠夫马"。"夫马"指役夫与车马。"赠夫马"其实是赠与夫马之费。"馆阁"、"府道"的官员，其行路所需役夫车马，一般由驿站供给。《清会典·兵部·邮政》："奉差官夫马舟车廪给及仆从口粮，均以品秩定差等。"

20. 我挖这银子，仍然是上下土木金石相连，还是主人家财帛。（98—914、915）

按："上下土木金石相连"应据上图清抄本作"上下金石土木相连"。这是当时表明土地所有权范围包括地下所埋金石、地上所附草木的合同术语。例如清道光二十二年《施地筑陂池碑记》："立石为界，四至分明，上下金石土木相连，尽在数内。"[9]

21. 原来赵大胡子，在陕西临潼县做下大案，彼时众盗拿获，供称伙盗中有祥符赵天洪。（54—505）

按："众盗"当据上图清抄本作"线盗"。对于犯罪团伙，已为官府拿获的罪犯可以作为顺藤摸瓜的线索，故称"线盗"，同伙称"伙盗"。清徐栋辑《牧令书·戢暴·审盗之法》："严禁恶捕线盗扳窝。"严禁捕役对所拿获线盗私刑逼供，令其妄扳无辜为同伙、为窝主。

三、文艺礼俗

文艺礼俗涵盖了社会文化生活的主要方面。《歧路灯》文本在这一方面也有不少值得讨论辨析的地方。

22. 总而言之，上头抬头顶格，须写得'赐进士'三个字，下边年家什么眷弟，才押得稳。（77—755）

按："年家什么眷弟"应据上图清抄本乙为"年家眷什么弟"。明清之际，士人之间书函、名帖往来，落款的格式一般是："年家眷×弟×××顿首拜"。"年家"原是科举时代同年登科者两家之间的互称，"眷"原指亲戚关系，后来成为套语，无年谊、非亲眷亦可称"年家眷"。"年家眷×弟"格式，明清小说中有不少例子，如《儒林外史》第二八回："次日早晨，一个人坐了轿子来拜，传进帖子上写'年家眷同学弟宗姬顿首拜'。"第四六回："正疑惑间，门上传进帖子来：'年家眷同学教弟季萑顿首拜。'"

152

23. 钱万里道："他还是春天上了一回省，到如今总没来。昨十五日，号簿上登了他禀帖一叩。"（79—766）

按："禀帖一叩"应据上图清抄本作"禀帖一扣"。《绿野仙踪》第二十八回："若烦他动动纸笔，不但诗词歌赋他弄不来，连明白通妥一封书启，一扣禀帖，也写不到中节目处。"第九十回："沈襄道：'书字一封，是晚生与金先生的；禀帖一扣，是与令师尊冷老爷的。'"

24. 出的后门，遇见了张宅一个小厮，拿了一个红帖子，上边写着："府试定于初二日，署前已有告示。册卷速投勿误。正心寄纸。"（93—871）

按："寄纸"应据上图清抄本作"拾纸"。"拾纸"，以便条形式交流信息时的套语。又如《歧路灯》第八十回："便中拾纸，不恭乞恕。"（80—773）

25. 及到次日，绍闻具"十五日杯水候"全帖，请这一切债主。无非是王经千之辈。并夹了"恭候早先，恕不再速"的单帖。（84—800）

按："早先"应据上图清抄本作"早光"。"早光"，早点光临。例如《歧路灯》第七三回："绍闻笑道：'我奉扰就是。'夏逢若道：'早光！早光！'"

26. 奉酒下箸，程苏二位先生首列，绍闻打横，簪初隅坐，有问则对，无答不敬。这程嵩淑仔细端相，不觉叹道："令器也！"（90—851）

按："有问则对"不足称道，当据上图清抄本作"有问则起"。徽州《汪氏家规》："凡坐必隅坐，行必徐行，有问则起而对，有命则急而趋。"

27. 同寅以协恭为心照，不必以不腆之仪注为仆仆。（94—882）

按："不腆之仪注"当据上图清抄本作"不典之仪注"。"不腆之仪"是菲薄之礼。"不典之仪注"，是不合古制的礼节套数。"仆仆"，烦琐。《孟子·万章下》："子思以为鼎肉使己仆仆尔亟拜也，非养君子之道也。"

28. 及三场，场规依旧，却已不甚严赫。这士子们详答互问，有后劲加于前茅者，也就有强弩之末聊以完局者。（102—951）

按："互问"不通，应据上图清抄本作"五问"。"五问"即科举考试第三场的五道"策问"题。

29.老先生意欲网开一面，以存忠厚之意，这却使不得。向来搜检夹带，每每从宽。因其急于功名，以身试险，情尚可宥，遂以诬带字纸，照例挟出为词，是亦未尝不存忠厚也。（93—874）

按："诬带字纸"当据上图清抄本作"误带字纸"，"挟出"当据清抄本作"抉出"。"诬""误"音近而讹，"挟""抉"形近而讹。"字纸"后逗号应去掉，读为"遂以误带字纸照例抉出为词"。"误带字纸照例抉出"是介词"以"的宾语，介词结构"以误带字纸照例抉出"是动宾结构"为词"的状语，不可点破。整句的意思是，对于考试夹带作弊者，主考心存忠厚，乃依误带字纸之例，试卷作废（"抉出"）罢了。

30.惠养民道："弟进学时，孔兄尚考儒童，今已高发，得免岁科之苦，可谓好极。"（38—352）

按："岁科"当据上图清抄本作"科岁"。指科考和岁考。《儒林外史》第三四回："有了这一场结局，将来乡试也不应，科岁也不考，逍遥自在，做些自己的事罢。"

31.但见新帽鲜衣，秦晋吴楚俱有；丝绫款联，青红碧绿俱全。（37—346）

按："丝绫"应据上图清抄本作"诗绫"。"丝""诗"因方言同音而讹。"诗绫"指题上诗的丝织物。清颜光敏《颜氏家藏尺牍·余相国佺庐》："王师古立候诗绫，致祝王夫子，想已就绪，望即挥掷为祷。""款联"，指有落款的楹联。类似物件又有称"款绫"者，如《歧路灯》第五二回："色色俱备，更配上手卷款绫。"

32. 家人传了邓三变手本，管门王二说道："请邓老爷迎宾馆少坐，小的去上头传帖。"（52—486）

按："迎宾馆"当据上图清抄本作"寅宾馆"。"寅宾"语出《尚书·虞》："分命羲仲，宅嵎夷曰旸谷，寅宾出日。"孔传："寅，敬。宾，导。""寅宾"就是恭敬导引的意思。"寅宾馆"是朝廷或官府设置的接待处。例如元马致远《陈抟高卧》第三折："喜的他不弃寡人而来，今在寅宾馆中，尚未朝见。"

33. 亳州有个谎信儿，说是东街谁家行里走了点火儿，烧了七八座房子。（60—556）

按："走了点火儿"应据上图清抄本作"走了点水"。"走水"，避讳语，指失火。例如《红楼梦》第三九回："贾母等听了，忙问怎么了，丫鬟回说'南院马棚里走了水，不相干，已经救下去了。'贾母最胆小的，听了这个话，忙起身扶了人出至廊上来瞧，只见东南上火光犹亮。"

34. 从来《女训》上，不曾列此一条，就是"生旦丑末"上，也没做过一宗完本。（82—790）

按："完本"应据上图清抄本作"院本"。"院本"，明清泛指杂剧、传奇。明陶宗仪《辍耕录·院本名目》："唐有传奇，宋有戏曲、唱诨、词说。金有院本、杂剧、诸宫调。院本、杂剧，其实一也。"清张岱《陶庵梦忆·阮圆海戏》："然其所打院本，又皆主人自制，笔笔勾勒，苦心尽出。"清昭梿《啸亭续录·大戏节戏》："乾隆初纯皇帝以海内升平，命张文敏制诸院本进呈，以备乐部演习，凡各节令皆奏演。"

35. 单讲河南抚台，因钦差学院岁、科已完，只有注生监册送乡试一事，衙内闲住，遂知会二司两道，公同备酌奉邀。先期遣了差官，投了四六请启，订了十一日洁樽恪候。这门上堂官，便与传宣官文职、巡绰官武弁，商度叫戏一事。（95—885）

按："洁樽恪候"当据上图清抄本作"音樽恪候"。清张鉴瀛辑《宦乡要则·请帖式》："戏酒写洁治音樽。"抚台请学院看戏吃酒，"请启"上必然是"音樽恪候"。

36. 少顷，敲起天平来，夏鼎道："真正这个合了'油瓶盖'。"到了撒约时，盛希侨道："火烧'橘子眼'。"（84—806）

157

按："合了油瓶盖"、"火烧格子眼"俱是骨牌搭配花色名，"合了"、"火烧"各应括进引号。董康《曲海总目提要》卷二十四载，《八珠环记》乃是邓志谟"以杂色牌名有类人名者辏合，以成传奇"，记中集骨牌名诸目，即有"合着油瓶盖"、"火烧格子眼"。

以上共讨论《歧路灯》校勘、标点问题凡三十六则，关系到明清社会生活的各个方面。世事沧桑，前代的生活细节，许多已成为文化史上的陈迹，因而典籍文本中的有关问题，也就成为校点整理的难点所在。对此，我们只有博为考索，勉为传承，才能淘洗出经典文本的纯正面貌。

注释

[1] 栾星《校本序》，《歧路灯》，中州书画社，1980 年。

[2] 上海古籍出版社 1994 年出版影印本，收入《古本小说集成》丛书。

[3] 括号内所标注的，是栾星校注本的回次和页码。

[4] 参看蔡永敏等《天花粉名称考释》，《陕西中医》2003 年第 5 期。

[5] 关于"六亲"、"世应"，参看詹鄞鑫《八卦与占筮破解》，中州古籍出版社，1991 年。

[6] 参看何晓昕《风水探源》，东南大学出版社，1990 年。

[7] 参看清蒋平阶《水龙经》，海南出版社，2003 年。

[8] 参看《汉书·食货志》。

[9] 范天平编注《豫西水碑钩沉》，陕西人民出版社，2001 年。

（原刊于《明清小说研究》2010 年第 2 期）

尊与亲的辩证法：《歧路灯》称谓现象考略

　　袁庭栋先生的《古人称谓》是关于中国古代称谓研究的名著，初版于 1994 年，再版于 2007 年。在新版后记中，袁先生写道："十几年来……关于我国古代称谓的研究性新作一直未曾见到，甚至连对于拙作的批评讨论性的论文也未能见到一篇。"[1] 其嘤鸣求友之意，斯人寂寞之感令人慨叹。笔者不揣谫陋，爰就清代小说《歧路灯》中之称谓现象，略为爬梳，草成此篇，聊表网络论坛"顶帖"之微忱。

　　《歧路灯》，李绿园（1707—1790）撰，是一部重要的文学经典。小说"用带有河南地方色彩的语言写清初的河南社会生活"，"是文学作品，又是活生生的形象的社会风俗历史"[2]（序），同时还是"蕴含丰富的宝贵的'语言学资料'"[3]（前言）。特别在称谓方面，《歧路灯》为我们提供了许多饶有兴味的实例。

　　关于古人称谓的研究，虽然未免门庭冷落，但还不至于是空谷足音。不过总的来说，现有的研究大多重在称谓系统的描写，另外再加上语义分析和语源考求，在宏观的把握和细节的分析上都还有一些未及之处。宏观把握上的不到位主要是未能探抉其文化的根本，细节分析上的不到位主要是未能切中其语用的肯綮。

说到称谓文化的根本，是人与人之间的关系。规定人群关系的是礼，礼是解释称谓的主要参照。《礼记·大传》："其不可得变革者则有矣，亲亲也，尊尊也，长长也，男女有别，此其不可得与民变革者也。""亲亲"、"尊尊"、"长长"、"男女有别"，这十个字是礼的根本，也是称谓的总纲。

说到称谓语用的策略，主要是解决"对什么人，在什么场合，说什么话"的问题。称谓的确定，不仅要考虑说话者（addressor）、受话者（addressee），以及被指称者（referent）之间的关系，还要考虑具体的场合（setting）。西方语言学关于称谓的语用研究有大量的文献，值得我们借鉴。

Comrie（1976）提出，礼貌的针对方向可以分为三种：说话者针对受话者的礼貌，说话者针对被指称者的礼貌，说话者针对旁观者（bystanders 或者 overhearers）的礼貌。[4]

Brown & Levinson（1987）的"礼貌理论"（politeness theory）提出，礼貌分为积极礼貌（positive politeness）和消极礼貌（negative politeness）[5]，称谓既可以用来表示积极礼貌，也可以表示消极礼貌。所谓积极礼貌其实就是"狎昵而亲近"，强调彼此之间的一体性（solidarity），而所谓消极礼貌则是"尊敬而疏远"，尊重对方的自主性（autonomy）。

就理论分析的深度而言，西方语言学界关于称谓的研究显然超过了我们，是我们应当借鉴的他山之石。不过，中国传统文化典籍仍然有我们返本开新的本土资源。两相对照，其实颇多相通之处。Brown 等人所谓"积极礼貌"相当于"亲"，即亲而近之，其所谓"消极礼貌"相当于"尊"，即敬而远之。

但是我们也注意到，中国文化的"亲"和"尊"，也有自己的特点和复杂之处。"亲"和"尊"之间有着"不得不说的故事"。

对子不字父

至亲莫若父，至尊莫若君。古人人格之养成，其角色框架就是这"父子君臣"。在对君父的称谓上，往往存在避讳问题。我们就从对父亲名字的避讳谈起。

> 王紫泥道："对子不字父，难说初见谭相公，开口便提他家老先生名子，这就不通人性到一百二十四分了。"（《歧路灯》第三四回）

"对子不字父"的说法，已见于《三国志》。《魏志·常林传》："常林字伯槐，河内温人也。年七岁，有父党造门，问林：'伯先在否？汝何不拜！'林曰：'虽当下客，临子字父，何拜之有？'于是咸共嘉之。"

常林父亲的朋友来访，在向常林问及其父时，以其父之字"伯先"称之。年幼的常林认为"临子字父"是不礼貌的做法，因此拒绝向客人行礼。常林的这种反应，得到了当时士人的嘉许。

关于"伯先"这个称谓，"父党"是说话者（addressor），常林是受话者（addressee），常林的父亲是称谓的指称对象（referent）。常林觉得这个称谓不礼貌。那么，这究竟是对受话者的冒犯，还是对指称对象的不礼貌？再看一段《三国志》。

《魏志·司马朗传》："九岁，人有道其父字者，朗曰：'慢人亲者，不敬其亲者也。'客谢之。"

年幼的司马朗也对客人在其面前直接称呼其父亲的字表示不满，客人因此道歉。从司马朗的话来看，似乎被冒犯的是"人亲"（受话者的父亲），也就是指称对象。

然而事实并非如此。古人有名有字，称字合乎礼貌。如果受话人是伯先的朋友，甚至是伯先本人，称呼"伯先"并无不妥。只有"临子字父"，才是不礼貌的做法。所以这里的不礼貌，主要是对儿子（受话者）的冒犯。

Thomas（1995）对"谦敬"（deference）和"礼貌得体"（politeness proper）进行了区分，认为前者是表示尊敬（respect），后者是表示体贴（consideration）[6]。

《爱日斋丛钞》引《续家训》云："谓子讳父字，非讳之也，称其父字于人子，人子有所尊而不敢当，亦宜也。"

"临子字父"，其实是没有体贴人子"有所尊而不敢当"的情怀，因而不礼貌，不得体。这是没有"善体人情"，说得再重一点，就是"不通人性到一百二十四分了"。

君前子名父

人伦最重父子，人子尊父的情怀，应当得到普遍的体谅和尊重，"对子不字父"。然而君主在场的情况下，儿子本人却要直呼父名。

> "这父亲名字，唯君前可以直呼，《春秋左氏传》所以曰'栾书退'也。"（《歧路灯》第一〇七回）

《左传·成公十六年》："栾、范以其族夹公行，陷于淖。栾书将载晋侯，针曰：'书退，国有大任，焉得专之。且侵官，冒也；失官，慢也；离局，奸也。有三罪焉，不可犯也。'乃掀公以出于淖。"

栾针是栾书的儿子，居然直呼父亲的名字。杜预注曰："在君前，故子名其父。"孔颖达正义曰："《曲礼》曰：'父前子名，君前臣名。'郑玄云：'对至尊，无大小皆相名。'以君至尊，为在君前，故子名父。"

子以父为天，古汉语中"所天"一词指父，例如宋方勺

《泊宅编》卷一："予生浙东，世业农，总角失所天。"臣以君为天，"所天"又指君，例如唐颜真卿《冯翊太守谢上表》："伏惟陛下察其戆愚，收其后效，臣虽万死，实荷所天。""父"与"君"相比，可谓"天外有天"。

注意这里的称谓关系，栾针是说话者，栾书是受话者兼指称对象，而晋侯只是旁观者。一般来说，通过称谓所表达的尊敬和礼貌，可以是针对受话者的，也可以是针对指称对象。然而在这里，尊敬的方向既不是受话者，也不是指称对象，而是对旁观者。

不许别人对自己提到父亲的"字"，自己却对父亲直呼其"名"。这里的称谓策略是，人子通过抑屈父亲来申表对君主的尊敬。

称谓从卑以示尊

如果说话者是贵族主子，受话者是婢仆，那么，在提到地位略低于自己的其他贵族时，说话者一般会采用受话者对相应指称对象的称谓。这当然是对指称对象表示尊敬。更为重要的是，这是对尊卑秩序的强调。例如：

希侨送至大门，问道："王大爷赢的钱呢？"隆吉道："什么话，闲耍罢了。"希侨道："将钱交与王大爷来人。"

那小厮也不肯接。希侨道："暂且放住。"（《歧路灯》第十五回）

盛希侨是王隆吉的盟兄，面对仆役，却称自己的盟弟为"王大爷"。

说话者是贵族，受话者（同时也是指称对象）是地位略低于说话者的其他贵族，说话者也采用婢仆的称谓来指称受话者／指称对象。

> 董公道："阀阅子弟，又有邓老爷台谕，弟岂有不从之理。即遵命将礼帖拣登数色，余珍璧谢。"邓三变道："今日老爷与舍表侄，乃是以父母而兼师长，若聊收数色，还似有相外之意，舍表侄必不敢造次仰附。"（《歧路灯》第五二回）

董公是摄篆的代县令，邓三变是致仕的前官僚。值得注意的是，邓三变称董公"老爷"，董公称邓三变"邓老爷"。未冠姓的"老爷"是比冠姓的"老爷"更加尊敬的称谓。

不过，尊敬同时也意谓着疏远，有时候人们并不愿意接受这种"从卑以示尊"的称谓。

> 两人吃了茶，隆吉便道："昨日简亵少爷。"盛希侨道："昨日过扰。但这尊谦，万不敢当。你我同年等辈，只以兄弟相称。我看你年纪小似我，我就占先，称你为贤弟罢。"（《歧路灯》第十五回）

166

盛希侨不愿王隆吉对自己敬而远之，而是希望其亲而近之，于是有后来的结拜兄弟之举。

称谓从疏以示亲

当说话者与受话者说到与二人都有关系的指称对象时，往往采用关系较为疏远那一方的称谓，从而表示说话者与受话者之间的亲近。

> 我外爷曹家一大户，当日并不认的远门子舅，今日都要随分子送戏。才说你舅不甚愿意，那些远门子舅，还没我岁数大，一开口便骂我："休听那守财奴老姐夫话！"就是本门子舅，都是好热闹性情，怎比得你舅，再不敢管俺姑夫事。（《歧路灯》第一百回）

这是谭绍闻的表兄王隆吉对谭绍闻说的一段话。其中"你舅"，指的是王隆吉自己的父亲，"俺姑夫"，指的是谭绍闻的父亲。（设想一下，如果改换称谓，则是"怎比得我爹，再不敢管你爹的事"，那将是怎样的感觉！）之所以称谓从疏可以示亲，是因为亲的关系（如谭绍闻之于其父，王隆吉之于其父）是显而易见的，而疏的关系（如"你舅"、"我姑夫"）则将说话者与受话者联系在一起，从而强调其休戚相关的一体性。这类例子在

《歧路灯》中极为常见，不备举。

"称谓从疏以示亲"的策略还有进阶版，那就是"称谓从亲以示亲"。

> 秦琼、程咬金、徐勣、史大奈也是结拜兄弟，见了别人母亲，都是叫娘的。（《歧路灯》第五六回）

称呼结拜兄弟的母亲为娘，是"情同手足"修辞义的现实展开。现在北方有些地区，在提到好友的父母时，有时会说"咱妈（爸）……"就是这种策略的生动例证。这里称谓策略的进阶，其实是一个回旋上升的过程，即：

"你妈……"→"（俺）伯母……"（从疏以示亲）→"咱妈……"（从亲以示亲）

不过，亲昵往往意味着不敬，有时候这种策略的运用也会引起别人的反感。

> 周瑞家的道："我的娘啊！你见了他怎么倒不会说了？开口就是'你侄儿'。我说句不怕你恼的话，便是亲侄儿，也要说和软些。蓉大爷才是他的正经侄儿呢，他怎么又跑出这么一个侄儿来了。"（《红楼梦》第六回）

刘姥姥在王熙凤跟前告帮，指着自己的外孙板儿说"你侄儿如何如何"，以显示与贾府关系之亲近。王熙凤付之一笑，其陪房周瑞家的却要批评刘姥姥的不得体。

尊亲两尽的拟亲属称谓

"尊"未免疏远,"亲"却嫌不敬。苟欲尊亲两尽,莫如以尊亲(长辈亲属)称之。这就是拟亲属称谓的渊源。

> 锁住道:"峒例:如尊亲两尽,上等父子,次等叔侄称呼;以后竟称大人为爷,自称为儿子。"素臣道:"你年长于我,断使不得!"锁住道:"大人谦光若此,只得叔侄称呼的了!"因口称叔爷,自称侄儿。(《野叟曝言》第九十三回)

锁住是苗人大户。文素臣治愈锁住女儿的疯病,锁住又得神示,便按族间规矩,"尊亲两尽"称素臣为叔。值得注意的是,汉语的拟亲属称谓一般只限于长辈亲属之称如"爷"、"伯"、"叔"等,或平辈年长之称如"兄"等,几乎不会用晚辈亲属来称谓对方。如果说有的话,那就成了贬称、詈称,如"儿子"、"孙子"。这一点与西方形成鲜明对照。在英语中老年人可以称陌生的年轻人为 son(直译,儿子),以示亲切,在汉语中则绝不可以。

《歧路灯》中的拟亲属称谓颇多。首先,官民之间,州县官是百姓的"父母",府道以上的地方官则更长一辈,是百姓的

"公祖"：

> 有称人以公者，有称人以伯叔者，有称人以兄者，从未闻有称人以爹娘者。独知县，则人称百姓之父母。（《歧路灯》第一〇五回）

> 要知此等村酿，不减玉液琼浆，做公祖父母官，闻香早已心醉，与琼林宴上酒，恰好对酌。（《歧路灯》第一〇七回）

清王士禛《池北偶谈·谈异七·曾祖父母》："今乡官，称州县官曰父母，抚按司道府曰公祖，沿明世之旧也。"

其次，主仆之间，婢仆称主人"爷"、"大爷"、"老爷"，相当于长两辈的尊亲称谓。主人的儿子则是"少爷"、"大叔"。例如《歧路灯》全书出力表扬的义仆王中，称主人谭孝移"爷"，称年龄比自己小很多的少主人谭绍闻为"大叔"。

值得注意的是，妾也属于婢仆，所以书中谭绍闻的妾冰梅称谭绍闻"大叔"，称谭绍闻的正妻"大婶"：

> 冰梅着了急，向王氏笑道："奶奶，你看俺大叔与大婶子，单管说耍话，休要要恼了。"（《歧路灯》第九一回）

"老爷"一词原本的亲属称谓义已经消褪殆尽，所以妻妾以之称夫主，我们并不会有太明显的感觉。看到妾称夫为"大叔"、称妻为"大婶"，实在令人瞠目结舌。

从以老为尊到以老称尊

"亲亲，尊尊"，接下来就是"长长"。长，老也。长长就是尊老。实践中的以老为尊，反映在语言中，就有了以老称尊的称谓策略。

> 上的厅来，孝移见厅上坐着一位青年官员，戚公便道："这是复姓濮阳的太史老先生。"（《歧路灯》第七回）
>
> 柏公道："不错之至。弟年逾八十，阅人多矣，惟老先生毫无一点俗意儿。"（《歧路灯》第九回）
>
> "我想舍弟的外父，现在湖广做知府；舍弟的舅子，十七八岁新进士；他的连襟邵老先生做翰林，已开了坊……"（《歧路灯》第六八回）

青年即被称为"老先生"，所谓"邵老先生"，年龄尚不足三十岁，而年龄八十有余的柏公，其口中称为老先生的谭孝移，其实比他要年轻三十岁。称年轻人为"老先生"，当时极其尊敬，如今恐怕没有人愿意接受了吧。

严于男而略于女

传统社会是男权的社会。作为礼法表现形式之一的称谓，对于男性十分严格，而对于女性则相对疏略。

> 绍闻抽身而退，说道："白大嫂，你回来向白大哥说，就说是萧墙街，他就明白。"……那人道："大清早来寻小价，见了小价的主人家，却又嫌弃起来。你要不同我去，我明日对满城人说，你是小价白存子的兄弟。"……绍闻挂牵着夏逢若索银来人，本不欲去，却因"白大哥"一称，被张绳祖拿住软处，不得不跟的走。
> *（《歧路灯》第三三回）*

谭绍闻找白旺（存子）借钱，不免呼"大嫂"，叫"大哥"，殊不知这白存子原本是劣秀才张绳祖的仆人。张绳祖于是以此要胁谭绍闻进赌场。

> 绍闻坐下道："王中，你竟是瘦的这个样儿……我一心要改悔前非，向正经路上走。我如后话不照前言，且休说我再不见你，连赵大姐，我也见不的。"*（《歧路灯》第二六回）*

王中是谭绍闻的仆人，赵大姐是王中的妻子赵大儿。谭绍闻可以称赵大儿为"赵大姐"，却绝不可能称王中为"王大哥"。甚至暗示有"大哥"存在的"大嫂"也不能施之于婢仆。

满清入关后强令汉人易冠服。斗争妥协的结果中有一条是所谓"男从女不从"，即男性剃发易服，女性仍旧是前朝衣冠。

礼制规矩，严于男而略于女，也是类似的道理。

总之，亲亲，尊尊，长长，男女有别，这是礼的总纲，也是我们理解古人称谓的基本线索。亲是拉近距离，尊是拉开距离，这与西方社会语言学所谓"积极礼貌"和"消极礼貌"差可相照。人需要独立感，也需要归属感，故而称谓的策略，就是在亲与尊之间找寻恰当的距离。年龄和性别是语言文化的重要范畴，在称谓上也有其不可忽视的影响和反映。《歧路灯》中的称谓现象极其丰富，时移世易，有不少已经发生了变化。不过，以传统文化中礼的根本精神为指引，以现代语言学理论为烛照，纷繁复杂的称谓现象亦自有其伦脊可寻。

主要参考文献

[1] 袁庭栋《古人称谓》，山东画报出版社，2007 年。

[2] 李绿园撰，栾星校注，姚雪垠序，《歧路灯》，中州书画社，1980 年。

[3] 张生汉 .《〈歧路灯〉词语汇释》，河南大学出版社，1999 年。

[4] Comrie，B. Linguistic politeness axes：speaker-addressee，speaker-referent，speaker-bystander. *Pragmatics Microfiche* 1.7：A3. Department of Linguistics，University of Cambridge. 1976.

[5] Brown，P. and Levinson，S. *Politeness*：*Some Universals*

in Language Usage. Cambridge： Cambridge University Press. 1987.

[6] Thomas，J. *Meaning in Interaction*： *An Introduction to Pragmatics*. London：Longman Group Limited. 1995.

（原刊于《河南师范大学学报》2010 年第 1 期）

《歧路灯》文言词语考异

　　清代李绿园所撰《歧路灯》，是一部重要的白话小说，朱自清（1928）认为这部书的价值，"只逊于《红楼梦》一筹，与《儒林外史》是可以并驾齐驱的"[1]。作为一部经典白话小说，《歧路灯》的语言有两个特点，一是使用了大量的生动活泼的河南方言[2]，二是使用了不少典雅蕴藉的文言词语。张鸿魁（1984）认为，"引经、用典和生僻词语使文章生涩难读……使小说失去了相当多的读者"，"如无栾星同志的新式标点和详细注释（有时注文占半页以上），大概高中文化程度也未必读通"[3]。文言词语是校理《歧路灯》的一大难点。尽管栾星先生花费了十年的时间对《歧路灯》进行校勘、标点、注释，用力甚勤，厥功至伟[4]，但在文言词语的校注方面，栾氏校注本仍然存在一些问题。

　　文言词语属于语言的"学究形式"（learned forms）[5]。《歧路灯》中"学究式"语言主要有引经用典、生僻词语以及四字格成语等几种形式，栾校本都略有失校之处。今以上海图书馆藏清代抄本（下文简称为"上图清抄本"）[6] 为参质，对《歧路灯》的文本进行考异求真。

一、引经和用典

《歧路灯》作者在行文中每每引用经典，而且多是暗引，若非熟悉典籍，不易察知。

例 1. 绍闻道："门生少年狂悖，原为匪人所诱。这也不敢欺瞒老师。但近日愧悔无地，亟欲自新，所以来投老师。"潜斋道："贤契果然改悔，归而求之，你程叔便是余师。"（71—686）[7]

按："是余师"应据上图清抄本作"有余师"。此处是引经。《孟子·告子下》："（曹交）曰：'交得见于邹君，可以假馆，愿留而受业于门。'（孟子）曰：'夫道若大路然，岂难知哉？人病不求耳。子归而求之，有余师。'"曹国国君的弟弟曹交想要在邹国住下来，拜孟子为师，听从其教诲。孟子说，我所主张的这些道理，处处可见，不难学到，你如真的一心向道，在你的周围到处都能找到老师，不必留在这里受业了。《歧路灯》这一段说的是，谭绍闻欲改过自新，想留在昔日的老师娄潜斋的衙署内受业，潜斋引用《孟子》的这句话，在婉拒的同时，给予教诲：如果你真心改诲，老师多的是（"有余师"），程嵩淑便是其一。当校点为："贤契果然改悔，'归而求之'，你程叔便'有余师'。"

与引经相类似的，还有典故的运用，栾校本这方面的问题也有不少。

例 2. 张类村只得到了卧房。这杜氏言语嘈杂，虽不成其为斗，却也哄的厉害，怒将起来，几乎要打，这张类村只得学刘寄奴饱饗老拳的本领。这杜氏到底不敢过于放肆，劈脸啐了一口，这张类村少不得学那娄师德唾面自干的度量。（67—644）

栾星注曰："寄奴，为南朝宋武帝刘裕的小名。刘裕幼年以卖履为生，好樗蒲（一种博戏）。曾与人发生口角，饱受人的拳击。"

按："刘寄奴饱飨老拳"不见于载籍。相近的记述，只有刘裕因欠刁逵社钱三万而被其执拘一事。北齐魏收《魏书·外戚传》："裕家本寒微，住在京口，恒以卖履为业。意气楚剌，仅识文字，樗蒲倾产，为时贱薄。尝负骠骑谘议刁逵社钱三万，经时不还。逵以其无行，录而征责，骠骑长史王谧以钱代还，事方得了。""录而征责"，"录"谓拘捕，"征责"读为"惩责"，谓责罚。应注意者，刁逵是以官府的名义对刘裕予以责罚。唐许嵩《建康实录·宋高祖武皇帝》："困于贫贱，不修廉隅小节，时人莫能识，唯琅琊王谧独深敬重之。帝尝负刁逵社钱三万，经时无以还之，遂被逵执。谧密以己钱代偿，以此得释。"这里略去了刁逵的官方身份。清杜刚《南朝秘史》第一回："一日，（王）谧以公事赴丹徒，便道访裕，带从者数人，步行至京口里，适过刁逵门口，只见从众纷纷，缚一人大树上。刁逵在旁，大声喝打，谧视之，乃寄奴也，大惊，喝住众人，谓刁逵曰：'汝何无礼于寄奴？'逵曰：'寄奴日来呼卢，负我社钱三万，屡讨不还，故执而笞之。'谧曰：'三万钱小事，我代寄奴偿汝，可速去其缚。'刁逵遂释寄奴。"小说家言，则将史书中的"录"、"执"，铺演为缚于树上，执而笞之。总之，无论是哪一种记述，"饱飨老拳"四个字都无从落实。

"饱饗老拳"应据上图清抄本作"饱卿老拳"，"饗""卿"形近而讹。《晋书·石勒载记下》："初，勒与李阳邻居，岁常争麻池，迭相殴击。至是，谓父老曰：'李阳，壮士也，何以不来？沤麻是布衣之恨，孤方崇信于天下，宁雠匹夫乎！'乃使召阳。既至，勒与酣谑，引阳臂笑曰：'孤往日厌卿老拳，卿亦饱孤毒手。'因赐甲第一区，拜参军都尉。""厌"，饱也。"厌卿老拳"即"饱卿老拳"。石勒字世龙，是十六国时期后赵的开国君主，微贱时曾与邻居李阳为争沤麻之池而互殴，御宇后衣锦还乡，不计前嫌，召见李阳，与相笑谑："你那时候把我打得够呛，我也把你打得够呛。"这固然是石勒英雄本色，但也像韩信提拔任用曾经辱己于胯下的少年一样（《史记·淮阴侯列传》："召辱己之少年令出胯下者以为楚中尉。告诸将曰：'此壮

178

士也'"），有那么一点矫情。这种挨打受辱略不介怀的作派，的确可称得上是一种"本领"。文中张类村对其妾杜氏也正是采取这种挨打不以为忤的策略。刘裕与石勒，时代相近，都是南北朝时人，身份相若，都是开国君主，如此看来，很可能是作者将石勒"饱卿老拳"的典故张冠李戴了。可改为"石世龙饱卿老拳"。

从"改之使通"的角度来讲，还存在另外一种可能，即"刘寄奴饱飨老拳"可改作"刘伯伦鸡肋尊拳"。刘伶字伯伦。《晋书·刘伶传》："尝醉与俗人相忤，其人攘袂奋拳而往。伶徐曰：'鸡肋不足以安尊拳。'其人笑而止。"刘伶身材瘦小，嗜酒如命。俗人欲奋老拳，刘伶慢悠悠地说："在下瘦骨嶙峋，当心硌了您的拳头。"张类村老惫身形，面对宠妾的"几乎要打"，说上一句："当心打痛了你的手。"亦颇足以解颐释怒。

《汉语大词典》以上引《歧路灯》论文孤例立词目"饱飨老拳"，释义为"挨一顿痛打"，显然是错的。

例 3. 且说谭绍闻近日光景，家中费用，颇欲赋"室人交谪"之句；门外索讨，也难作摧沮败兴之诗。（71—677）
　　　　　　　　　　　　　　　　　　••

按："摧沮"当据上图清抄本作"摧租"。所谓"难作摧租败兴之诗"，当是本宋项安世《次韵高秀才重九二首》："台因抱病难重上，诗为摧租已断章。""门外索讨"，与"摧租"二字正相照应。

例 4. 即如娄世兄，异日自是翰詹仙品，那就不用说了；万一就了民社之任，即照令尊这样做官，就是个治行谱。（71—684）

按："治行谱"应据上图清抄本作"治县谱"。《南齐书·傅琰传》载，傅僧佑、傅琰父子，先后任县令之职，"僧佑在县有称，琰尤明察，又著能名"，"琰父子并著奇绩，江左鲜有。世云诸傅有《治县谱》，子孙相传，不以示人"。傅氏父子治县，都很有成绩，世间遂传其家有所谓《治县谱》。小说中这段文字乃是娄潜斋的幕僚对娄昭之子娄朴所发的感慨。文中所谓"娄世兄"指娄朴，所谓"令尊"指乃父娄潜斋。娄潜斋时任济宁知州，为地方官。这段话的意思是，娄朴将来必能中进士，选为清华高贵的翰林，即使当了地方官，有父亲这样的好榜样，只需亦步亦趋，也不难像傅琰父子那样桥梓继美。

例 5. 公子性儿，闹戏旦子如冉蛇吞象一般，恨不的吃到肚里。（77—749）

按："冉蛇吞象"当据清抄本作"冉蛇吞鹿"。"蛇吞象"、"蛇吞鹿"俱见载籍，不过"吞象"的是"巴蛇"，而"蚺蛇"所吞的是"鹿"。宋罗愿《尔雅翼·释鱼·巴蛇》："巴者，食象之蛇。"《山海经·海内南经》："巴蛇食象，三岁而出其骨。"《山海经·大荒南经》："黑水之南，有玄蛇食麈。"晋郭璞注："今

180

南山蚺蛇吞鹿，亦此类。"宋陆佃《埤雅·释虫》："又云巴蛇吞象，蚺蛇吞鹿。"清赵翼《岭南物产图六十二韵》："饥蛟猛取虎，蚺蛇馋吞鹿。"

例 6. 我看其人博古通今，年逾五旬，经纶满腹，诚可为令婿楷模。（55—513）

按："经纶满腹"当据清抄本作"精神满腹"。"精神满腹"谓满腹才学。《晋书·温峤传》："（温峤）深结钱凤，为之声誉；每曰：'钱世仪精神满腹。'"《金史·李献甫传》："（李献甫）博通书传，尤精《左氏》及地理学。为人有干局，心所到则绝人远甚。故时人称其精神满腹。"

例 7. 全姑道："奶奶昨夜叫我来这楼下住。我两个合成伙儿。"簧初笑道："你不识字，这位是有学问的。我说他省的，从今以后'熊鱼可兼'。"全姑懵然，全淑在床上只羞的向隅。簧初道："全姑不解，你说一句儿答应我。"全淑一发羞了。簧初便要对着全姑，露些狎态魔障全淑。全淑急了。强答一句道："省的人鹬趣蚌抚相持。"簧初道："怪道你会画，真正好丹青。从此'火齐必得'矣。"（108—1010）

按："鹬趣蚌抚相持"，当据上图清抄本作"鹬蚌相持"。簧

181

初说"熊鱼可兼",用的是《孟子》"鱼与熊掌"的典故,要求全淑对对子。全淑对以"鹬蚌相持",用的是《战国策》的典故。"趣""抚"二字无义,应是传抄过程中夹行批注之文阑入正文。揆诸字形,似是"趣极"二字,因行草字形相近,讹为"趣抚",阑入正文,遂成"鹬趣蚌抚相持"。

二、生僻词语

作者有时使用一些生冷古僻的词语,这些词语在文本的传抄过程中极易发生讹误。

例 8.至于枪手,则断不能容的,拔一侥幸,则屈一寒酸,此损校士之责尤大。即如各州县详革一诸生,虽因其罪名而黜,此心犹有怜惜之意。若场屋中屈一寒酸,是这个秀才毫无过失,暗地里被了黜革,此心何忍?(93—874)

按:"寒酸"应据上图清抄本作"寒畯",指出身寒微的人。《新唐书·高俭传》:"进忠贤,退悖恶,先宗室,后外戚,退新门,进旧望,右膏粱,左寒畯,合二百九十三姓,千六百五十一家,为九等,号曰《氏族志》。"宋赵彦卫《云麓漫钞》卷七:"三代之臣,皆世族大家,枝叶扶疏,根株盘固,如鲁三桓、郑七穆是也。本朝尚科举,显人魁士皆出寒畯。"马

182

端临《文献通考·选举四·举士》："太宗时，李昉、吕蒙正之子御试入等，上以势家不当与孤寒争进，黜之，颜明远等四人以见任官举进士，上惜科第不与，特授近蕃掌书记，盖惟恐权贵占科目以妨寒畯也，"清顾炎武《日知录》卷十七"大臣子弟"："人主设取士之科，以待寒畯，诚不宜使大臣子弟得与其间，以示宠遇之私。"和邦额《夜谭随录·冯勰》："世之衰也，一变而为请托，更变而为贿赂，寒畯之士，遗于野矣。"康有为《大同书》戊部第一章："昔人禁世官，讥世卿，以伸寒畯而致之平等。"与世族大家相比，寒畯之士进身之阶只有科举一途，所以科场中"屈一寒畯，此损校士之责尤大。"

　　例9.要之也不论真与不真，庙修在大路边上，正可为巧宦以求速仕者，下一剂清凉散也好。（101—944）

　　按："速仕"当据上图清抄本作"速化"。"速化"，仕途上走捷径急于求成。唐韩愈《答陈生书》："足下求速化之术，不于其人，乃以访愈，是所谓借听于聋，求道于盲。"宋秦观《淮海集》卷十四"进策·法律下"："祖宗之时，二端虽号并行，而士大夫颇自爱重，以经术为职，文艺相推。间有喜刑名精案牍者，则众指以为俗吏而耻与之言。近世则不然。士大夫急于功利，不师古始，相与习者，莫非柱后惠文之事，父教其子，兄诏其弟，以为速化之术，无以过此。"宋岳珂《桯史》卷七"朝士留刺"条："秦桧为相，久擅威福，士大夫一言合意，立取显

183

美，至以选阶一二年为执政，人怀速化之望，故仕于朝者多不肯求外迁。"《明史·阉党传·王绍徽》："既而奸党转盛，后进者求速化，妒诸人妒己，拟次第逐之。"清陈康祺《郎潜纪闻》卷八："词章俭陋之夫，挟科举速化之术，俨然坐皋比称大师矣。"

三、四字格成语

小说中使用了大量的四字格成语，有些成语的形式与我们所熟悉的标准形式有些不同。诚然四字格成语可以存在变体，但万变不离其宗，这个"宗"就是成语的语义和结构。从这一认识出发，我们对《歧路灯》中一些涉及成语的语句进行校正。

例 10. 单说谭绍衣莅任，应对少暇，与绍闻提起簧初姻事，说道："皇上抚豫命下，论公事则陨越是惧，论私事则咄嗟可喜。（107—998）

按："咄嗟可喜"不通，当据上图清抄本作"咄嗟可办"。"咄"、"嗟"皆尊者呼卑者之词。宋宋祁《宋景文公笔记·释俗》："汾晋之间，尊者呼左右曰'咄'，左右必曰'嗟'。"《尚书·秦誓》："公曰：'嗟！我士，听无哗。'""咄嗟可办"，吩咐一声，即可实现。意思相同的表述形式还有"咄嗟立办"、"咄嗟可立办"、"叱咤立办"、"叱咤可办"等。"论私事则咄嗟可办"，所谓"私事"是指"簧初姻事"，谭绍衣莅任河南巡抚，则男方谭簧初和女方薛全淑同处一城，婚事易于措办。"咄嗟"二字不可用来修饰"可喜"，"办"字之所以讹为"喜"，是由于语境的影响。"论公事则……论私事则……"两句对仗，在句式张力的作用下，后一句句末的"办"字讹为"喜"，形成"惧"、"喜"相对的语义格局。对照《论语·里仁》："父母之年，不可不知也，一则以喜，一则以惧。"

例 11. 薛公子答道："客边难以载主而来，写的先榆次公牌位在书房院北轩上。一说就当全礼，不敢动尊。"张正心道："男先之典，莫以此为重，理宜肃叩。"（108—1005）

按："莫以此为重"不通。揆诸文义，此处当为"莫此为重"或"以此为重"。今据上图清抄本校作"莫此为重"。"莫此为 A"四字格，可分析为，"没有比此更 A"。此格式例子颇多，如"莫此为甚"、"莫此为大"、"莫此为厚"、"莫此为最"、"莫此为极"、"莫此为急"、"莫此为胜"、"莫此为贵"、"莫此为妙"、"莫此为切"、"莫此为快"、"莫此为宜"、"莫此为众"、"莫此为详"等等。"莫此为重"的文献用例如《尚书·甘誓》"威侮五行"明陈第《尚书疏衍》："故曰天生五材，民并用之，顺之则得福，逆之则得祸。誓师数罪，莫此为重矣。"宋钱时《融堂四书管见》卷十一："继继绵绵，终古不绝，其为嗣续，莫此为大；而又君亲之尊，临履在上，其为恩义之厚，莫此为重。"

以上讨论《歧路灯》文本讹误共 10 例，或涉及引经用典，或关乎生僻词语，或是四字格成语，都与文言词语相关。张鸿魁（1984）把《歧路灯》的语言形式比喻为"长满荆棘的路"，其所谓"荆棘"，指的就是文言词语。其实蕴藉古奥的"学究式"的语言形式，虽然不能望而知义，一览无余，但也是一种语言的"层峦叠嶂"，自有其意象和理趣，决不是徒乱人意的"荆棘"。而由于文言词语迂曲难明所滋生的讹误，那才是真正的"荆棘"。因此，对《歧路灯》的研究，首先要进行文本校勘，披荆斩棘，清理荒秽。考证文言词语是其中一项重要工作。要做好这项工作，一方面要博考异文，另一方面要精研文言，如此才能切中肯綮，正误而释疑。

注释

[1] 朱自清《歧路灯》，载《歧路灯论丛（一）》，中州书画社，1982 年。

[2] 关于《歧路灯》河南方言的研究，参看张生汉《〈歧路灯〉词语汇释》，河南大学出版社，1999 年。

[3] 张鸿魁《在长满荆棘的路上迈进——李绿园的保守思想对《歧路灯》语言的消极影响》，载《歧路灯论丛（二）》，中州古籍出版社，1984 年。

[4] 徐云知《〈歧路灯〉版本考》认为铅印本中，栾校本为最佳。载《学术交流》2004年第1期。

[5] 布隆菲尔德《语言论》，袁家骅等中译本184页，商务印书馆，1980年。

[6] 《歧路灯》（影印本），"古本小说集成"丛书，上海古籍出版社，1994年。

[7] 括号内所标注的，是栾星校注本的回次和页码。栾星校注《歧路灯》，中州书画社，1980年。

（原刊于《兰州学刊》2010年第3期）

《歧路灯》词语札记

    清代李绿园用带有河南地方色彩的语言所撰写的长篇小说《歧路灯》，是一部经典文学作品，也是研究十八世纪中原官话的宝贵资料。近年来对《歧路灯》词语的研究和考释，以张生汉《〈歧路灯〉词语汇释》[1]为大宗，取得了引人瞩目的成绩。不过总的来看，已有的研究对于"字面生涩而义晦"的词语注意得比较多，而对于"字面普通而义别"的词语，则或有未及。可以这样说，常用词在某一时期、某一区域的特异性，具有更为重要的词汇史研究价值。本文举出数例"字面普通而义别"的词语加以讨论，进一步挖掘《歧路灯》的语料价值。引文据栾星校注本[2]（文后括注回次页码），并用上海图书馆所藏清抄本[3]（以下简称"清抄本"）加以校正。

今夜

表时点的时间名词，可分为绝对时点和相对时点两种，前者如"二〇〇七年"、"星期一"，后者如"去年"、"现在"、"明天"。"年"、"月"、"日"是最基本的时间单元，在构成相对时点时各有其特点[4]。"日"又分昼夜，"夜"在构成相对时点时另有其复杂之处：新的一天从子夜开始，而从日落到日出是一夜，也就是说，前半夜和后半夜是同一夜，却分属不同的日期。比如说，在凌晨两点钟提到前一天下午发生的事，可以用"昨天下午"，但对于晚上十点钟发生的事，是用"今晚"还是用"昨晚"就有点让人拿不准。还有，在早上八点钟提到凌晨两点钟发生的事，是用"今晨"还是"昨夜"，也模棱两可。不过有一点可以肯定，对于这种情况，现代汉语绝对不会用"今夜"。《歧路灯》中有些"今夜"的用法出乎我们意料之外。

（1）却说王氏坐轿而回，气得一个发昏章第十一。下轿从后门到院内，上的堂楼，坐个低座，手拿扇子，画着砌砖，忽的一声哭道："我那姓孔的儿呀！想死我了。我今夜还梦见你，想是我那孝顺媳妇，你来瞧我来了？我再也不能见你了，我的儿呀！"（85—810）

（2）这老樊赶紧办成早饭，合家吃完，自己首帕布袄膝衣新鞋，早已装扮停当。巫氏、冰梅看见，都笑道："看干儿去呀？"老樊道："我今夜做个好梦，定有好处。"巫

189

氏道:"什么好梦?"老樊道:"我不记得了,只是好就是。"(99—921)

（3）到了黎明,绍闻去到账房,只道得一声:"苦也!"黑炭几条,青灰一堆,纶巾二顶,道袍两件而已。急看大门,闪了半扇。正不知何时那太白李金星,已携仙童驾云而去。……黄道官道:"武当山道人,听说你请的去看阳宅了,如何又来问他?"绍闻道:"请是原来请的,拐了我两百三十五两银子,夜间跑了。"(75—732、733)

按,"夜间",清抄本作"今夜"。今据之校为:

（3）' 到了黎明……绍闻道:"请是原来请的,拐了我两百三十五两银子,今夜跑了。"

以上三例"今夜",都是指称刚过去的那个夜间。《红楼梦》也有相同用法的"今夜"。

（4）黛玉道:"大清早起,好好的为什么哭?"紫鹃勉强笑道:"谁哭来,早起起来眼睛里有些不舒服。姑娘今夜大概比往常醒的时候更大罢,我听见咳嗽了大半夜。"(《红楼梦》第 82 回)

《歧路灯》中也有相当于现代汉语的"今夜"和"昨夜",

190

例从略。以上四例"今夜"，现代汉语都当用"昨夜"。"今夜"、"昨夜"界限模糊，其中缘由，值得进一步研究。

年纪

《歧路灯》中"年纪"一词或用如动词，意思是年迈，年纪大。

（5）橘泉见楼厅嵯峨，屏帐鲜明，心下暗揣：这必是平日多畜姬妾，今日年纪，不用说，是个命门火衰的症候。（11—124）

按，"平日多畜姬妾"、"今日年纪"两小句并列，共同构成"命门火衰"这个诊断的根据。从句法结构和语义来看，"年纪"应该是动词。

（6）况且奶奶年纪，比不得旧年，这早晚鸡鱼菜果点心之类，是少不得的。（93—868）

按，这一例"年纪"，也应该是动词。意思是，奶奶年纪大了，身体状况不比从前。

如果对将以上两例"年纪"解释为动词还有犹疑的话，请看以下两例异文：

（7）张类村道："偏偏杜大姐这几年没有个喜兆儿。"张正心道："伯说错了。不拘杜大姐、杏花儿，与我生下兄弟便好。伯已年迈，愚侄情愿领着成人，教他读书。"（67—640）

按，"已年迈"，清抄本作"已年纪"。今据之校作（7)'：

（7)'……伯已年纪，愚侄情愿领着成人，教他读书。

"年纪"前有副词"已"，显然是动词。

（8）宝剑道："少爷要替舅老爷送家眷，舅老爷怕少爷到杭州西湖上花钱，不想叫去。说河南俺家老太太年纪大了，二少爷年轻，别的家下没人，去了耽搁一年半载不放心，一定叫回来。"（77—744）

按，"年纪大了"，清抄本作"年纪了"。今据之校作（8)'：

（8)'……说河南俺家老太太年纪了，二少爷年轻，别的家下没人，去了耽搁一年半载不放心，一定叫回来。

"年纪"后有助词"了"，也显然是动词。

以上四例"年纪"都是动词，意思是年迈，年纪大。该义项《汉语大词典》未列，也不见于各种方言词典。英语 age（年纪）一词又用为动词，意思是变老，上年纪，这与《歧路灯》中的"年纪"用为动词，其语义引申的理据是一致的。

没……意思

《歧路灯》常见措辞"没……意思"，如"没啥意思"、"没啥大意思"、"没甚的意思"，表示不要紧，没关系，没什么不好。

（9）赵大儿道："这全不妨事。是奶奶从不曾见过醉人。俺家我大，每逢到集上。是个大醉，日夕回来时，挺在床上，就像死人一般。到后半夜就醒了，要凉水喝。我见惯了，这没啥大意思，奶奶休怕。"（17—181）

（10）到了胡同口，进后门，王氏接口便问道："你隆哥好了不曾？"绍闻道："没啥意思，是来人说的太张致。"王氏道："叫宋禄套车，我去瞧瞧去。"绍闻道："只管说没啥意思，何必去看？再迟些时，我妗子生日，去也不迟。"王氏也只得住了。（26—252）

（11）到家中，王氏问道："你隆哥好了么。"绍闻道："我说没啥意思，去接俺舅去了。"（27—255）

（12）王象荩道："奶奶大好了。"王氏道："头还发晕，别的没什么意思。"（106—993）

（13）簧初遂同王象荩到盛宅。见面为礼，簧初方欲道谢家音、安慰风尘，盛公子不待开言，便道："娄公中了进士，点了兵部。报子到省，想已共知。舍弟平安，没甚意思，不用说的。令尊脸儿吃的大胖，那些平日油气村气，一丝一毫也没有了。"（103—958）

（14）绍闻道："我家里何如？有家书么。"盛希侨道："我来时，曾到萧墙街，家里都很好。"（102—954）

按，"我来时，曾到萧墙街，家里都很好"，清抄本作"我来时，不曾到萧墙街，大约没什么意思"。盛希侨纨绔子弟，行事脱略率性，如此作答，更符合其性格。"没什么意思"，就是"没什么不好"。今据清抄本校为（14）'：

（14）'绍闻道："我家里何如？有家书么。"盛希侨道："我来时，不曾到萧墙街，大约没什么意思。"

（15）赵大儿哭向前道："相公，饶了他罢，他知道了。"绍闻道："别胡缠！快去收拾。你原没啥意思，我给你一串钱与你的女儿买嘴吃。再要胡缠，连这一千钱也没了。"（32—299）

按，赵大儿是谭家仆人王中的妻子，王中触怒了谭绍闻，谭绍闻要将他一家赶出去，赵大儿替王中求情，谭绍闻说"你原没啥意思"，即，这跟你没什么关系，你没有什么不是。

（16）绍闻道："我想还把王中叫进来，娘说再迟两天儿，煞煞他两口性子。"慧娘笑道："再迟两天又怕住的生分了，一般是叫他进来，就叫他进来也罢。"王氏道："您看该怎的就怎的，也没啥大意思。只是'是大不服小'，叫他陪情了，再叫他进来，好看些。"（36—334）

（17）王氏道："那王中一百年单会说这一号儿话，不管人受哩受不哩。"隆吉道："姑娘要知道，口直的人心里无弊。他先说的那话，我听的也觉在理。"（74—715）

按，"我听的也觉在理"，清抄本作"我听的没有啥大意思"。王氏嫌仆人王中言语切直冲撞，其娘家侄子王隆吉意在劝解，说"这没有那么严重"。如果说"我听的也觉在理"，则有点与姑母争辩的意思。今据清抄本校为（17）'：

（17）'王氏道："那王中一百年单会说这一号儿话，不管人受哩受不哩。"隆吉道："姑娘要知道，口直的人心里无弊。他先说的那话，我听的没有啥大意思。"

（18）要知双庆敢于如此嘲笑者，一来夏鼎人品可贱；二来见王象荩打了客，也没甚的意思；三来是自己想出笼，也就不怕主人烦恼。（76—742）

按，双庆是谭家的仆人，王象荩即王中。王中打了谭绍闻的损友夏鼎，双庆看到也没什么要紧（consequence），所以敢出言嘲戏。

总结以上各例"没……意思"，（9）、（10）、（11）、（12）表示身体健康无碍，（13）、（14）'表示平安吉祥，都可归于"康乐"（well being）；（15）、（16）、（17）'、（18）是对某种过犯（offence）的评价，表示"不严重"、"没有什么大不了的"。

"没……意思"表示不要紧、没关系、没什么不好。这个义项《汉语大词典》未收，也不见于各种方言词典。不过，这种表述方式并不突兀，而是有其深刻的认知心理的根据。

英语 mean（有……的意思）一词有"预示着，意味着"的意思，如：

（19）Those clouds mean rain.（乌云预示着要下雨）[5]

汉语"有……的意思"与此正可对照，如《歧路灯》以下语句：

（20）午饭已毕，巴氏正要劝女婿街上游玩，偏偏的苍云渐布，黄风徐起，栗烈觱发，竟有酿雪的意思。（50—466）

在英语 mean 和汉语"有……的意思"的背后，都是人类对于当下的情形与未来的发展之间因果关系的预感和判断。总的说来，人是比较悲观的，对于未来总是有些担心，担心"后果很严重"，担心"有关系"（consequence）。因而"没有消息就是好消息"，"没关系"就是 that's all right。

英语表示"预示"常用 omen 一词。如（19）又可表述为（21）：

（21）The clouds omen rain.（乌云预示着要下雨）[6]

Omen 的形容词形式 ominous 的意思却是"不祥的、不吉利的"。这与汉语"没……意思"表示"没什么不好的"正好相映成趣。

揭借

粤语"按揭"，义为"抵押贷款"。该词如何说解？李荣先生《说"按揭"》一文（载《方言》1999 年 1 期）讨论了两种观点，其中姚德怀先生的说法，李荣先生表示同意。姚氏认为："很多人觉得'按'字容易明白，因为粤语单用一个'按'字即有'抵押'的意思，而'揭'字则颇费解……《汉语大词典》卷六'揭'字第 9 义为'借债'，引姚雪垠《长夜》二八自注：'揭高利贷叫做揭债、揭借，简称"揭"。'同卷也有'揭借'条，意为'借贷'。这样看来，'按揭'意为'抵押'也不难理解了。"这基本上把"按揭"一词解说清楚了。这里想指出的是,《汉语大词典》将"揭"解作"借贷"并不十分准确,姚雪垠先生以为"揭"乃"揭借"之简称,也值得商榷,"揭"与"借"实有重要区别。

《汉语大词典》释"揭"为"借债",引《歧路灯》文为例。我们从中再引几段,问题自可了然:

（22）那王经千见绍闻这样肥厚之家来揭银,便是遇着财神爷爷,开口便道:"如数奉上。"还说了几句:"只算借的,这样相厚,提利钱二字做什么。"一面笑着,却伸开揭票。（30—276）

（23）王经千……便道:"余下一千四百五十两,既不现成,这样一个厚交,弟岂肯过为逼勒,情愿将原约撤回,另立一纸借券,只求改日如数见赐。"谭绍闻听说改揭为借,心中早有八分喜欢……（48—448）

从上不难看出,"揭"指有息借贷,"借"指无息借贷。而"揭借"则指借贷,包括两种情况。

最后谈两点体会。其一,研究明清小说的语言,要尽可能参考最早的刻本或写本,因为经过今人整理的校点本,往往会改动其中的特异之处,从而抹掉了有价值的语料线索。其二,人类的认知心理有共通之处,跨语言的比较研究对于具体词语的解释有一定的启发意义。

注释

[1] 张生汉《〈歧路灯〉词语汇释》，河南大学出版社，1999 年。

[2] 李绿园《歧路灯》，栾星校注，中州书画社，1980 年。

[3] 李绿园《歧路灯》，古本小说集成丛书，上海古籍出版社，1993 年。

[4] 陆俭明《说"年、月、日"》，载《世界汉语教学》1987 年创刊号。

[5] 引自 Foley，William，*Anthropological Linguistics：An Introduction*（《人类语言学入门》），外语教学与研究出版社，2001 年，第 5 页。

[6] 引自《新英汉词典》，上海译文出版社，1985 年。

（前三则原刊于《现代语文》2010 年第 3 期，后一则原刊于《中国语文》2000 年第 3 期）

《三国志》称述引用《论语》现象研究

前人说，"由经学入史学者其史学可信"。实际上另一方面，史学研究的深入也往往为经学研究提出问题，提供线索和证据。近来检读《三国志》，对《论语》也学而时习之，出经入史，深感相得益彰。从《三国志》中，我们可以看出《论语》的影响，以及当时对《论语》理解运用的历史特点；而从《论语》出发，我们又才能更准确地把握《三国志》的一些相关内容。

一、三国时代《论语》的影响

成书于春秋战国之际，记录"孔子应答弟子时人及弟子相与言而接闻于夫子之语"，[1] 仅一万三千七百字的《论语》，是中国历史上影响最大的一部书。三国时代，社会政治大气候以及知识阶层的人文处境都与春秋战国相仿佛，因而《论语》的影响，在一定意义上也可以视为返照与回响。西晋前期陈寿所著《三国志》，后此百三十年裴松之所作《三国志注》，都参考、保存了大量的三国文献，是我们今天认识当时社会的基本依据。据《魏志·文帝纪》，魏文帝受禅后第二年下尊孔诏，封孔羡为宗圣侯，奉孔子祀。而在整部《三国志》中，《论语》的片言只语在在皆是，可谓"管中窥豹，时见一斑"。由此可知，虽然当时佛学东渐，诸子重光，二者合流而形成的玄学之风也已经扇动，但作为基础和背景的，仍旧是"子曰""诗云"一片书声朗朗。关于三国时代《论语》的影响，主要体现在以下几个方面：

（一）《论语》是三国时代的启蒙教材

无论是对于个人，还是对于社会，启蒙教育都具有至关重要的意义。《论语》是三国时期最重要的启蒙教材，在范铸人格、甄陶社会方面，具有其他典籍无法比拟的重要影响。

《魏志·文帝纪》注引《典论·自叙》："余是以少诵《诗》、《论》，及长而备历五经、四部……"（第90页。引文据中华书局校点本，下同。）按：《诗》、《论》是《诗经》、《论语》的省称。冲龄践祚的少帝齐王芳，圣学第一课就是《论语》，《三少帝纪》："二年春二月，帝初通《论语》，使太常以太牢祭祀孔子于辟雍，以颜渊配。"（第119页）邴原孤贫失学，却一心向学，终于感动了塾师，允许他免费就学，"于是遂就书。一冬之间，诵《孝经》、《论语》。"（《魏志·邴原传》注引《原别传》，第351页）崔琰少时未学，"年二十三，乡移为正，始感激，读《论语》、《韩诗》"（《崔琰传》，第367页）。《曹植传》："陈思王植子建，年十岁余，诵读《诗》、《论》及辞赋数万言，善属文。"（第557页）《钟会传》注引其母传曰："夫人性矜严，明于教训，会虽童稚，勤见教诲。年四岁授《孝经》，七岁诵《论语》，八岁诵《诗》……"（第785页）从这些记述中不难看出，三国时代上自天子，下至庶民，都把《论语》、《孝经》和《诗经》作为启蒙读本。

《孝经》、《诗经》、《论语》，虽然只是启蒙课本，但当时人们认为天下之理已备于斯，所以管辂会说——"《孝经》、《诗》、《论》，足为三公"（《方技传》注引《辂别传》，第827页）。这跟后世"半部《论语》治天下"的说法相比，还真不能说是夸张。

（二）《三国志》中《论语》的引述情况

据说学术界是把一部论著被引用的次数，作为衡量其影响的一个标准。这里我们不妨以今例古，看看《三国志》引据《论语》的情况究竟如何。

据我们初步调查，《三国志》引据《论语》凡二百五十余处（其中陈志近百处，裴注一百五十余处），涉及《论语》全二十篇的一百六十余章，约占整部《论语》的三分之一。这样的引据规模，应该说是非常大的。

稍作分析，便会觉得这种现象不足为异。作为当时最重要的启蒙教材，《论语》是知识阶层刻骨铭心的一部典籍。他们不仅从中汲取理性，更且采掇词华，因而《论语》是知识阶层思想与表达的一个基本凭依。前人说"由经学入史学者，其史学可信"，盖即有见于此。

《三国志》引据《论语》的二百五十余处中，有九十余处属于诏令奏议。《论语》在政治性文献中的引据频率明显高于其他，这种现象耐人寻味。这说明，《论语》被奉为政治原则，被悬为政治理想，是当时最为冠冕堂皇的庙堂话语。曹操被陈寿评价为"揽申、商之法术，该韩、白之奇策，官方授材，各因其器，矫情任算，不念旧恶"（《武帝纪》，第55页），似乎与规规儒者相去甚远；但在其教令中，也是满口"子曰"。建安十五年著名的"唯才是举"令，引《论语·宪问》"孟公绰为赵、魏老则优，不可以为滕薛大夫"（《武帝纪》，第32页），藉以强调德才兼备者之难得。建安二十一年曹操还邺祭拜祖先时，特地发布教令，援引《论语·八佾》"祭神如神在"、《子罕》"虽违众，吾从下"，对祭祀仪式稍作修改，藉以表现他恪遵圣训。当年孔夫子郁郁不得志的一些牢骚话，这时却成了语调铿锵的政治高调，是作政治秀极方便的台词。《文帝纪》注引《献帝传》载禅代众事中，面对汉献帝的禅让、众大臣的劝进，曹丕一再下令，先后援引《论语》六处，以表示自己辞不敢当的真诚与坚决，并且要求将自己的话"宣之天下，使咸闻焉"（第68页）。

《三国志》各卷卷末之"评曰"，是整部书的纲目，是史家着力出色的点睛之处，也是其春秋笔意的和盘托出。在陈志凡六十五卷"评曰"中，有两处援引《论语》。卷五十七评曰："陆绩之于扬《玄》，是仲尼之左丘明，老聃之严周矣；以瑚琏之器，而作守南越，不亦贼夫人与！"（第1341页）卷六十四评曰："诸葛恪才气干略，邦人所称，然骄且吝，周公无观，况在于恪？"（第 1452 页）在昔孔子作《春秋》，游夏之徒不能赞一辞，可见作史之难难在褒贬得当。陈寿在经学大师谯周门下被目为游夏（《晋书·文立传》）；及其援笔作史，乃以孔夫子之语为褒贬，则其议论不亦严正乎！陈寿《三国志》能淘汰当时多种官修私修史书，独传至今，名列正史，论其优长，固亦多矣；而议论之正大高严抑亦其一耶？

说到以《论语》褒贬历史人物，那就不能不提一提东晋的孙盛。孙盛号称一代良史，以攘斥佛老卫道儒教流称后世。在裴注所引"孙盛曰"中，孙盛以名教纲常褒贬三国人物，凡引《论语》十处，几乎到了言必称仲尼的程度。

（三）三国时代的《论语》注释

中国历史上知识阶层重视一部书有一种特殊的表现形式，那就是为之作注。一个时期某部书注本的多与寡，可以说在一定程度上反映出其影响的变化。三国时代《论语》的注本，可谓十分繁富。除了后来列入"十三经注疏"的何晏《论语集解》，近人程树德《论语集释》中提到的还有王朗、王肃、王弼、陈群等家的注本。今据《三国志》，可知当时至少还有两个注家——张昭、虞翻。《吴志·张昭传》："（昭）在里宅无事，乃著《春秋左传解》及《论语注》。"（第 1221 页）《吴志·虞翻传》："（翻）又为《老子》、《论语》、《国语》训注，皆传于世。"（第 1321 页）

（四）三国时代《论语》的称名

这里我们谈谈三国时代《论语》的称名问题。《三国志》中称引《论语》，除了揭橥"《论语》"、"孔子"、"仲尼"等字样外，还有以下几种称名方式：

（1）《论》、《语》。

我们都知道，提到古时版本，《论语》可以省称为"《论》"，如《鲁论》、《齐论》、《古论》。从《三国志》中我们可以看出，《论语》省称的另一个条件是，《论语》与《易》、《诗》等书名为单字的典籍并称对举。在这种情况下，《论语》可简称为《论》，也可简称为《语》，例如《文帝纪》注引《魏略》："《易》有'不远而复'，《论》有'不惮改'。"（第60页）如《邴原传》注引《原别传》："《诗》云：'彼己之子，不遂其媾。'盖讥之也。《语》云：'爱之欲其生，恶之欲其死。既欲其生，又欲其死，是惑也。'"（第352页）

（2）四部。

《文帝纪》注引《典论·自叙》："余是以少诵《诗》、《论》，及长而备历五经、四部，《史》、《汉》、诸子百家之言，靡不毕览。"（第90页）揆诸文义，显然《诗》即《诗经》是"五经"之一，《论》即《论语》是"四部"之一。问题是：说《论语》是"四部"之一，那么另外三部是什么？五经与四部并提，那么五经与四部的关系又如何？王欣夫《文献学讲义》对此有说，是我们看到过的最合理的解释，不妨抄列于后。

据余嘉锡考证，《七略》中《六艺》共九种，而《刘向传》言："诏向领校中《五经》秘书。"为什么只言《五经》而不言六艺呢？因为当时指立博士的《易》、《书》、《诗》、《礼》、《春秋》为《五经》，并入《乐》则为六艺，更兼《论语》、《孝经》、小学则为九种。汉魏间人以为只举《五经》，嫌不够完备，故连称《五经》四部，这所谓四部，是指《六艺》中的《乐》、《论语》、《孝经》、小学四种。[2]

准此，"五经四部"是当时的术语。因此，在分析的时候，不妨说五经指哪些，四部指那些；但在称呼的时候，就不宜将其割裂为二。校点本"五经、四部"中间的顿号，应该去掉为是。

（3）传。

《三国志》中，《论语》又称为《传》，例如：

> 《易》称"明折庶狱"，《传》有"举直措枉"。（《毛玠传》注引孙盛曰，第377页）
>
> 故《传》曰："百姓不足，君谁与足！"（《司马芝传》，第389页）
>
> 臣闻明君以求贤为业，忠臣以进善为效，故《易》称"拔茅连茹"，《传》曰"举尔所知"。（《崔林传》，第679页）
>
> 《传》曰："爱之能勿劳乎？忠焉能勿诲乎？"（《步骘传》，第1238页）

但是并非所有的"传曰"都引自《论语》，有一些显然是引自《左传》。《左传》是解经之书，其被称为传，名正言顺。《论语》何以跟解经之书一起被称为传？它跟五经的关系如何？盖古时习经的目的，不仅在于认知真理，更重要的，是在于践履道德。所以《三国志》中常常用"经明行修"一语来说明一个人儒业的成功。把握经义，离不开传注；而落实经义，也需要更为具体、直接的指导。这样，自称"述而不作"的孔夫子，他发挥经义所述的《论语》、《孝经》，也就与解经之书一起成了经的附庸——传。

《汉书·艺文志》将《论语》、《孝经》、小学三种归于"六艺略"。这样做究竟有什么道理？王欣夫认为：

> 六艺是指《易》、《书》、《诗》、《礼》、《乐》、《春秋》。那么《论语》、《孝经》、小学为什么附在这里呢？因为这三类都是当时学校的课本。以后世之制度作比，小学诸书是汉小学的科目。《论语》、《孝经》是汉中学的科目。而六艺则是大学的科目。《论语》、《孝经》，汉人称为传记，《刘歆传》说的"讲六艺、传记、诸子、诗赋、数术、方技、无所不究"，传记在六略中并无此名，而列在六艺、诸子的中间，明明指六经以外的《论语》、《孝经》、小学。[3]

这里有两点需要辨正。其一，说《论语》、《孝经》和小学之所以列入"六艺略"，是因为它们都是当时的学校课本，固然言之成理；不过道理似乎也可以反过来讲：或许正是因为《论语》、《孝经》与五经有某种内在联系，它们才被选为学校课本。其二，说"传记"特指《论语》、《孝经》、小学，也值得商榷。《汉志》即有刘向《五行传记》、许商《五行传记》。大概"传记"只是"传"的另一个名称，而《刘歆传》中的"六艺传记"，则相当于通常所说的"经传"。当然，这个"传"是将《论语》、《孝经》包括在内的。

二、三国时代理解运用《论语》的历史特点

从《三国志》引述《论语》的情况，我们可以看出，当时人们对《论语》的某些理解，与唐宋以后的通行经解有所不同。应该注意的是，并非所有与《论语》本文相参错的引述，都意味着理解上的歧互，有些只是一种灵活运用。另外，也有明显误读经文的情况。当时理解运用《论语》的历史特点，概括起来有：（一）保存汉魏经解；（二）隐括大意；（三）断章取义；（四）趁辞。分别举例说明。

（一）保存汉魏经解

在《论语》的流传过程中，历朝历代都有大量的注解。对于同一章同一句的解释，各个时代并不完全相同。《三国志》引述《论语》与后代通行的《论语》的文本存在一些异文，从这

些异文中可以看出汉魏之际对《论语》某些文句的特殊理解。

例如：《论语·公冶长》："子谓子贡曰：'女与回也孰愈？'对曰：'赐也何敢望回？回也闻一以知十，赐也闻一以知二。'子曰：'弗如也，吾与女弗如也。'"末句"与"字，朱子《集注》解为动词，"与，许也"，认为是孔子同意子贡不如颜回的说法。而唐以前史传引述此文，往往读"与"为连词，认为是孔子称其与子贡俱不如颜回。《三国志》中即有其例。《武帝纪》注引褒赏令载曹操祀桥玄文曰："增荣益观，皆由奖助，犹仲尼称不如颜渊，李生之厚叹贾复。"（第23页）《夏侯渊传》："太祖下令曰：'宋建造为乱逆三十余年，渊一举灭之，虎步关右，所向无前。仲尼有言："吾与尔不如也。"'"（第271页）前例"仲尼称不如颜渊"，显然是说仲尼自称不如颜渊。后例"吾与尔不如也"，与《论语》今本相比，易"女"为"尔"，值得细论。胡适《尔汝辨》尝论春秋以前"尔"可用为第二人称复数，相当于今语"你们"；而"汝"则仅用于单数第二人称。揆之此例，似乎曹操是有意变用经文，以表达他与群臣都不如夏侯渊的意思。

又例如：《论语·公冶长》："子曰：'道不行，乘桴浮于海。从我者，其由与？'子路闻之喜。子曰：'由也好勇过我，无所取材。'"据程树德《论语集释》，"材"字凡三解。郑玄读如字，谓即桴材，名词。一曰当读为"哉"，语气词。朱子《集注》读为"裁"，动词，谓乃"讥其不能裁度事理以适于义也"。《吴志·薛综传》："昔孔子疾时，讬乘桴浮海之语，季由斯喜，拒以无所取才。"（第1253页）"才"通"材"。这里"无所取才"

是婉拒的藉口，"才（材）"显然是指桴材。这是郑玄之说。

汉魏之际，经解也有发展变化，有些变化构成古今经解的转捩点。《论语·尧曰》："咨！尔舜，天之历数在尔躬，允执其中。四海困穷，天禄永终。"此乃尧禅位于舜之语，后历代禅位作册率多引用此文，而其中"天禄永终"一语先后有二解。"天禄"即天定的福祚，这很容易理解；导致歧解的是"永终"的"终"字，"终"可解为长，又可解为绝。两种理解并见于《三国志》，我们就从《三国志》说起。《文帝纪》载汉献帝禅位于魏册曰："允执其中，天禄永终。"（第62页）显然这两句话所省略的主语应该都是受禅者魏王。说魏王天禄永终，这是禅位者汉献帝的祝愿之辞，意思是希望魏王受禅为天子后，福祚永长。这里，终解为长，永终为同义词连用。这是第一种理解的例子。第二种理解的例子如：《明帝纪》注引《献帝传》："山阳公深识天禄永终之运，禅位文皇帝以顺天命。""叡惟山阳公昔知天命永终于己，深观历数允在朕躬。"（第102页）又《三少帝纪》："天禄永终，历数在晋。"（第154页）按："天命"即天禄。"山阳公昔知天命永终于己"是说山阳公（汉献帝）知道自己已经"天禄永终"——为便于和第一种理解（魏王天禄永终）对照，我们用简截的句式——汉献帝天禄永终。"天禄永终，历数在晋"，前一句话的主语显然是魏。这里，"天禄永终"的主语都是禅位者，是说自己已经享尽了应该享的福祚，这是却位绝天之辞。终解为绝，与状语"永"形成偏正结构。关于"天禄永终"，毛奇龄《论语稽求篇》这样总结："汉魏以还，俱解永长；典午以后，始解永绝。此正古今升降之辨。"[4] 从《三国志》的有关内容来看，毛氏的总结是有道理的。

（二）隐括大意

古人引书往往并不严格按照原文，常常会节略其辞，隐括大意。这种现象应当引起足够的注意。不了解这种情况，有时会产生错误的读解，甚至错误的校改。

《论语·子罕》："子曰：'可与共学，未可与适道；可与适道，未可与立；可与立，未可与权。'"朱子《集注》引杨氏曰："知为己，则可与共学矣。学足以明善，然后可与适道。信道笃，然后可与立。知时措之宜，然后可与权。"学、适道、立、权，是儒学修养循序渐升的四种境界，不可躐等。《三国志》引此章与经文有参错。《武帝纪》注引《魏书》庚申令曰："议者或以军吏虽有功能，德行不足堪任郡国之选，所谓'可与适道，未可与权'。"（第 24 页）《武帝纪》注引《江表传》曰："融曰：'可与适道，未可与权。'"（第 39 页）或谓《论语》此章文有错倒，当云："可与共学，未可与立；可与适道，未可与权。"证之《三国志》所引，皆与暗合，似可从。程树德认为："古人引书，常隐括大意，不必尽系原文。"更引《盐铁论·遵道章》："孔子曰：'可与共学，未可与权'"，谓此例正多，轻改经文之风不足为训。[5] 按程氏之说可从。《三国志》这两处引《论语》，正是隐括大意。

（三）断章取义

前文已说，古人引书非原文，是原义，属于"隐括大意"。与之相反，古人引书是原文，但非原义，这里姑且称为"断章取义"。盖古人引经据典，有时截取经文，割裂经义；有时掇取辞华，遗落经义；灵活运用，从而实现其表达特定意思的目的。

《论语·里仁》："子曰：'不患无位，患所以立。'"本是讲自身对待名位应该持有的主观态度。《王脩传》注引《孔融集》载孔融答王脩教曰："昔高阳氏有才子八人，尧不能用，舜实举之。原可谓不患无位之士。以遗后贤，不亦可乎！"（第345页）这里，"不患无位"则是对他人才德的客观评断。

《论语·子路》："鲁卫之政，兄弟也。"朱子《集注》："鲁，周公之后；卫，康叔之后，本兄弟之国。而是时衰乱，政亦相似，故夫子叹之。"这是孔子对鲁国、卫国政局所发的感慨。《武文世王公传》注引曹嘉赠石崇诗曰："畴昔谬同位，情至过鲁卫。"（第587页）这里，"鲁卫"却只是兄弟的代称。

（四）趁辞

古书无标点，引用时随意起止，是为"趁辞"。

《论语·为政》："季康子问：'使民敬忠以劝如之何？'子曰：'临之以庄，则敬；孝慈，则忠；举善而教不能，则劝。'""举善而教不能"，是与"嘉善而矜不能"相同的句式；又据上下文，显然以之为句应该没有问题。但是《三国志》引用该句，却皆以"举善而教"为句。《仓慈传》注引《魏略》："所在清如冰雪，妻子希至官省；举善而教，恕以待人，不好狱讼，与下无忌。"（第 514 页）《徐邈传》："夫显贤表德，圣王所重；举善而教，仲尼所美。"（第 740 页）又《刘馥传》："明制黜陟荣辱之路，其经明行修者，则进之以崇德；荒教废业者，则退之以惩恶；举善而教不能则劝，浮华交游，不禁自息矣。"（第 464 页）中华书局校点本连"举善而教不能则劝"为句，未予点断，盖亦疑莫能定矣。据上下文文义以及文气，显然应读为"举善而教，不能则劝"。单就这一句看，如此读法也自讲得通，此例似乎也可以归入前"汉魏经解"条目；但如果放到《论语》该章上下文中，这样读法显然就有问题。所以刘宝楠《论语正义》说："'举善而教不能'为一句。汉魏人引'举善而教'，皆是趁辞。"[6]

《论语·公冶长》："子曰：'十室之邑，必有忠信如丘者焉，不如丘之好学也。'"《文帝纪》："今之计、孝，古之贡士也；十室之邑，必有忠信，若限年然后取士，是吕尚、周晋不显于前世也。"（第 79 页）读至"必有忠信"后绝句。这其实也可以说是断章取义。

《论语·公冶长》："子在陈，曰：'归与！归与！吾党之小子狂简，斐然成章，不知所以裁之。'"裴松之《上三国志注表》："既谢淮南食时之敏，又微狂简斐然之作。"（第 1471 页）截取、挽合两句首尾。当然，这并不意味着裴松之即是如此读解《论语》，这只不过是他修辞的结果。

《三国志》中，还有将《论语》读错了的情况。

《论语·里仁》："子曰：'我未见好仁者，恶不仁者。好仁

213

者，无以尚之；恶不仁者，其为仁矣，不使不仁者加乎其身。'"朱子《集注》："盖好仁者真知仁之可好，故天下之物无以加之。恶不仁者真知不仁之可恶，故其所以为仁者，必能绝去不仁之事而不使少有及于其身。"显然，"其为仁矣"的"其"，是代词，复指"恶不仁者"。整句话的意思是：恶不仁者，他们在为仁之道上的表现，是不让不仁之事与他们发生任何关系。《吴志·顾雍传》注引徐众《评》曰："怀叙本无私恨，无所为嫌，故詈辱之，疾恶意耳，恶不仁者，其为仁也。"（第1227页）《钟离牧传》注引徐众《评》曰："'恶不仁者，其为仁矣'，今小民不展四体，而认人之稻，不仁甚矣，而牧推而与之，又救其罪，斯为让非其义，所救非人，非所谓恶不仁者。苟不恶不仁，安得为仁哉！"（第1393页）徐众以"恶不仁者，其为仁矣"为句，读"其"为表示推度的语气词，认为恶不仁是仁的充分条件，这显然是错误的。

三、熟读《论语》有助于正确理解《三国志》的相关内容

三国时代，以"语惟经典，不及世事"（《管宁传》注引《傅子》，第354页）为高，以"附依典诰，若出胸臆"（《公孙渊传》注引《魏名臣奏》，第258页）为美。由于人们对经典的熟悉与敏感，彼此之间"点到为止"式的引经据典不难提头知尾，心领神会。而在今天，我们对于中国基本传统典籍已经

相当隔膜；如果对这种现象没有一定的自觉并保持高度的警觉，往往会导致错误的读解。这里要指出的是，《三国志》及裴注引用《论语》的情况来看，通行的中华书局校点本有不少断句错误、标点错误，就是由于对《论语》不熟悉而产生的。

例如《文帝纪》注引《魏略》载霍性向曹丕献媚劝进的奏疏，文末曰："虽知言触龙鳞，阿谀近福，窃感所诵，危而不持。"（第60页）根据语法分析，这是一个转折复句。前一分句谓语的核心动词是"知"，后一分句有两个动词——"感"、"持"，因而又可以进一步分析为两个小分句。"窃感所诵，危而不持"，两个小分句之间是什么逻辑关系？"危而不持"是什么意思？"窃感所诵"，"诵"的又是什么？这些都是令人费解的问题。如果熟悉《论语》，这些都不是问题。原来"危而不持"是《论语》里的一句话，在这里正是所诵的内容，是动词"诵"的宾语。《论语·季氏》："孔子曰：'求，周任有言曰："陈力就列，不能者止。"危而不持，颠而不扶，则将焉用彼相矣？'"霍性是用"危而不持"四个字代表《论语》的这一章，应加引号以明之，即"窃感所诵'危而不持'"。

又例如《刘表传》注引谢承《后汉书》："表受学于同郡王畅。畅为南阳太守，行过乎俭。表时年十七，进谏曰云云。"畅答曰："以约，失之者鲜矣。且以矫俗也。"（第211页）王畅答言亦是引用《论语》。《论语·里仁》："子曰：'以约失之者鲜矣。'"按语法，"以约失之者"为主语，"鲜矣"为谓语。校点本以"以约"为句，似有不妥。

215

又例如《文帝纪》注引《献帝传》载左中郎将李伏表魏王曰："臣每庆贺，欲言合验；事君尽礼，人以为谄。况臣名行秽贱，入朝日浅，言为罪尤，自抑而已。"（第63页）这是李伏向曹丕献媚，托辞姜合谶验藉以劝进。细按其辞，前"欲言合验"与后"自抑而已"为呼应，乃陈说屡次欲言又止的隐情；"事君尽礼，人以为谄"与"况臣名行秽贱，入朝日浅，言为罪尤"为递进，表明欲言又止的原因。其中"事君尽礼，人以为谄"一句正用《论语》。《论语·八佾》："子曰：'事君尽礼，人以为谄也。'"中华书局本该句未出引号，而且在"人以为谄"后断以句号，读来让人感觉似乎李伏"欲言合验"的心理活动，已然导致了"人以为谄"的现实后果，不妥。虽说李伏没强调出"孔子曰"的字样，但按文义，显然是有强调这句话出自《论语》的意思。这是一种修辞方式，庄子称之为"重言"，现在我们叫它"引经据典"。这段话应该这样标点：

　　臣每庆贺，欲言合验；"事君尽礼，人以为谄"，况臣名行秽贱，入朝日浅，言为罪尤，自抑而已。

又例如《董卓传》注裴松之曰："王允之忠正，可谓内省不疚者矣，既无惧于谤，且欲杀邕，当论邕应死与不，岂可虑其谤己而枉戮善人哉！"（第180页）按："内省不疚"用《论语》。《论语·颜渊》："司马牛问君子。子曰：'君子不忧不惧。'曰：'不忧不惧，斯谓之君子乎？'子曰：'内省不疚，夫何忧

216

何惧.'"这里裴松之作了一次三段论推理。大前提：内省不疚者不忧不惧。（出自《论语》，当时人所共知，故可省去。）小前提：王允可谓内省不疚者。结论：王允既无惧（于谤）。"既"是表示推度语气的虚词，相当于"其"。《墨子·尚贤中》："则此使不智慧者治国家也，国家之乱，既可得而知也。"是其例。准此，则应在"既无惧于谤"后断以句号。校点本该处是逗号，显然是误把"既""且"看作相呼应的关联词了。

综上所述，通过对《三国志》中称述、引用《论语》情况的穷尽调查，本文得出如下结论：《论语》是三国时期最重要的启蒙教材，当时的士人对《论语》都相当熟悉，因而《三国志》中就有大量的引自《论语》的词句和内容。这充分说明，虽然佛教与诸子合流所形成的玄学是魏晋思潮的主要特色，但儒家思想仍是这种思潮的背景和底色。只有熟悉了《论语》，才能准确理解《三国志》中的这部分内容。

注释

[1] 见《汉书·艺文志》。

[2] 王欣夫《文献学讲义》，上海古籍出版社，1986年，第30页。

[3] 同 [2]。

[4] 见程树德《论语集释》，中华书局，1990 年，第 1347 页。

[5] 同 [4] 第 626 页。

[6] 同 [4] 第 119 页。

参考文献

吴金华：《三国志丛考》，上海古籍出版社 2000 年

吴金华：《三国志校诂》，江苏古籍出版社 1990 年

王欣夫：《文献学讲义》，上海古籍出版社 1986 年

程树德：《论语集释》，中华书局 1990 年

皮锡瑞：《经学历史》，中华书局 1959 年

（原刊于《孔子研究》2004 年 2 期，

转载于《人大复印资料·中国哲学》2004 年第 5 期）

《论语》典故词语与《汉语大词典》订补

    用典是言语交际和文学创作中非常重要的一种修辞方法。由用典所形成的典故词语是汉语词汇系统中复杂而又特殊的一类词语。《论语》是中国影响最大的典籍，也是汉语典故词语最重要的来源之一。《汉语大词典》收录以《论语》为典源或者以《论语》为书证来源的词语近一千条，堪称完备；但是在立目、释义、书证等方面也都还存在一些问题。本文从考证《论语》典故词语出发，试图对《汉语大词典》有关阙略和失误之处进行匡补。

一、溯源误攀

    《汉语大词典》在解释一些词语时，由于这些词语与《论语》中的相关词语形式相同或者相近，从而错误地溯源到《论语》。因为《论语》影响巨大，所以误攀之例不少。这有两种情况。一种情况是所误攀的《论语》相关文字根本没有形成典故词语，这是纯粹的误攀。另一种情况是《论语》相关文字形成了典故词，但这些典故词存在同形词，《汉语大词典》有时候未予细致分辨，从而将语义完全不同的同形词语用例错误地系于相应的《论语》典故词语释义之下。这种溯源误攀表现为"例证误系"。

（1）【在斯】在这里。《论语·卫灵公》："子告之曰：'某在斯，某在斯。'"《后汉书·文苑传上·崔琦》："履道者固，杖埶者危。微臣司戚，敢告在斯。"（《汉语大词典》，下同。）

按：《论语》"在斯"不成词。《后汉书》"敢告在斯"与《论语》无关。

"斯"，仆也。《左传·哀公二年》"人臣隶圉免"杜预注"去厮役"唐陆德明释文："厮役，如字。厮，又作'斯'，音同。何休注《公羊》云：'艾草为防者曰厮，汲水浆者曰役。'苏林注《汉书》云：'厮，取薪者。'韦昭云：'析薪曰厮。'"

"在斯"犹"在仆"。《魏书·宗钦传》："微臣作箴，敢告在仆。"是其例。"敢告在斯"、"敢告在仆"，相当于"敢告左右"、"敢告执事"、"敢告近侍"，是臣下上书言事时的套语。例如《初学记·职官下》载晋张华《大司农箴》："稽臣司农，敢告左右。"载后汉崔骃箴："常臣司宗，敢告执事。"《旧唐书·许敬宗传》："下臣司箴，敢告近侍。"

《曾国藩全集·家书》咸丰九年八月十二日"谕纪泽"对此类套语做了解释："尔问《五箴》末句'敢告马走'。凡箴以

《虞箴》为最古，其末曰：'兽臣司原，敢告仆夫'。意以兽臣有司郊原之责，吾不敢直告之，但告其仆耳。扬子云仿之作《州箴》。冀州曰：牧臣司冀，敢告在阶。扬州曰：牧臣司扬，敢告执筹。荆州曰：牧臣司荆，敢告执御。青州曰：牧臣司青，敢告执矩。徐州曰：牧臣司徐，敢告仆夫。余之'敢告马走'即此类也。走犹仆也。"[1]

（2）【立子】《论语·为政》："子曰：'吾十有五而志于学，三十而立。'"后因谓成年之子为立子。隋郑子信《韦略墓志》："家无立子，妻女孤茕。"

按："立子"并非由"三十而立"形成的词语，《汉语大词典》溯源至《论语》，实属误攀。养殖动物，必求其生物学意义上的"成活"；养育子嗣，则望其社会学意义上的"成立"。《湖南通志·人物志五十五》："黄星垣妻罗氏年十八而寡，抚孤成立。""杜宗台妻李氏早寡，抚三子成立。"故而"立子"的"立"，是指"子"能够自立，家人能够指望依靠。这与年龄有关，但并不是只取决于年龄。身心早熟谓之"早成"，相应地，也应有"早立"，即所谓"穷人的孩子早当家"。养育子女，有让孩童佩戴"长命锁"、"立子片"的民俗。婚俗撒帐时，有放枣子、栗子者，也是取"早立子"的谐音寓意。

《汉语大词典》所引《韦略墓志》"家无立子，妻女孤茕"，其中"立子"指能够指望、依靠的子嗣，并不一定是成年之子。从"妻女孤茕"四字来看，其家是没有男丁，而不只是没有成年之子。因为"子"是无标记的，"女"是有标记的。"妻离子

221

散"的"子",可以包括"儿子"和"女儿",而"妻女"的"女",却只包括"女儿",不包括"儿子"。

《艺文类聚·人部二》载晋钮滔母与虞定夫人荐环夫人书曰:"伏见族祖吴国亡民富春孙彦妻环,少厉令节,服膺道教,逮适孙氏,恪居妇职,宗姻有声,奉礼未周,彦母丧殒,丧殒半年,彦奄亡没,环率礼奉终,抗义明节,倾竭私产,以供葬送,礼服既终,前无立子,家欲改醮,誓而不许。"环夫人嫁至夫家未及二年,其所谓"立子",也应该是指可以指望、依靠的子嗣,而不是什么成年之子。

(3)【法语】1.合乎礼法的言语。《论语·子罕》:"法语之言,能无从乎!"邢昺疏:"以礼法正道之言告语之。"宋陈叔方《颍川语小》卷上:"洪文敏公聚经子诸史句,目曰法语、精语者。"清周亮工《〈金陵览古诗〉序》:"举此中形胜风俗以及残碑断碣,法语方言,间巷之讴吟,游人之题咏,一一具载,著为《金陵景物略》一书。"2.讲说佛法之言。《维摩经·菩萨品》:"忆念我昔于兜术天上,为诸天人讲法语。"清周亮工《得高座传公书讣音与俱至》诗:"法语留高座,灵光烔夜台。"

按:《论语》"法语之言"中的"法语",意思是"合乎礼法的言语"。后世沿用此义,例如宋吕祖谦《左氏博议》卷十九:"而吾忽以圣人之法语大训、仁声正乐投于其耳,心融神释,如朝舜禹而陪夔龙,胸中洞然。""法语之言,能无从乎"或凝缩为四字格"法言必从",例如清李绿园《歧路灯》第五十五回:"程嵩淑道:'只要老侄竖起脊梁,立个不折不磨的志气,这才

222

算尊翁一个令子，俺们才称起一个父执。若说口头感激，也不过是法言必从而已。'"

然而陈叔方《颖川语小》所谓"法语"，却不是"合乎礼法的言语"，而是指值得学习、模仿的精彩文句，与"奇语"相对。引文稍长一点，其义自见："作文语法浑浑正正，怪怪奇奇，前辈评之详矣。洪文敏公聚经子诸史句，目曰法语、精语者，采撷尤密，却未有考论。文句之或长或短，标之为后作准程者，因摭诸书之语，叙其大略于后。凡句之短者二字、三字为奇，其长有引而至于十五六字至二十字者亦为奇……""法语"略同于"精语"。《四库总目》："《史记法语》八卷，宋洪迈编……是编于《史记》百三十篇内自二字以上，句法古隽者，依次标出，亦间录旧注，与《经子法语》等篇同，以备修辞之用。""《南朝史精语》十卷，宋洪迈撰……其所纂辑，自经子至前汉皆曰'法语'，自后汉至唐书皆曰'精语'……"

周亮工《〈金陵览古诗〉序》中所说的《金陵景物略》一书，盖即其友人刘侗、于弈正合撰的《南京景物略》。惜乎书未完成，残稿无存。不过藉由刘、于二人所撰《帝京景物略》，犹可见其仿佛。览其书中所记，有方言俗语，也有与佛寺相关的高僧言行故事。其所谓"法语方言"，应不是"合乎礼法的言语"，而是"佛法之言"，当与第二个义项中周亮工诗中的"法语"同义。

《汉语大词典》当别立"作为典范的精彩语句"义项，陈叔方《颖川语小》例系后。周亮工"法语方言"例，当系"佛法之言"义项后。

（4）【默识】暗中记住。语出《论语·述而》："默而识之。"《文选·孔融〈荐祢衡表〉》："弘羊潜计，安世默识，以衡准之，诚不足怪。"李善注引《汉书》："张安世，字少孺，为郎。上行幸河东，尝亡书三箧，诏问，莫能知，唯安世识之，具作其事。"唐裴铏《传奇·昆仑奴》："姬跃下榻执生手曰：'知郎君颖悟，必能默识，所以手语耳。'"清二石生《十洲春语·擷语》："投赠诸什，皆默识成诵。"

按：《论语》"默而识之"，缩略为"默识"，《汉语大词典》所列《文选》和《十洲春语》语例，都是对的，但中间所夹唐裴铏《传奇·昆仑奴》语例，却是错误的。

唐代传奇《昆仑奴》的主要故事情节是：唐代大历年间，有一个姓崔的公子，代替父亲去看望一位显宦。显宦在招待崔生的时候，让三个年轻貌美的歌姬服侍。席间，崔生与其中一位穿红衣的歌姬彼此产生好感。该女奉命送崔生出门，崔生回顾，红衣女向他打手势，竖起三个指头，又将一只手摆了三下，然后指了一下自己胸前戴的小镜子。崔生回去后害了相思病，却猜不出红衣女的手势语究竟是什么意思。他家有一位来自番邦的昆仑奴，名叫磨勒，帮他猜出了谜底：竖起三个指头，意思是，该显宦家有十院歌姬，她住第三院；五指摆三下，是十五，胸前小镜子，象圆月，合起来的意思是，约他十五月圆之夜相会。昆仑奴能飞檐走壁，于是帮助崔生与红衣歌姬相会。相会时，歌姬说："知郎君颖悟，必能默识，所以手语耳。"意思是，知道你聪明，一定能看明白，所以就打了那样的手势（手语）。显然，这里的"默识"相当于"默喻"，意思是暗中领会，明白，而不是记诵。

（5）【苟完】大致完备。《论语·子路》："子谓卫公子荆：善居室。始有，曰'苟合矣'。少有，曰'苟完矣'。富有，曰'苟美矣'。"宋苏轼《超然台记》："于是治其园圃，絜其庭宇，伐安丘、高密之木，以修补破败，为苟完之计。"清陈梦雷《木瘿瓢赋》："顺逆由天，屈伸以理，或直节以孤标，或委蛇而受訾，彼樛曲之苟完，非本愿之得已。"

按：《论语》之"苟完"、"苟美"，"完"和"美"都是形容词，苟是对"完"和"美"的修饰限定。以"美"为例。"美"有最低标准，也有最高标准。最高标准是"尽美"（尽善尽美），最低标准是"苟美"。公子荆在"居室"方面不穷奢极欲，而是适可而止，知足常乐，所以得到了孔子的赞许。

《木瘿瓢赋》之"苟完"与《论语》之"苟完"意思完全不同。陈梦雷所谓"苟完"相当于"苟全"，苟且保全。"完"和"全"都是动词，相当于英语中的 survive（勉强生存）。"苟完""苟全"就是不讲原则、没有尊严地只求活命。陈梦雷用"彼樛曲之苟完，非本愿之得已"（其委曲求全，是情非得已），为木瘿所象征的"委蛇而受訾"者进行辩护。

（6）【下问】问于在己之下者。如以能问于不能，以多问于寡，以上问于下，皆谓下问。《论语·公冶长》："敏而好学，不耻下问。"《管子·戒》："〔隰朋〕之为人，好上识而下问。"

《后汉书·方术传上·樊英》："英既善术，朝廷每有灾异，诏辄下问变复之效，所言多验。"

按："以能问于不能，以多问于寡"，语出《论语·泰伯》，其辞曰："曾子曰：以能问于不能，以多问于寡；有若无，实若虚，犯而不校——昔者吾友尝从事于斯矣。"这两个"问"，意思是请教。请教意味着知识上的欠缺，故而常人以"下问"为耻。这个意义上的"下问"，是向不如自己的人请教问题。

"问"的另一个基本意思是询问，诘问。这个意义上的"下问"，跟"耻"扯不上关系。《后汉书·方术传上·樊英》"诏辄下问变复之效"，其中的"下问"，就是尊长对卑下的询问。《汉语大词典》"下问"应分立两个义项。

二、分流误析

《汉语大词典》在解释一些词语时，因义项分列过细，导致一些失误，隔断了一些词义与《论语》之间的联系。简而言之，即因析流而失源。

（7）【具臣】1. 备位充数之臣。《论语·先进》："今由与求也，可谓具臣矣。"朱熹集注："具臣，谓备臣数而已。"《汉书·梅福传》："故京兆尹王章资质忠直，敢面引廷争，孝元皇帝擢之，以厉具臣而矫曲朝。"颜师古注："具臣，具位之臣无益者也。"……2. 泛称为人臣者。《南史·蔡廓传论》："位在具臣，而情怀伊霍。"

按：从构词上看，"具臣"与"具文"相类似，都是指徒具形式，不起实际作用。"具臣"之所以不起实际作用，有两种情况。一是臣子像默然从众的"仗马"一样，主观上不愿有所作为。二是臣子处于冗散闲废之位，客观上难以有所作为。这两种情况，都可以概括在"备位充数之臣"一个义项下。

《南史·蔡廓传论》："位在具臣，而情怀伊霍。""伊霍"指商代的伊尹和汉代的霍光，两者都是可以左右朝政的重臣。所谓"位在具臣"，则是指为人臣者处于无足轻重，可有可无的职位。《大词典》依此孤例别立"泛称为人臣者"义项，显然不妥。

（8）【去杀】1.不用死刑。《论语·子路》："善人为邦百年，亦可以胜残去杀矣。"2.戒杀生。《南史·梁纪上》："于是祈告天地宗庙，以去杀之理，欲被之含识。郊庙牲牷，皆代以面。"

按：以"不用死刑"解释《论语》"去杀"，释义偏枯。"胜残去杀"乃古语，孔子美而信之。"去杀之理"，亦或作"胜残之理"。《唐大诏令·发兵屯守诸镇诏》："庶乎胜残去杀之理，有耻且格之道。"唐吕温《代李侍郎贺收成都府表》："臣闻夏震秋落，乃观成物之功；善陈有征，方见胜残之理。"《南史》"去杀"例，与《论语》"胜残去杀"关系密切，不应分为两个义项。

（9）【授命】1.献出生命。《论语·宪问》："见利思义，见危授命。"朱熹集注："授命，言不爱其生，持以与人也。"晋葛洪《抱朴子·博喻》："徇名者不以授命为难，重身者不以近欲累情。"《礼记·曲礼上》"临难毋苟免"唐孔颖达疏："为人臣子，当致身授命以救之。"清王韬《瓮牖馀谈·帅观察死难》：

227

“其侄帅畴与其记室万泰，亦同时授命。”2. 犹拼命；效命。《国语·吴语》：“夫谋必素，见成事焉而后履之，不可以授命。”[2] 韦昭注：“授命，犹斗命。”三国魏曹冏《六代论》：“及诸吕擅权，图危刘氏，而天下所以不能倾动，百姓所以不易心者，徒以诸侯强大，盘石胶固，东牟朱虚授命于内，齐、代、吴、楚作卫于外故也。”《晋书·宣帝纪》：“昔赵高极意，秦是以亡；吕霍早断，汉祚永延。此乃陛下之殷鉴，臣授命之秋也。”

按：《汉语大词典》释“效”为“授”、为“献”，释“效命”为“舍命报效”。此处第二个义项中的“效命”与第一个义项“献出生命”并无明显不同，而且最后一个书证中的“臣授命之秋也”，与第一个义项中的“见危授命”，用法也大致一样。由此看来，《汉语大词典》将“效命”和“拼命”合为一个义项，以别于“献出生命”，显然是不妥当的。第二个义项中的“效命”释义和最后一个书证，应当并入第一个义项。

三、立目失误

关于《论语》典故词语的立目，《汉语大词典》存在曲解文义立误目、漫无标准立疑目以及失于稽考未立目等问题。曲解文义立误目之例如“在斯”，说已见前；这里就后面两个问题分别举例说明。

（10）【鼗武】《论语·微子》：“大师挚适齐，亚饭干适楚，三饭缭适蔡，四饭缺适秦，鼓方叔入于河，播鼗武入于汉，少师阳、击磬襄入于海。""播鼗武"指殷时摇小鼓的乐师名武的人。后以"鼗武"借指精于本职工作的能人。宋岳珂《宝真斋法书赞·唐史惟则篆千文帖》："斯帖之奇，体微而具，何以譬之，磬襄鼗武。"

按：《大词典》以孤例立目，不妥；释义也有问题。

此例稍为完整的引文是："籀学在唐，阳冰一夔；彼秩八音，各有工师。斯帖之奇，体微而具；何以譬之，磬襄鼗武。"所谓"籀学"指书法中的篆书艺术；"阳冰"指唐代著名书法家李阳冰。清孙承泽《庚子消夏记》曰："篆书自秦、汉以后，推李阳冰为第一手。"所谓"一夔"，乃是用"夔一足"的典故。《韩非子·外储说左下》："（夔）独通于声。尧曰：'夔一而足矣，使为乐正。'"这是把篆书艺术比作音乐，李阳冰是集大成的最高水平。《尚书·舜典》舜命夔"典乐"，以使"八音克谐，无相夺伦"。这里"彼秩八音，各有工师"，大概意思是说，篆书的各种风格体式，亦有不同的书法家各擅胜场，就像不同的乐器有不同的乐师演奏一样。《孟子·公孙丑上》："子夏、子游、子张皆有圣人之一体；冉牛、闵子、颜渊，则具体而微。"所谓"具体而微"，是说冉牛等学习孔子，面面俱到，只是规模微小。这里是说史惟则的这个帖子，有点李阳冰的气象。如果说李阳冰是总典音乐的"夔"，那么史惟则就是摇小鼓的"武"或者击磬的"襄"。通篇都是以音乐来比喻书法，显然"鼗武"的语义并没有泛化为"精于本职工作的能人"。

相较于"夔武","磬襄"例更多。唐白居易《白氏长庆集·华原磬》："磬襄入海去不归，长安市儿为乐师。"宋苏轼《东坡全集·东阳水乐亭》："闻道磬襄东入海，遗声恐在海山间。"元柳贯《待制集·阿存道由奉常掾出为广州教授》："虽则磬襄千载后，遗音却恐在荒遐。"

《汉语大词典》"夔武"立目，"磬襄"则否，漫无标准。其实"磬襄夔武"可以算是四字格成语。例如元王逢《梧溪集·怀马文郁御史靳惟正同知兼简陆公叙薛孟式》："磬襄夔武知何往，瘦岛寒郊不去贫。""磬襄夔武"又倒为"夔武磬襄"，如宋张镃《南湖集·正月初四日听新乐成绝句》："治音安乐绍熙初，试听咸韶可并驱。夔武磬襄奚足数，作成从此不愁无。"

（11）《论语·子路》："子曰：'善人为邦百年，亦可以胜残去杀矣。诚哉是言也！'子曰：'如有王者，必世而后仁。'"

这两章说的是，教化的效果，需要比较长的时间才能确立起来。后一章的"必世"二字与前一章的"百年"二字合成四字格成语"必世百年"（或"百年必世"），表示历时之久。唐韩愈《送齐暤下第序》："其植之也固久，其除之也实难，非百年必世不可得而化也，非知命不惑不可得而改也。"宋曾巩《菜园院佛殿记》："苟一时之利耳，安能必世百年为教化之渐而待迟久之功哉！"宋吕祖谦《历代制度详说》："以此论之，时节不同，孟子所谓苟且之政，乃后世所谓善政。且三十年之通制国用，须必世百年而可行，亦未易及此。"皆是其例。《汉语大词典》未收"必世百年"，当补。

注释

[1] 《曾国藩全集·家书一》，岳麓书社，1986 年，第 497 页。

[2] 《汉语大词典》"素"："12.预先。《国语·吴语》：'夫谋，必素见成事焉，而后履之。'韦昭注：'素，犹豫也。'"断句与此处不同。《康熙字典》"素"在"夫谋必素"后点断，与此处相同，较优。

（裴兰婷协助整理，原刊于《语文学刊》2013 年第 2 期）

《论语》译解

2010 年春为几位研究生讲授《论语》，其中有一位同学来自美国，故而有时会用英语来解释。跨文化解经，每每若有所悟，课后便随手札记。今略加整辑，裒为一卷，题曰"译解"。译者，意也。这"译解"也是"臆解"。

恭而无礼则劳

《论语·泰伯》："恭而无礼则劳，慎而无礼则葸，勇而无礼则乱，直而无礼则绞。"

礼真的很重要。礼的灵魂是"和"。《论语·学而》："有子曰：'礼之用，和为贵。'"《礼记·中庸》："喜怒哀乐之未发谓之中，发而皆中节谓之和。

这个"和"，英语是 proper。这里的"礼"，一般就翻译为

proprieties。如果做不到适度、得体，好的品质也会走向极端，走向反面。

"恭而无礼则劳"，这个"劳"字，应解作烦劳，忧劳。烦劳、忧劳，有点像英语中的 fidgety，即"不安"。

恭敬往往和紧张不安联系在一起。《论语·乡党》"入公门，鞠躬如也，如不容"，"执圭，鞠躬如也，如不胜"。

"中和"的恭应当"安"。《论语·述而》："子温而厉，威而不猛，恭而安。"

赐不受命

《论语·先进》："子曰：'回也其庶乎，屡空。赐不受命，而货殖焉，亿则屡中。'"

朱子集注："命"谓天命。

"赐不受命，而货殖焉"，似乎是关于职业选择。

人之才具，叫天赋，人之所业，有天命。这个"命"，可以理解为"命令"。

英文中"职业"一词，有 calling，vocation，与呼唤、声音相关，可与这里的"命"字相照。

今之学者为人

《论语·宪问》："子曰：'古之学者为己，今之学者为人。'"

王福林先生的英译（《论语详注及英译》，世界图书出版公司，1997 年）：Confucius said，"In ancient times，the scholars learned in order to improve themselves. Nowadays，the scholars learn in order to be known to others."

我觉得可以将"to be known to others"改为"to impress others"。impress 和 improve 押头韵（alliteration），句式也更为整饬。

贤者避世

《论语·宪问》："子曰：'贤者辟世，其次辟地，其次辟色，其次辟言。'"

"辟"读为"避"。避，就是用脚投票，是一种消极的自由选择。

古昔贤者，洁身自好，孤芳自赏，气性很大。对于消极的"避"，非常积极。

最极端的是"避世"。世是时间概念，避无可避，唯有一死，即所谓"天下无道，以身殉道"（《孟子·尽心上》）。王国维自沉昆明湖，陈寅恪认为他是传统文化的殉道者，可谓近代

"避世"之例。

其次是"避地"。一国无道，选择他国。也就是所谓"逝将去汝，适彼乐土"《诗·魏风·硕鼠》，"道不行，乘桴浮于海"《论语·公冶长》，用今天的话来说就是移民海外。

最后是"避色避言"。尽管不幸所处的时代天下无道，又适然身在无道之国，甚至不得不亲与无道之君周旋，但只要这君主辞色之间还算礼貌，那就不妨暂且与时俯仰。如果脸难看，话难听，那还是转身走人。

古人这四"辟"，与李敖（"北京大学演讲"，2005 年 9 月 21 日）说的人民对无道政府的五种反应相映成趣。

一是"我嗝儿了"。政府无道，我不活了。

二是"我颠儿了"。政府无道，我撒丫子跑了。

三是"我嘚儿了"。政府无道，我躲起来了，做隐士。

四是"我怂了"。政府无道，我只好认怂，接受改造。

五是"我反了"。政府无道，我揭竿而起，替天行道。

"嗝儿了"是极端的"避世"，"颠儿了"是"避地"，"嘚儿了"是温和的"避世"。"怂了"、"反了"则不在贤者的考虑范围之内。

片言折狱

《论语·颜渊》："子曰：'片言可以折狱者，其由也与！'"

子路单凭一面之辞就可以断案定谳，原因是"他的为人诚实直率，别人不愿欺他罢了"。（杨伯峻《论语译注》，中华书局，1980 年）

这个我不信。我不相信子路"片言折狱"能够"廉得其情"。

也不是说这种可能性完全没有，误打误撞也有中的可能，不过实在不足为训。

《论语》说"由也喭"，子路是个鲁莽的急性子，孔子经常敲打他。孔子尚且说"听讼吾犹人也"，而"好勇过我"的子路竟能如此地高效率，其结果如何难免让人起疑。

程序公平是实体正义的保障。英美司法体系中的陪审团制，是在法官的主持下，让一些普通公民来"听讼"，不偏不倚地衡量两造的证据，对事实作出判定。中国的法官在刑事诉讼中先阅卷（主要是控方陈述和证据），甚至以前还有公检法联合办案，这虽然不是"片言折狱"，但无疑是偏向控方的。这种"重实体，轻程序"的做法，固然有效率，但也造成了很多恶果。

西方的法治，是基于对人的不信任，所以通过严格的制度来防范最坏的情况。中国的人治，前两年有个新的提法叫"德治"，让我们幻想可以做到最好。

打官司，当然是"公说公有理，婆说婆有理"。立场不同，叙述自然大相径庭。此即所谓"罗生门效应"（Rashomon Effect）：主观视角无形之中会扭曲回忆，同一事件的不同观察者可以形成完全不同但又都能自圆其说的真诚陈述。

法庭的徽记是天平（the scales of justice）。两造俱至，是

"一碗水端平"的必要条件。

食不语

《论语·乡党》："食不语，寝不言。"

李零先生（《丧家狗：我读论语》，山西人民出版社，2007年）说："吃饭不说话，上床也不说话，太压抑。"

恐怕孔夫子所说的"食不语"，并不是在饭桌上不讲话。古今中外都将边吃边谈视为乐事。汉语有"燕谈"（或"谈燕"），英语有 table talk，两者都有用作书名之例。世界各地的餐桌礼仪（table manners）中，最常见的有一条：嘴里有食物时别说话（don't talk with your mouth full）。孔夫子所说的，大概是指这个。

见贤思齐

《论语·里仁》："见贤思齐焉，见不贤而内自省也。"现在"见贤思齐"已成为成语。

下午在课上讨论的时候，我突然想起英语中有一个动词的意思正好与"见贤思齐"相当，这就是 emulate（与……竞争；竭力效仿）。emulate 没有很好的中文对译，"见贤思齐"庶几可以当之。

颠沛必于是

《论语·里仁》："君子无终食之间违仁，造次必于是，颠沛必于是。"

杰生君问"颠沛"是什么意思。他说他知道"颠"的意思是摔倒，问这里的"沛"是不是"充沛"的意思。

我说恐怕不能这样理解。"颠沛"这个词很古老，《诗经》就有"颠沛之揭，枝叶未有害，本实先拔"之例。"颠沛"大概相当于"颠仆"，就是摔倒、倒下的意思。当然，在这里是个隐喻。

我们家的猫小瑞，每次被我从书桌上扔到地下时，都能 land on his feet，从来没有"颠沛"过，狼狈过。

一个人倒下了（隐喻），再次挣扎着站起来，叫 get to his feet。在 get to his feet 之前，其所处的状态就是"颠沛"。

在匆促之间，狼狈之际，仍能坚守仁德的原则，不愧真君子。

丧，与其易也，宁戚

中国人十分重视葬礼。孟子说，养生者不足以当大事，唯送死可以当大事。因而"当大事"往往铺张扬厉，大操大办。其实这并不符合儒家的教训。孔子说过，丧，与其易也，宁戚。

不"易"（铺张），不难；难在"宁戚"（悲哀）。

悲哀是动于中形于外的不能自已的感情，不是理性选择的备选项，不能纳入"与其……宁……"的句式。

没有感情的"宁戚"被异化为另一种"易"，催生了卖哭职业：古有挽歌郎，今有孝女白琴。有感情的"宁戚"是一种自觉的悲哀。说到这种情形，没有比托尔斯泰更好的表述了：

可能在她向极乐世界飞升时，她的美妙的灵魂会悲哀地望一望她把我们撇下的这个世界；她看到我的悲哀，怜悯起来。于是含着圣洁的怜悯的微笑，爱怜横溢地降到尘世，来安慰我，祝福我。门咯吱一响，另一个来换班的诵经员走进大厅。这个声音惊醒了我，涌上心头的第一个念头就是：我既没有哭，而且以一种根本不会令人感动的姿态站在椅子上，那个诵经员可能认为我是个冷酷无情的孩子，由于怜悯或者好奇才爬上椅子；于是，我画了个十字，行了个礼，就哭起来。现在回忆我当时的印象，觉得只有那种一刹那间的忘我状态才是真正的悲哀。丧礼前后我不住地哭，十分悲伤，但是我羞于回忆这种悲伤的心情，因为这里面总是混杂着一种爱面子的感情：有时是希望显示我比任何人都哀痛，有时考虑我对别人发生的作用，有时是一种无目的的好奇心，使我观察起米米的帽子或者在场人们的脸。我轻视自己，因为我没有体验到一种纯粹是悲哀的心情，于是就极力隐瞒着不让其他任何人知道；因此，我悲哀是不真诚、不自然的。况且，一想到我自己是不幸的，就感到一阵愉快，极力要唤起不幸的意识，这种自私的情感，比其他的一切更甚地压制了我心中真正的悲哀。

（《童年·少年·青年》，草婴译，上海译文出版社，1994年）

下午跟几位同学讨论"八佾篇"，想起了托尔斯泰这段话。二十年前读的时候，印象很深。但我不能完整准确地引用，恐怕几位同学听得是云里雾里。

发愤忘食

《论语·述而》："发愤忘食，乐以忘忧，不知老之将至云尔。"

杰生君问，"发愤"和"气愤"有关系吗？

这是个好问题。"发愤著书"和"发愤读书"，这两个"发愤"，一般认为前者是"发泄愤懑"，后者是"勤奋用功"。我觉得，从词源上看，这两者之间，甚至这两者与"气愤"之间，都是有联系的。

从认知角度上讲，人们倾向于把身体看成一个容器，把情绪、思想，看成这个容器中所容纳的流体。"气炸了"、"愤懑"，都是在形容这个容器和内容之间的关系。

情绪和思想激荡、澎湃于内，喷薄欲出，于是"发愤著书"。求知欲激荡、澎湃于内，憋着一股子劲，于是"发愤读书"。

至于"气愤"所描摹的，则是"气"使这个容器坟起欲喷的样子（气鼓鼓、气呼呼）。

有意思的是，"发愤"和"泄气"构词相仿，语义却相反。"发愤"强调内在动力，是一种 self-motivated 状态。"泄气"没有内在动力，是一种 unmotivated 状态。

互乡难与言

《论语·述而》："互乡难与言，童子见，门人惑。子曰：'与其进也，不与其退也，唯何甚！人洁己以进，与其洁也，不保其往也。'"

"互乡"究竟在哪里，前人考证，有几种说法，李零先生认为都不可信。

我以为，"互乡"的"互"可能是有意思的，指歧互、乖互、差互。一个地方的人喜欢与别人意见相左，个个都是"包不同"（disagreeable），于是就有了"互乡"之名。其实也不一定是一乡之人都这么别扭，可能一两个人就让整个乡得到这个恶名。就像汉末山西祁县王烈，义行称于乡里，所在之乡即被称为"君子乡"。

第三编

释包山楚简中的"对"字

　　1987 年 1 月在荆门包山二号墓出土的包山楚简，是迄今所见楚简中数量最多、内容最丰富、保存情况最好的一批。1991年文物出版社出版《包山楚墓》发掘报告，其中关于简文部分，又以《包山楚简》为题，另为单行本。包山简文按内容可分为文书、卜筮祭祷记录、遣策三大类，其中的文书主要是一些司法文书。李学勤先生指出："包山楚简所反映的楚国实际制度，相当费解。文书的格式，尤为前所未见，没有典籍可相对照，其确切意义只能从内容上去归纳推求。"我们在学习各家讨论文章的基础上，在这方面作了一些尝试，对文书简中的几个关键字，"从内容上去归纳推求"其含义。这里关于"对"字的讨论，是其中的一条。不妥之处请大家指正。

　　"对"字简文凡十五见，其字形可概括为如下四种：

A. ![字形]12　B. ![字形]15反　![字形]42　C. ![字形]27　D. ![字形]156

12　　　　　15反　　　　　22　　　　　24

246

整理者隶作譁，《考释》30："譁，读作对，应对。"[1]有学者隶作譔，读作"弊讼"之"弊"[2]。《楚系简帛文字编》隶作對[3]。

按：就字形隶定而言，《楚系简帛文字编》可从。《说文》："對，应无方也。从丵，从口，从寸。對，或从土。"考虑到借用笔画现象（如釜字从父从金却写作釜）和借用偏旁现象在晚周文字中比较常见[4]，细审上揭字形，我们认为《说文》"對"字似可分析为"从丵从言从寸"。是则上揭诸异形可以统一起来。

《考释》读为"对"，不误；但释为"应对"，却有问题。为便于说明，我们先把"对"字简文用例抄录于下：

子左尹命漾陵宫夫＝（大夫）对郜室人某廛之典之在漾陵之参鉌。（12）

五币（师）宵馆之司败告胃（谓）：邵行之夫＝（大夫）执其馆人，新佶迅尹不为其对，不憖。（15反）

邡司马之州加公孛瑞、里公陸（隋）得受期，辛未之日不对陈碓之剔（伤）之故以告，阶门又败。（22）

邡司马之州加公孛逗、里公陸（隋）得受期，癸酉之日不对陈雒之伤（伤），阶门又败。（24）

邸易君之州里公登賏受期，乙亥之日不以死于其州者之对告，阶门又败。（27）

邡司马之州加公孛偁、里公陸（隋）得受期，辛巳之日

不对陈雎之剔（伤）以告，阱门又败。（30）

灵里子之州加公文壬、里公苟諴受期，九月戊戌之日不对公孙虢之㣌之死，阱门又败。（42）

九月辛亥之日，喜君司败叟善受期，丙辰之日不对长陵邑之死，阱门又败。（54）

黄齐、黄鼺皆以甘匿之岁臾月死于敢寓域东敢邵戌之等夫邑。……疋阳公命敢域之客章、尹癸对之。（124、125）

子左尹命漾陵之邑大夫对州里人阳銷之与其父同室与不同室。（126）

左尹……之命谓：羕陵邑夫＝（大夫）司败对羕陵之州里人之不与其父阳年同室。（128）

其对识言市既以近郢。（128反）

凡二百十一人，既累（盟），皆言曰：信对䤉知舒庆之杀㣌卯，逈、㼽与庆皆；对䤉知苟冒、㣌卯不杀舒口。（137）

鄢邑夫＝（大夫）命少剤尹郱訧对闻大梁之戬雟之客苟坦。（157）

问题一：简 15 反所载，乃五师宵倌之司败向左尹之告诉，事由是其与邵行之大夫某在倌人所有权问题上生了争执，而新告迅尹“不为其对”。如果照《考释》的意见将“对”理解为“应对”，则存在“应对”的宾语问题——应对谁？是五师宵倌之司败？是则“不为其对”不合乎古汉语语法；是左尹官署？

是则"不为其对"不合乎事理——有提问才有应对,左尹之责新告迅尹之"不对",必不待五师宵倌司败之告诉。

问题二:简22、30皆言"……对……以告",如果将"对"解为"应对",则"对"、"告"语义重复无理。

问题三:简22、24、30、42、126、128,"对"后直接跟某事。而据古汉语语法,"应对"之"对"的句型一般为"对曰"、"对某曰"、"对以"、"以……对",未见"对"后直接跟某事之用例。

看来,此"对"字不应理解为"应对"。我们认为当解作"验对"。义为"验对"的"对"字用例今日仍常见,如"对暗号"、"对答案"、"对号入座"。在古代官府文书中,也可以见到这类"对"字的用例。清梁章钜《浪迹续谈》:

> 《朱子文集》云公移卷中,每用"照对"二字,如照对礼经,凡为人子,不畜私财。又云照对本军去年交纳人户云,多不胜举。间用照得者,惟约束侵占榜及《别集》委官收籴革米船隐瞒之条而已。所云照对,盖即契勘之义。照得,则照对得之省文也。按今公移皆用照得,盖自宋已然,而无有用照对者。

虽然这里所举是宋代公文,但考虑到公文术语的特殊因袭性,我们认为可以用来比照说明简文的问题。

简文"对"字用例可概括为四种情况:

1. 对名籍:简12、15反、126、128、128反。

2. 对伤：简 22、24、30。

3. 对死：简 27、42、54、125。

4. 对讄（闻）：简 137、157。

"对名籍"与《朱子文集》所举"照对礼经"相近。"对伤"、"对死"相当于当今司法鉴定中的法医鉴定，即验伤、验尸（考虑到睡虎地秦简中"死""尸"同字，简 42、54 的"死"字，似当读为"尸"）。今所谓司法鉴定，"是指在诉讼过程中，侦查、审判机关为了查明案情，就案件中某些专门问题，委托国家鉴定机关或指定具有专门知识技能的人依照法律程序所作的鉴别和判断"[5]。其核心词"鉴别和判断"正是简文"对"字之确诂。

睡虎地秦简中与"对"相当的词是"诊"。例如：

令令史某诊丙，不病。（《封诊式·告臣》）

某亭求盗甲告曰："署中某所有贼死、结发、不知何男子一人，来告。"既令令史某往诊。（《封诊式·贼死》）

爰书：某里典甲曰："里人士伍丙经死其室，不知故，来告。"即令令史某往诊。（《封诊式·经死》）

《睡虎地秦墓竹简·厩苑律》注："诊，《汉书·董贤传》：'验也。'即检验。"

除"诊病"、"诊死"、"诊伤"外，古籍还有"诊书"用例，如《水经注·河水》："余诊诸史传，即所谓罽宾之境。"可与

《包山》简文之"对名籍"相对照。

对、诊古音极近。对，端纽物部；诊，章纽文部。端章二纽古相通，例如分属二纽之雕周、冬终，其谐声偏旁是相同的。文、物阳入对转。王力先生《同源字典》列举了不少分属物部、文部的同源字，例如纯和粹、伦和类、云和谓、困和匮、遵和率、薆和隐，等等。"对"和"诊"似乎也可以视为一对同源字。

最后让我们来看"对闻"这个词。"对闻"在简文中共出现三次：简137、157，简157字作从宀从昏从耳，原整理者无说。今按：闻、问同音，楚系文字"闻"或用为"问"[6]，例如：

> 齐客张果䚈王于栽郢之岁。（望山一号墓竹简）
> 秦客公孙紻䚈王于栽郢之岁。（天星观楚墓卜筮简）

包山二号墓有与此相类似的系事纪年的简文，例如：

> 宋客盛公鹏骋于楚之岁。（197）

联系起来，骋和䚈应即见于典籍的"聘"和"问"。我们认为"对䚈"之"䚈"也应读为"问"。

简文"对问"的含义相当于"质"。《资治通鉴·魏明帝太和元年》胡三省注："质，证也，验也，对问也。""质"可训为"验证"，亦可训为"诘问"，这两方面相反相成。《礼记·曲礼上》："虽质君之前，臣不讳也。"郑玄注："质，对也。"《太玄·数》："爱质所疑。"范望注："质，问也。"

与此相映，简文"对问"也有"质讯"和"质证"（即接受质讯）两方面的意思。简157"对问"可译为"质讯"（对，质也；问，讯也）；简137"信对问"可译为"确切无疑地指证"。

汉简中与"对问"相当的词有"诊问"、"验问"。例如：

诊问苍、信、丙、赘，皆关内侯。(《奏谳书》)[7]

严教嘱县官以下啬夫、史正、三老，杂验问乡里吏民。(《甘露二年丞相御史律令》第二牍)[8]

这对我们释"对"为"验"、视"对"、"诊"为同源字的说法，也是一个支持。

李零先生《包山楚简研究（文书类）》："'对闻知'似乎也是表示证实（但上（十六）[引者按：指简157]的'对闻'似是讯狱之义）。"这不足为异。象"质"、"对问"这样兼有相反相成两方面含义的字，古汉语中不乏其例。杨树达先生认为："古人言语施受不分，如买与卖，受与授，籴与粜，本皆一辞，后乃分化耳，教与学亦然。"[9]

注释

[1] 《考释》指的是《包山楚简》（文物出版社1991年）的

相应部分，下同。

[2]　葛英会《〈包山〉简义释词两则》，载《南方文物》1996年第 3 期。

[3]　滕壬生《楚系简帛文字编》，湖北教育出版社，1995 年，第 199 页。

[4]　参看何琳仪《战国文字通论》第四章"战国文字形体演变"，中华书局，1989 年。

[5]　最高人民法院技术局法医处《司法鉴定学概论》，人民法院出版社，1993 年，第 1 页。

[6]　参看《望山楚简一号墓竹简考释》，中华书局，1995 年。

[7]　《奏谳书》释文发表于《文物》1993 年第 3 期。

[8]　转引自林剑鸣《简牍概述》，陕西人民出版社，1984 年，第 101 页。

[9]　杨树达《静簋跋》，载《积微居金文说》，科学出版社，1995 年，第 191 页。

（原刊于《古汉语研究》2000 年第 3 期）

释包山楚简中的"阱门又败"

——兼解"司败"

1987 年在荆门包山二号墓出土的包山楚简，全部简文按内容可分为文书、卜筮祭祷记录、遣策三大类。这些简文，特别是其中的文书简，对于填补楚史史料缺佚所形成的空白，有着弥足珍贵的价值。李学勤先生说得很对，"包山楚简所反映的楚国实际制度，相当费解。文书的格式，尤为前所未见，没有典籍可相对照，其确切意义只能从内容上去归纳推求。"[1] 不过，典籍中关于楚国职官的零星记载，仍然能给我们一些有益的启发。比如楚国司法官名为"司败"，这个"败"字似乎与包山司法文书简中"阱门又败"的"败"字，就有某种联系。这里笔者不揣浅陋，试为分说。不妥之处请大家指正。

《包山楚简》所列"受期"文书简[2]，除简 64、77 外，都有"阱门又败"四字；无篇题简 128 也有这四个字。综之，"阱门又败"简文凡 60 见，是其中出现频率最高的司法术语。其典型句式为：

254

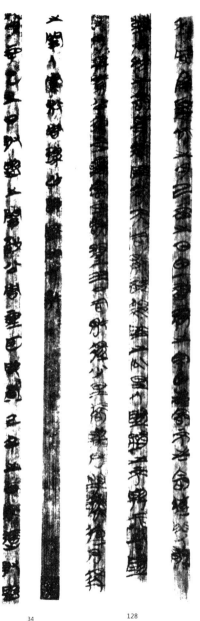

34

128

不为某特定行为，阱门又败。

例如简 34：

八月辛巳之日，郙㽗之关敔公周童耳受期，己丑之日不
遟郙㽗之关人周敚周琛以廷，阱门又败。

在讨论"阱门又败"之前，有必要先解释一下"受期"文
书。所谓"受期"，如果站在制作文书者的立场上则应读为"授
期"。结合简文的内容来讲，"授期"就是文书制作者左尹官署
向下级官吏人等下达指令，要求在限定时日为某特定行为。简
文作"不为某特定行为，阱门又败"，似应看作格式化简省。
"受期"文书理论上的完整格式应为：

某月某日，某某受期：某月某日为某特定行为。届期
不为某特定行为，阱门又败。

事实上简文也有不省之例，如简 128：

夏屎之月己酉之日，由一戠狱之主以致命。不致命，
阱门又败。

关于"阱门又败"，笔者所见到的考释意见有：夏渌先生释

为"茅门有败"。[3] 葛英会先生释为"登闻又败"，解作"将治狱文书上报司寇并乞以详察"。[4] 陈伟先生认为"大致应是对抗命者不利的某种处置"。[5] 李零先生认为"似指升堂开庭而审理失败"。[6] 下面略作分析。

第一字简文作"阩"、"升"，《包山楚简·考释》（以下称《考释》）8 以为字从"升"得声，应通作"徴"；徴，验也。按此释不当。《集韵》："阩，登也，本作升。"《尔雅·释诂》："升，登也。"葛英会认为"简文阩即为登、上之义"，可从。

第二字"门"，《考释》56："借作问，《说文》：'讯也'，徴问，验问，召问。"按此释也不妥。《说文》："门，闻也。"葛英会先生将"阩门"释为"登闻"，解作"上闻"，是极有见地的。古时朝堂外悬有登闻鼓，臣民有冤抑，可击鼓上闻。

第三、第四字"又败"，各家皆读为"有败"。值得注意的是葛英会先生对"败"字的解释。葛先生认为："简文败，其义应为覆。《尔雅·释言》：'败，覆也。'《冬官·考工记》：'详察曰覆。'《包山》简文及先秦典籍中，楚司寇之职皆称司败，败字似乎就是取其劾察之义"。按葛氏辗转推出"败"有"详察"义，这是靠不住的。首先，古书注"A，B 也"，大多数情况下只是说 A 和 B 的义域有交叉，并不是说 A 和 B 的义域相同，因而不一定能由"A，B 也"、"B，C 也"推出"A，C 也"。比如说，"男性中有人是教师"、"教师中有人是女性"，就不能因此得出结论说"男性中有人是女性"。其次，葛氏未能给出"败"训为"详察"的确切文献用例。

虽说如此，葛氏认为"登闻有败"之"败"应与"司败"之"败"同训，则是有启发意义的。那么"司败"之"败"又当作何解？

近见庞光华先生认为"司败"的"败"与"法"音近通假，读"司败"为"司法"。[7] 这种观点我们也不能同意，理由如下：

首先，"败"上古音属并母月部，"法"上古音属邦母叶部，二者声韵皆不相同。其次，庞文所举的"'败'借为'法'"的两个文献用例，其实都不必破读：

> 《汉书·艺文志》："汉兴，改秦之败，广开献书之路。"
>
> 《汉书·礼乐志》："至文帝时，贾谊以为汉承秦之败俗。"

按《玉篇》："敝，败也。"以上庞文所举两则《汉书》文例，"败"字都当解作"敝"。试比较同期文献中"敝"字用例：

> 《史记·高祖本纪》："周秦之间，可谓文敝矣。秦政不改，反酷刑法，岂不缪乎？故汉兴，承敝易变，使人不倦，得天统矣。"
>
> 《汉书·景帝纪》："周秦之敝，罔密文峻，而奸轨不胜。汉兴，扫除烦苛，与民休息。"
>
> 《汉书·礼乐志》："夫承千岁之衰周，继暴秦之余敝，民渐渍恶俗，贪饕险诐，不闲义理。"

显然，"改秦之败"即"改秦之敝"、"汉承秦之败俗"即"汉承秦之敝俗"。

我们认为，将职司相同的"司寇"和"司败"放在一起讲，有利于探究它们的得名之由。

司寇之职，西周始置，春秋战国沿用，掌管刑狱、纠察等事，其职司相当于今天的司法官。南方陈、楚等国称"司寇"为"司败"。司法官为什么称"司寇"、"司败"？"司寇"、"司败"名称不同又反映了什么问题？

司法官的职责是纠正不法行为，也就是说，司法其实是"司不法"。"寇"和"败"正是两种不法行为。寇，可训为非法侵凌。《说文·攴部》："寇，暴也。"败，可训为失，过失。例如《韩非子·难一》："舜之救败也，则是尧有失也。""失"、"败"可互训，然而还有细致区别。刑法学将犯罪行为分析为主观方面和客观方面，鉴于此，这里所讨论的"失"，可视为不法行为的主观方面，而"败"，则是其客观方面。

"寇"和"败"同为不法行为，但却还有程度上的不同，似可比拟为今天所谓"敌我矛盾"和"人民内部矛盾"。从司法官的命名上，不难看出社会矛盾的主要方面。以蛮夷自居的荆楚，实际上比北方诸夏更具有民族凝聚力。也许正因为此，才有了这样一句格言——楚虽三户，亡秦必楚。

再回到"有败"。司败的"败"，义为过失，那么简文"有败"，就可训为"有过"，与"有功"相反。

在讨论完"登闻"、"有败"的含义之后，我们来看二者之

259

间的结构关系。我们认为"登闻"和"有败"是联合关系。也就是说，"（届期）不为某特定行为，登闻有败"可以分解成两个句子：

> i（届期）不为某特定行为，登闻；
> ii（届期）不为某特定行为，有败。

先看第一句。一般来讲，接受任务者如果不能按期完成任务，是绝不敢恬然自安的，而是应该及时向上级报告说明情况。简文之义正是如此。按"受期"文书中有同一要求一再重复之例，如简34、39都是要求付与之关吾公将周敊、周㻪以廷；简22、24、30都是要求对陈百之伤。[8] 在相关简文中，前后两简的两个日期正好首尾相衔。上级的命令一再重复，很难想象受命的下级官吏既不能如期为某特定行为，也不去"登闻"。

再看第二句。从情理上讲，上级在下达命令的时候，往往会附带激励和告诫的话语，比如：办得好，有功；办不好，有过。例如《尚书·甘誓》："用命，赏于祖；弗用命，戮于社……"有时则只有告诫之辞。例如《左传·襄公九年》载晋要挟郑为盟之事："晋士庄子为载书，曰：'自今既盟之后，郑国不唯晋命是听，而或有异志者，有如此盟。'""如此盟"，杜预注曰："如违盟之罚。"简文"（届期）不为某特定行为，有败"，也正是属于这种情况。简文用"有败"二字断语警告属下，这让我们想起《尚书·吕刑》中的一句话："典狱，非讫于威，惟讫于富。敬忌，罔有择言在身。"王引之曰："择"读为"斁"。《说文》："斁，败也。"看来对于"有败"的警惕和告诫，在中国古代法制文明中有着相当古老的渊源。

综上所述，我们认为，简文"阶门又败"当读为"登闻、有败"，解作"报告、有过错"。这是文书制作者（左尹官署）明确规定其命令的执行者（受期人），在不能如期完成任务的情况下应当履行的义务和必须承担的后果。齐鲁司法官称为"司寇"，陈楚司法官称为"司败"，"寇"和"败"都是不法行为，"败"应解释为"过错"，因而"司败"即"司过"。

另外，考虑到简文的公文性质，我们怀疑"阶门又败"四字除了有警告的意义外，还有形式上的功能，即表示公文内容到此为止，从而防止妄予加减。后世公文也常用一些意蕴劝诫却又难以索解的术语来煞尾。梁章钜《浪迹续谈》曰："《朱子文集》云公移榜帖末多用'须至'字，如云'须至晓示者'、'须至晓谕约束者'，看定文案申状亦云'须至供申者'。翟晴江曰：'今公文中以此为定式。问其义，则无能言者。'据《欧阳公集·相度铜利牒》云'无至误事者'，《五保牒》云'无至张皇卤莽者'，亦俱用之篇末。大抵戒之曰'无至'；劝之曰'须至'，其辞仅反正之间耳。"

注释

[1] 参李学勤《〈包山楚简初探〉序》，载陈伟《包山楚简初探》，武汉大学出版社，1996年。

[2] 湖北省荆沙铁路考古队《包山楚简》，文物出版社，1991年。

[3] 夏渌《读包山楚简偶记——"受贿"、"国拏"、"茅门有败"等字词新义》，载《江汉考古》1993年第2期。

[4] 葛英会《包山简文释词两则》，载《南方文物》1996年第3期。

[5] 陈伟《关于包山"受期"简的解读》，载《江汉考古》1993年第1期。

[6] 李零《包山楚简研究（文书类）》，载《王玉哲先生八十寿辰纪念文集》，南开大学出版社，1994年。又收入《李零自选集》，广西师范大学出版社，1998年。

[7] 庞光华《"司败"解》，载《古汉语研究》2001年第3期。

[8] 对，训为验。详参苏杰《释包山楚简中的"对"字》，载《古汉语研究》2000年第3期。

（原刊于《中国文字研究》第三辑，2002年）

释包山楚简中的"受期"

1987 年荆门包山二号楚墓出土了大量的司法文书简，为我们今天认识当时楚国的法制文明，尤其是诉讼程序的具体情况，提供了弥足珍贵的新材料。针对这些古文字材料，学界进行了广泛而又深入的讨论，留下了十分丰富的文献资料。本文在已有研究的基础上，着重讨论简文中司法术语"受期"一词的含义，同时对《受期》文书的内容略作分析。不妥之处，请各位专家批评指正。

"受期"是文书简的篇题之一。题下所该，有 19 至 79 凡 61 枚简；每简记一事，又凡 61 事。其中比较完整、比较典型的，有如：

> 八月辛巳之日，佴塦之关敔公周童耳受期，己丑之日不遲佴塦之关人周敓周琛以廷，阱门又败。疋忻戠（识）之

34

263

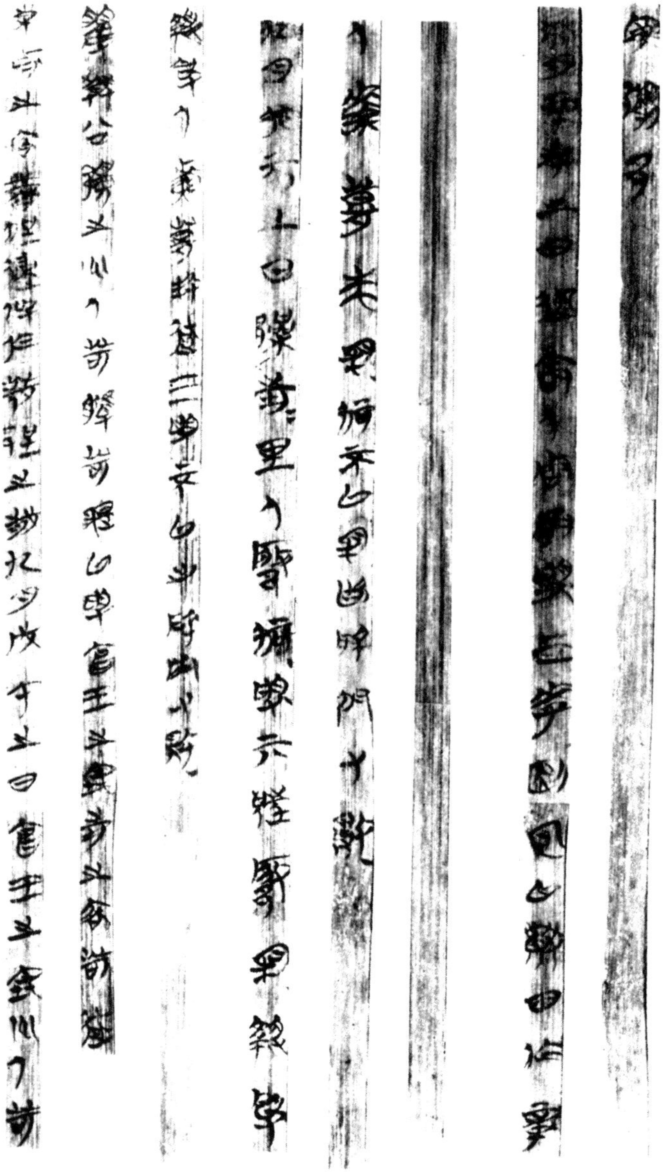

58　63　77

从中可以绎出《受期》文书的基本格式：

> 某月某日某某受期，某月某日不为某特定行为，阩门
> 又败。某某识之

"受期"的含义及《受期》简的读法，学界尚莫衷一是。笔者所知，有以下八种意见：

原整理者认为《受期》简是"受理各种诉讼案件的时间与审理时间及初步结论的摘要记录"，《受期》简中"第一个日期是官吏接受告诉的时间，也称作'受期'。简文的第二个日期则是接受告诉后，县廷决定不对被告起诉的时间"。[1]

第二种意见认为，"所谓某人受期，即某人接受年度考核之意，并非是指其接受报告而言。"[2]

第三种意见认为，"受期"应释为"受贿"，"阩门又败"应释为"茅门又败"。[3]

第四种意见认为，"受期"简应是左尹官署向被告责任人或被告本人下达指令的记录。简中的第一个日期，是对方接到指令的时间；第二个日期，是要求对方执行指令的时间。简文中"不"字引起的文句，"是用虚拟语气"，"不以什么致命，不将某某以廷"，是"用假设的否定句式表达肯定性的指令，实际上是要求以什么致命或将某某以廷"。"阩门又败"的含义"大致应是对抗命者不利的某种处置"。"指令的具体内容，大多是要求出廷对质或说明情况；另有为数不多的，如简44'归登人之金'，简

265

53 '量庑下之贷'，则是有了初步裁决而要求执行的。"[4]

第五种意见认为，"受"与"期"应读断。"受"与简文中第一个日期对应。"受"为接受、承受之意，简文中"受"当引申为"受理案件"。"期"与第二个日期相应。"期"有"约会"之意。简中"期"引申为约定、预定、指定、限定（时间）。[5]

第六种意见同意原整理者认为"受期"是指"受理各种诉讼的时间"的说法，但否定了"受期"简是"初步审理结论的记录"的说法，认为"由于某种原因，无法审理，所以简文所录都是未能结案的案例"。"登门又败"似指升堂开庭而审理失败。[6]

第七种意见认为，"受期"是接受诉讼的期约。"期"即司法官员受理案件后，与诉讼人及被告共同约定的审案日期。[7]

第八种意见认为，某人受期应当是治狱者接受日者择定的临治狱讼之期。每条简文最后所载人名当为日者之名。[8]

这八种意见彼此之间分歧都比较大。相比较而言，第四种、亦即陈伟的意见近于得实。不过，陈氏对于"受期"、"阱门又败"两个术语的训释、对于具体简文的归类，以及对于相关日期性质的认定，都还有进一步讨论的余地。

首先是关于"受期"一词的训释。与第五种意见相近，陈伟也倾向于认为"受期"二字分开解释，只是"鉴于篇题以'受期'为名，而同见的其他几个篇题均采用意义连贯的词汇，我们暂将'受期'二字连读"。[9]

我们认为，无论是作为篇题还是出现在具体简文中，"受期"二字都连读成词。"期"字应解如现代汉语之"期"，名词，

266

义为"限定的时间，约定的时日"。"受""授"古同字。授、受乃同一过程相待相成的两个方面的行为，在此曰"受"，在彼则曰"授"。站在接受任务者的立场（即以接受任务者为主语时），"受期"应读如字，曰"某某受期"。站在制作文书者的立场上，"受期"（作为篇题）应读为"授期"。就字面解，"授期"乃给定、限定日期之义，译为今语，相当于现代汉语所说"给你三天时间，把这件事情处理好"。结合简文内容讲，"授期"是指左尹官署向下级官吏人等下达指令，要求在限定时日为某特定行为。

然而如前揭《受期》简格式"某月某日不为某特定行为……"限定时日却要求不为某特定行为，何解？

葛英会读"不"为"丕"，训"大"[10]；陈伟认为这"是采用虚拟语气"，"用假设的否定句表示肯定性的指令"。

我们认为这是公文里常见的一种格式化简省。简文有不省之例：

> 夏层之月己酉之日，由一戠狱之主以致命。不致命，阱门又败。128

由此推测，《受期》文书理论上的完整格式应为：

> 某月某日，某某受期：某月某日为某特定行为。届期不为某特定行为，阱门又败。某某识之

其次是关于"阰门又败"的训释。我们认为,"门"当读为"闻","败"当释为"过失","阰门又败"可解作"登闻、有过",这是文书制作者(左尹官署)明确规定其命令的执行者(受期人),在不能如期完成任务的情况下应当履行的义务和必须承担的后果。

再次是关于个别简的归属问题。

先从简文中"受"独用的情况说起。有两例"受"字显系脱去"期"字:

八月己丑之日,福昜宰尹之州里公娄毛受,壬辰之日不遲苛辰以廷,阰门又败。旦墦 37

九月癸丑之日,陂异之司败番追受,癸亥之日不遲大帀(师)以廷,阰门又败。 55

其余"受"字,从句式上看,与上揭《受期》文书格式明显不同:

东周之客暜緄归作(胙)于蒇郢之岁九月戊午之日,宣王之垞州人苛矍、登公魖之州人苛膓、苛騠以受宣王之垞市客苛道。执事人夷暮救逍,三受不以出,阰门又败 58

九月癸亥之日,郢市 = (之市)里人鼍㓟受其兄鼍䣄。执事人夷暮求朔,㓟不以朔廷,阰门又败 63

奠月辛未之日,迅命人周甬受正字圝㔾以敩田于章邑。正义牢识之。 77

上揭三简，显然"受"字后面并非脱去"期"字。陈伟指出以上"受"字并当训为保，解为担保、保证、监督，甚是。从句子的语法结构来看，"受"或有宾语，如简63"里人某受其兄某"，意思是某人担保其兄某；"受"或为主语，如简58"三受不以出"，"三受"义为"三位保人"。不过，陈伟因此将该三简剔出《受期》文书，我们认为还是可以再讨论的。

第三例之含义及性质较为特殊，此暂不论。

前两例从笔迹看，显然是出自一人之手。与《受期》其他简相比，此二简有以下三个特点：

（1）揭示"某某受（担保）某某"的事实，作为向前者责求义务的法律根据。

（2）有"执事人某某求某"之句。按"执事人"应即后世所谓差役。细勘文义，知此"执事人"乃左尹官署之差役。

（3）没有限定日期。

我们认为此二简仍可统一于《受期》文书。对照上揭《受期》文书格式，此二简"某某不为某特定行为，阱门又败"，正是其核心文句。需要解释的只有一点：为什么这里没有限定日期？

从功能上分析，《受期》文书大致相当于后世官府所用的签票。《受期》文书应用的范围相当广泛，涉及司法鉴定（如简12、15反、22、24、27、30、42、54、124、125、126、128、128反、137、157）、财产支付（简53、73、149）、兵役（简61）等。其中，传票、捕票性质的简占了相当大的比重。我们正在讨论的两支简正是属于这一类。

传票性质的简有一个标志字——廷。《广雅·释宫》："廷，官也。"即今所谓官署。简文用为动词，义为到廷。根据简文"廷"字的不同用例，可将该类简分析为如下三种情况：

第一种情况，例如：

> 八月甲戌之日，鄹莫嚣之人周壬受期，癸未之日不廷，阱门又败。正坚得 29

> ☒之日，上临邑公临陀、下临邑临得受期，己未之日不廷，阱门又败 79

这种情况直接以诉讼参加人（当事人或证人）为受期人，形式上的标志是"不廷"。内容是要求诉讼参加人在限定时日自觉（非被强制）到庭对质，其性质略同于现代诉讼程序中的"传唤"。

第二种情况，例如：

> 八月辛巳之日，嬴（？）昜之驭司败黄异受期，癸巳之日不将五皮以廷，阱门又败 33

这种情况是以地方官吏为受期人，形式上的标志是"不将某某以廷"，内容是要求地方官吏将相关诉讼参加人按时解送到廷。

第三种情况，即我们正讨论的58、63两支简。这种情况可以简单概括为：执事人某求某，某（指保人）不以某（诉讼参

270

加人）廷，阶门又败。这是左尹官署直接派员前往缉提。从第一种情况到第三种情况，诉讼参加的人被动性和重要性都呈增长趋势。第一种相当于"传唤"，第二种相当于"拘传"，第三种则有点像是"逮捕"。第三种情况没有限定日期，这并非不要求效率，而是恰恰相反，要求立即执行。执事人方面，其任在专差，代表左尹官署，无须讲明时限，合于事情；保人及诉讼参加人方面，则是要求见文即行。

最后谈谈关于《受期》简中两个日期的性质问题。第二个日期当如陈伟所言，"是要求对方（指受期人）执行指令的时间"。但陈伟认为"第一个日期，是对方接到指令的时间"，却并不一定与事实相符。我们考虑，这个日期应是制作文书的时间。现代社会制作任何文书都要记下当前时间，中国的习惯是将其缀于文书之末；可是从包山楚简的有关情况来看，两千年前很有可能是将文书的制作时间冠于文书之首。

注释

[1] 湖北荆沙铁路考古队《包山楚墓》，文物出版社，1991年，第522页。

[2] 曹锦炎《包山楚简中的受期》，载《江汉考古》1993年1期。

[3] 夏渌《读包山楚简偶记——"受贿"、"国帑"、"茅门有

败"等字词新义》，载《江汉考古》1993 年第 2 期。

[4] 陈伟《关于包山"受期"简的读解》，载《江汉考古》1993 年第 1 期。

[5] 贾继东《包山楚简中"受期"简别解》，载《东南文化》1996 年第 1 期。

[6] 李零《包山楚简研究（文书类)》，载《王玉哲先生八十寿辰纪念文集》，南开大学出版社，1994 年；又收入《李零自选集》，广西师范大学出版社，1998 年。

[7] 刘信芳《包山楚简司法文书术语考释》，载《简帛研究》第二辑，法律出版社，1996 年。

[8] 董莲池《也说包山简文中的"受期"》，载《古籍整理研究学刊》1999 年第 4 期。

[9] 陈伟《包山楚简初探》，武汉大学出版社，1996 年，第 52 页。

[10] 葛英会《包山楚简治狱文书研究》，载《南方文物》1996 年第 2 期。

（原刊于《中国文字研究》第四辑，2003 年）

说"娣姒"

娣姒是妯娌的古称。《广雅·释亲》说："娣姒、妯娌，先后也。""先后"一词见于《史记·封禅书》、《汉书·郊祀志》。《汉书》注孟康说："兄弟妻相谓先后"，颜师古说："古谓之娣姒，今关中俗呼之为先后，吴楚俗呼之为妯娌。"郝懿行《尔雅义疏》说："妯娌、先后，并娣姒之通名，古今方俗语虽不同，要皆为匹敌之义。"

按：妯娌、先后义同为匹敌，大概是不错的，但娣姒相对说来则有其特殊性和复杂性。

第一，妯娌、先后都不能分开来讲"妯"和"娌"、"先"和"后"，也不可倒过来讲"娌妯"、"后先"，这在娣姒则是可以的。《尔雅·释亲》："长妇谓稚妇为娣妇，娣妇谓长妇为姒妇。"即是其例。

第二，娣姒除了"兄弟妇相谓"的意思外，还可指同夫诸妾的互称。《尔雅·释亲》："女子同出，谓先生为姒，后生为娣。"孙炎注："同出谓俱嫁事一夫。"

273

第三，娣与姒两个字的本来含义相当于今所谓妹、姊。《说文解字》："娣，女弟也"，与同书"妹"字同训。郝懿行《尔雅义疏》："姒者，姊也，姊姒声近义同也"，《列女传》三："鲁公乘姒者，鲁公乘子皮之姊也"是其用例。

总而言之，娣姒既指姊妹，又指同夫诸妾，还指兄弟之妻。一名三指繁而歧，名与实的关系怎能如此混淆？如果我们从人类婚姻家庭史的角度溯源分析，这种名同实异的现象便会显出其条理来。

根据摩尔根《古代社会》、恩格斯《家庭、私有制和国家的起源》的论述，人类婚姻关系（或者说性关系）发展的早期过程是这样的：最早人类性关系处于无限制的杂乱状态，即便父母子女之间也在所不忌。第一个进步是排除了父母子女间的性关系。第二个进步是排除了兄弟姐妹间的性关系。在这两重禁忌之下，家族成员成年后，必须从别的家族中寻找性伙伴。中国上古史的情况一般是两个家族互相提供这种方便，比如周代姬姜两族即世为婚姻。这种条件下组成的家庭，摩尔根称之为"普那路亚家庭"，其特点是"共夫和共妻"。那么在中国古代那种世为婚姻的两姓家庭中便会发生"兄弟共多妻、姊妹共多夫"的现象。正如恩格斯《家庭、私有制和国家的起源》所描述的那样："我母亲的姊妹的丈夫们依然是我母亲的丈夫们，同样，我父亲兄弟的妻子们也依然是我父亲的妻子们"（中译本第36页），兄弟之妻同时又是其中任何一个人的多妻，而这些妻之间又有姊妹之实，姊妹、妯娌、诸妾三位而一体。本义为姊妹的娣姒，如何会取得"兄弟妇之谓"，"同夫诸妾互称"的意思，在这里可以看得很清楚。

郭沫若《中国古代社会研究》以摩尔根和恩格斯的结论作为其研究的起点。郭氏参照《尔雅》"两婿相谓为亚"的说法，双关二意地把"普那路亚家庭"的婚姻形式译为"亚血族群婚"。至于这种婚姻形式在中国古代的表现，郭氏提出的例证是尧帝之女娥皇女英同嫁给舜的故事。据《孟子》所载，舜之弟象曾说过："二嫂使治朕栖"的话，而《楚辞·天问》把这个故事说得更直接明白："眩弟并淫"。就此郭氏得出结论说娥皇女英正是舜与象兄弟的公妻，互为"普那路亚"。其实娣姒一名三义的历史渊源能为这种理论提供更普遍更有力的支持。

前代学者由于时代局限缺乏对人类原始婚姻状态的了解，因而对此类称名现象解释得有些牵强。《释名》："少妇谓长妇曰姒，言其先来，己所当法似也；长妇谓少妇曰娣，娣，弟也，己后来也。或曰先后，以来先后弟之也"，把姒解释为模范，娣解释为次第。再如姒娣名分的确认，有人认为"娣姒之名，从身之少长，不计夫之长幼"，王念孙则认为应当区别对待。"女子同出"，俱事一夫的所谓"娣姒"，自宜从其身之少长；而各事一夫，义同"妯娌"的"娣姒"，则应从其夫之长幼。不然的话，如何体现"出嫁从夫"的妇女三从之义呢？王氏的说法是不符合事实的。如前所述，"女子同出"的最初情形，大概既非"俱事一夫"，也非"各事一夫"，而是"同事多夫"，所以诸妾和妯娌是二而一的。再者古时娣姒名从其实，实为姊妹，序

275

以其自身年齿而为姒为娣是理所当然的事。至于后来时过境迁，娣姒既已非亲姊妹，且又各事一夫，照理应"出嫁从夫"以其夫之年龄来确定谁为姒谁为娣；但这时似乎已没有这种必要，因为娣姒之名很快就被"妯娌"、"先后"取而代之了。与此相类似的还有古时媳妇称公婆为"舅姑"的现象。《白虎通》："称夫之父母谓之舅姑者何？尊如父而非父者舅也，亲如母而非母者姑也"，把这解释为对公婆的尊爱之称。如果结合早期婚姻的特殊条件，就会发现事实并非如此。以世为婚姻的姬姜二姓家族为例，姜女世嫁姬家，则其夫之母亦必姜姓，自然是其姑；而姜女之母又必出自姬家，则其夫之父自然是其舅。各各名从其实，何尊何爱之有？

（原刊于《文史知识》1997 年第 7 期）

"双关"名义考辨

　　用词造句时，表面上是一个意思，而暗中隐藏着另一个意思，这种修辞手法称为"双关"。"双关"概念的最早的表述，修辞学论著和工具书都认为是宋代范仲淹的《〈赋林衡鉴〉序》："兼明二物者，谓之双关。"马国强《"双关"称名之由来》（《修辞学习》1998年第6期）认为"双关"的称名并非范仲淹首创，唐代诗人方干在他一首诗的诗题中已经在用"双关"这个词。唐宋之际所谓"双关"跟现在我们所说的"双关"是不是一回事呢？从当时文献"双关"一词的实际用例中不难找到答案。

　　《全唐诗》六五〇卷方干《袁明府以家醖寄余，余以山梅答赠，非唯四韵，兼亦双关》：

> 封匏寄酒提携远，织笼盛梅答赠迟。
>
> 九度搅和谁用法，四边窥摘自攀枝。
>
> 樽罍泛蚁堪尝日，童稚驱禽欲熟时。

277

毕卓醉狂潘氏少，倾来掷去恰相宜。

马国强（1998）："全诗四联，每联出句皆写酒，对句则言梅，分别关涉顾及到两种事物，即诗题'兼亦双关'之意。"按，这其实是"两语各关"，与我们今天所说的"一语双关"所指并不相同。马国强也注意到这一点，因而将其称为"广义的双关"。此论未免嫌于笼统。

五代丘光庭《兼明书》卷四在讨论《文选》五臣注的得失时用到"双关"一词：

《吴都赋》曰："且有吴之开国，造于太伯，宣于延陵，盖端委之所彰，高节之所兴。"臣延济曰："太伯、延陵，端其志操，委弃其位，以存让体，是兴高节也。"

明曰："据赋文，是双关覆装体。以'端委所彰'覆太伯，'高节所兴'覆延陵，宜于'所彰'下注太伯之德，解'端委'之事，'所兴'下注延陵之德，释'高节'之文。不宜将二人之事，混同而注之。

赋又曰："建至德以创鸿业，世无得而显称。"臣延济曰："言我吴都后建，立延陵太伯之德，以创大业，代无得而称美者。"（赋）又曰："由克让以立风俗，轻脱屣于千乘。"臣周翰曰："言吴能建太伯延陵让节，以成风俗。盖谓让千乘之重，如脱屣也。"

明曰："此文亦双关体。云'建至德以创鸿业，世无得而显称'者，此独论太伯之德耳。太伯建立至德，以开创吴国之大业。其德浩大，故代人无可得而称。《论语》曰：'泰伯其可谓至德也，三以天下让，民无得而称焉，是也。'且延陵非创业之主，注不得兼言延陵之德也。其'由克让以立风俗，轻脱屣于千乘'，此则论延陵之德也。言延陵让国而耕于野，是其克让轻千乘也。注不得兼言太伯之德，以致混淆。"

按，"以'端委所彰'覆太伯，'高节所兴'覆延陵"，"……此独论太伯之德耳。……此则论延陵之德也"。不难看出，丘光庭所谓"双关"，不是"一语双关"，而是"骈言各覆"，也就是说，叙事行文两个主题交替互进，分承各叙。

《朱子语类》也多次出现"双关"这个词。《孟子·尽心下》："孟子曰：人皆有所不忍，达之于其所忍，仁也。人皆有所不为，达之于其所为，义也。人能充无欲害人之心，而仁不可胜用也。人能充无欲穿逾之心，而义不可胜用也。人能充无受尔汝之实，无所往而不为义也。士未可以言而言，是以言餂之也；可以言而不言，是以不言餂之也。是皆穿逾之类也。"针对这一章文字，《朱子语类》卷六十一"孟子十一"讨论道：

问：此章前面双关说"仁""义"，后面却专说"义"，如何？曰：前一截是众人所共晓，到这后又较细密难晓，故详说之。

按，所谓"双关说'仁''义'"，是指《孟子》该章"……仁也。……义也。……而仁不可胜用也。……而义不可胜用也"，这跟丘光庭《兼明书》所说的"双关体"一样，也是指两个主题交替互进，分承各叙。

又《朱子语类》卷一百三十九"论文上"：

> 汉末以后，只做属对文字，直至后来，只管弱。如苏颋着力要变，变不得。直至韩文公出来，尽扫去了，方做成古文。然亦止做得未属对合偶以前体格，然当时亦无人信他。故其文亦变不尽，才有一二大儒略相效，以下并只依旧。到得陆宣公奏议，只是双关做去。又如子厚亦自有双关之文，向来道是他初年文字。后将年谱看，乃是晚年文字，盖是他效世间模样做则剧耳。

按，这里所谓"双关之文"就是文中所说的"属对文字"，也就是与"古文"相对应的"属对合偶"的骈体文。

综观以上文献用例，唐宋之际一般所谓"双关"，其实有别于今天所说的"一语双关"，是指"骈言各覆"的骈骊之体。

清代何焯《义门读书记》对扬雄《甘泉赋》"曳红采之流离兮，飚翠气之宛延"一句评论曰："此文章顿挫处，乃搜逑索偶，双关互映。"仍是把"双关"看作"逑""偶"，即骈骊对仗。

至于范仲淹所说的"双关"是否就是"一语双关"，因为（1）没有实例，（2）揆其上下文"总其数而述者谓之总数，兼明二物者谓之双关，词有不羁者谓之变态"，似乎也不能完全排除其"双关"指骈骊这种可能性，所以其的指为何还应暂付疑阙。

既然唐宋时期所谓"双关"另有所指，那么"一语双关"现象当时的称名究竟如何？"双关"二字又在何时开始明确无疑地指称"一语双关"？

王志伟《汉语双关传统述评》（《商丘师范学院学报》2006年第4期）对《中国修辞学通史》有关内容进行了梳理和总结：由唐至清，对于"一语双关"的讨论不少，但没有一贯的称名。唐时日僧空海《文镜秘府论》称为"映带"、"声对"，宋洪迈《容斋随笔》称为"引喻"，佚名《漫叟诗话》称为"用意假借"，明谢榛《四溟诗话》称为"吴格"、"指物借意"，清吴景旭《历代诗话》称为"假对"，赵翼《陔余丛考》称为"借对法"、"双关两意诗"，李调元《雨村诗话》称为"借字寓意"。

今考明代钟惺《古玉刻蟢子得蜂诗引》（明贺复征编《文章辨体汇选》卷三六二。按，钟惺《隐秀轩集》失收）："六朝《子夜（歌）》、《读曲歌》'吾'曰'梧'，'思'曰'丝'，'怜'曰'莲'，盖当时委巷自有此语，采入作诗。今绘刻器物借声双关为吉祥善事之兆如'燕''喜''爵''禄'之类，事近不经，实始诸此，则其来亦久矣。"其所谓"借声双关"就是今天常说的"谐声双关"。这是笔者检到的"双关"二字明确无疑表示"一语双关"的最早用例。

（原刊于《语文学刊》2010年第5期）

"致命"考释

《汉语大词典》（以下称《大词典》）"致命"下共列三个义项：①传达言辞、使命。②犹捐躯。③使丧命，使毁灭。今按："致命"实有第四种含义。

《三国志·魏志·陈矫传》注引刘向《新序》曰："卫为狄人所伐，桓公不救，至于国灭君死。懿公尸为狄人所食，惟有肝在。懿公有臣曰弘演，适使反，致命于肝曰：'君为其内，臣为其外。'乃刳腹内肝而死。"文中"致命"一词解作上举三种义项皆不能安妥。然则何解？今本刘向《新序》与此裴注所引，事同而文异——"卫懿公有臣曰弘演，远使未还，狄人攻卫……狄人追及懿公于荥泽，杀之，尽食其肉，独舍其肝。弘演至，报使于肝毕，呼天而号，尽哀而止。曰：'臣请为表。'因自刺其腹，内懿公之肝而死。"两者文义互相发明，形成训诂：致命，报使也。据《说文》："命，使也"，"致命"可训为报命。《大词典》："报命：①复命。奉命办事完毕，回来报告。""报命"又简作"报"。《大词典》："报：⑨复命。奉命办事完毕，回来报告。"总之，"致命"可训为报命、复命、报。"致命"之"致"，当解同"致仕"、"致禄"、"致政"之"致"，义为归还、返还。

《荀子·强国》："子发将，西伐蔡。克蔡，获蔡侯，归致命曰：'蔡侯奉其社稷而归之楚，舍属二三子而理其地。'"迄王先谦《荀子集解》，无解释此"致命"二字者，似谓不必解。熊公哲《荀子今注今译》（台湾"商务印书馆"，1975年）注曰："致命，犹复命也。"张觉《荀子译注》（上海古籍出版社，1995年）注曰："古代臣奉命外出回来后向君主汇报执行命令的情况叫'致命'，也叫'复命'、'报命'。"按：熊、张二氏所注可信。

可注意者，"致命"训为复命、报命，并非特指"臣奉命外出回来后向君主汇报执行命令的情况"，而是可以泛指命令的执行者向命令发出者复命、报告。在著名的《包山楚简》中，"致命"（原作"至命"）为常用词。文书简中十二见，卜筮祭祷记录简中二见，凡十四见，皆当释作复命、报。例如：

简20：九月甲辰之日不贞周为之奴以致命，登门有败。

简32：辛巳之日不以所死于其州者之居处名族致命，登门有败。

简43：十月辛巳之日不归板于登人以致命于鄩，登门有败。

简224：臧敢为位，既祷致命。

前三简属于"受期"文书。"受期"为篇题，当读作"授期"，是限定日期要求接受指令者为某特定行为的公文。文书制作者，亦即命令发出者，乃楚国司法总署——左尹。文书中"致命"，意为向左尹官署报告。后一简属于卜筮祭祷记录，乃是臧敢替左尹邵佗莅祭后以书面形式向其复命。

《大词典》"致命"下未列"复命、报告"义项，可见此义之僻。人们在训释典籍中"致命"一词时，未能寻迹至此，往往导致误解。《庄子·人间世》有这样一句话——"何作为报也，莫若为致命，此其难者。"至今解释纷纭，莫衷一是。甚至王懋竑认为"语不分明，疑有脱讹"（见沙少海《庄子集注》，贵州人民出版社，1987年）。陈鼓应《庄子今注今译》（中华书局，1983年）注曰："何作为报也：何必作意去报效国君呢！""致命：致其君之命（林希逸说），意指真实无妄地传达君令。成疏：'直致率情，任于天命。'则'致命'似为顺任自然分际之意。""此其难者：指完成君主的使命是很困难的事。"钟泰《庄子发微》（上海古籍出版社，1988年）："'致命'，即《易·困卦象》曰'君子以致命遂志'之致命，与上'天下有大戒二，其一命也'，及'知其不可奈何而安之若命'，两'命'字相应。常解以致君之命说之，非也。安命，但安之而已，其义浅。致命，则以至于命，其功深。"

今按：陈氏释"报"为报效，误。至于"致命"，常解失之，钟氏亦未为得。对这句话的说解，愚以为刘武《庄子集解内篇补正》（中华书局，1987年）庶几近之。《补正》曰："报者，谓齐对楚报答之言也。子高见齐之甚敬而不急，虑其所报不足以厌楚王之意，则己必得罪，故甚栗之。是即作意于齐之报也。仲尼针对其病，故以'游心'、'养中'二语勉之。""上言'传两喜两怒之言，天下之难者也'，又言'固有所不得已，行事之情而忘其身'，今勉以托不得已以养中，于身且忘，况传常情，不传溢言，但直致君命耶！此岂有难者，收缴上'难'字。"惜乎刘氏墨守郭注"致君命"之说，未达一间。此拈出成氏疏、刘氏补正以及陈鼓应氏注所发之"直"字，又据前所已论"致命"可训为报，则"何作为报也，莫若为致命，此其难者"可读为"何作为报也？莫若为直报。此岂难者？""作"解为"述而不作"之"作"。

（原刊于《辞书研究》2002 年第 4 期）

"互"义探源

　　"互"字是一个象形字。而且"互"字的字形从古到今几乎没有什么变化。那么，"互"字究竟象的是什么形？它的本义是什么？它的本义与"互相"义又有什么关系？让我们对这些问题穷源究委，在语词的原始密林中作一次词义演变之旅。

　　"互"的本义是指一种工具，而且是今天在某些地区仍然能看到的一种工具。许慎《说文解字·竹部》："互，可以收绳也。象形，中象人手所推握也。""互"是收绳器。王筠《说文释例》："此器即吾乡之络丝拐子也，其形正似工字，惟象人手推握之状，斯成互耳。"王筠是山东安丘人，他所说的"拐子"在北方广大地区都有使用，至今仍见于洛阳、晋南等地。《洛阳方言词典》："拐子，一种像工字形的绕线工具。"（江苏教育出版社1996年）《万荣方言词典》："拐拐，一种绕纱用的木制工具，形状像'工'字，两头横木短，中间直木长。把纱等绕在上面，取下来就是一把成桃儿的纱。"（江苏教育出版社，1996年）万荣是山西省运城地区的一个县。笔者是运城人，据我们考察，不止是万

286

荣县，运城各县（市）都能见到这种绕线用的拐子，也就是"互"。它的使用方法，正像《说文解字》所说的那样，手持中间直木，通过手的来回推握，将线绕到上下两根横木的四个端头上。

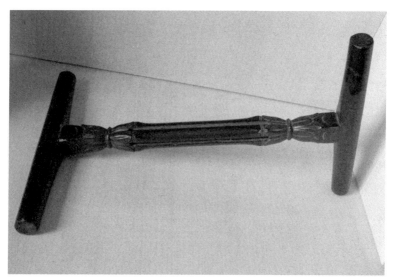

图1　拐子

应该说明的是，说"互"（拐子）像工字形，其实并不准确。工字形上下两横的空间位置关系是平行，而"互"（拐子）上下两横的空间位置关系却是垂直，或者说是乖互。也就是说，构成"互"的三条线段不在同一平面。因此，"互"的形状虽然简单，却很难在二维平面中用简单线条摹象。造字者大概正是通过中间一竖的扭戾，表示上下两横的乖互。

其实，在"互"究竟是什么这个问题上，清代学者的意见是有分歧的。《说文·竹部》："互，可以收绳也。"段玉裁注：

"收，当作纠，声之误也。纠，绞也。今绞绳者尚有此器。"朱骏声《说文通训定声》径直改为"可以纠绳也"。桂馥《说文解字义证》说："互，纽绳器也。"按：绞绳、纠绳、纽绳，三者的意思是相同的。段玉裁、朱骏声、桂馥和王筠，号称清代说文学四大家，都是许慎的功臣。四家中有三家认为《说文解字》"可以收绳也"的"收"字是误文，难怪《汉语大词典》采取了他们的意见。但是真理往往掌握在少数人手里，根据我们所掌握的物证材料，我们认为，这里只有王筠的说法能获许慎之心，得物类之情。"互"不是绞绳器（或纠绳器、纽绳器），而是收绳器。

除了《说文解字》所说的"收绳器"，古代还有两种器物称作"互"。

其一，挂肉木架。《周礼·地官·牛人》："凡祭祀，共其牛牲之互。"郑玄注："互，若今屠家县（同"悬"）肉格。"《文选·张衡·〈西京赋〉》："置互摆牲，颁赐获卤。"薛综注："互，所以挂肉。"

其二，阻拦人马通行的木架，字又写作"枑"，古称"行马"。《周礼·秋官·修闾氏》："掌比国中宿互柝者。"郑玄注引郑司农曰："互谓行马，所以障互禁止人也。"

为什么三种器物都被称作"互"？它们究竟有什么共同点？通过观察，我们发现，虽然行马、挂肉架、收绳器形状各异，但是它们的构成部件都是直木；更为重要的是，这些直木的空间位置关系都是对称、交错、乖互。这就是它们同名的原因。

另外，"互"又为甲壳类动物的总称。《周礼·天官·鳖人》："掌取互物。"郑玄注引郑司农曰："互物，谓有甲两胡，龟鳖之属。"为什么甲壳类动物也被称为"互"？因为它们的形体也有对称、交互的特点。关于这一段文字，孙诒让《周礼正义》注曰："《释文》引干注云：'互，对也。'互、对即谓其两甲相当之意。"

从语源学的角度看，互（收绳器）、互（挂肉架）、互（行马）、互（甲壳类动物）为同源词。随着时间的推移，这四股源头相同的语词小支流，渐渐干涸，消失在语词的密林中，成为前朝遗迹。

现代汉语中，"互相"是常用词。那么"互"的互相义是从哪里来的？我们认为，就是从"互"义的源头——对称、交错——演变过来的。还有一种说法，说是从《说文解字》所说的"收绳器"引申出来的。王筠《说文释例》："此器即吾乡之络丝拐子也……其丝往来相交，而交互、回互之义起焉。"这种说法也是很有道理的。与此相类似的例子比如"轮"，从"车轮"义引申出"轮流"义。

"互"器的使用，它的上下两根横木的四个端头一个接一个地承受丝线，所以"互"字在古代汉语中还有"一个接一个"的意思。《三国志·吴志·陆凯传》："若江渚有难，烽燧互起。"南朝梁刘勰《文心雕龙·史传》："及魏代三雄，记、传互出。"唐孟郊《感怀八首》："四时互迁移，万物何时春？"

"互"义源头的另外一个义位——乖互、差互，在古籍中使用的频度也比较高。《后汉书·乐恢传》："天地乖互，万物夭伤。"唐封演《封氏闻见记·石经》："文字差互，辄以习本为定。"《论语·述而》："互乡难与言。"按：该乡之所以被名为"互"，大概正是因为乡人邪僻自是，乖互难合。

曾经如此庞大的"互"义家族，到如今只有"互相"义活跃在我们的语言中。翻检这个家族的老照片，是不是也有一种沧桑之感？

（原刊于《文史知识》2001 年第 8 期）

"庞""厖"考源

　　人们常常感慨说"人心不古"，甚至家具器物，也是窳薄大不如昔。殊不知几千年前古人已是如此感慨。《淮南子·泛论训》有曰："古者人醇，工庞，商朴，女重。"

　　"醇"、"庞"、"朴"、"重"，这四个字意义的共同点是"大"。"庞大"，"重大"，显而易见，可以不论。"醇"训为"厚"。《文选·嵇康〈琴赋〉》："旨酒清醇。"李善注："醇，厚也。"上揭《淮南子·泛论训》例，高诱有注曰："醇厚不虚华也。"厚和重都意味着多和大。《战国策·秦策一》："大王又并军而致与战，非能厚胜之也。"陆机《〈豪士赋〉序》："登帝大位，功莫厚焉。"皆其例。"朴"亦训为"大"。《楚辞·九章·怀沙》："材朴委积兮，莫知余之所有。"王逸注："壮大为朴。"

　　"醇"、"庞"、"朴"、"重"，这四个字基本上都可以用一个现代的词儿来概括，那就是"实在"。人实在，东西实在，商人不奸诈，女人不轻浮。高诱注："工庞，器坚致也。"这是引申开来说的。因为，用料实在，做工实在，当然东西也就坚固耐

291

用了。

"庞"与"厖"声近义通。《说文》:"庞,高屋也。从广,龙声。"段玉裁注:"引申之为凡高大之称。"《说文》:"厖,石大也。从厂,龙声。"段玉裁注:"引伸之为凡大之称。"《正字通·广部》:"庞,俗厖字。"《说文》:"尨,犬之多毛者。从犬,从彡。"段玉裁注:"引申为杂乱之称。"

文献中"庞""厖"("尨")互为异文之例颇多。例如初中语文教科书中《黔之驴》:"虎见之,庞然大物也,以为神。"柳宗元文集旧版多作"尨然大物"(如上海人民出版社1974年版)。

又如"庞大"与"厖大"。柳宗元《贞符》:"不胜唐德之代,光绍明浚,深鸿厖大,保人斯无疆。"梁启超《论自治》:"今天下最厖大最壮活之民族,莫如盎格鲁撒逊人。"

又如"庞眉"与"厖眉"("尨眉")。《文选·张衡〈思玄赋〉》:"尉尨眉而郎潜兮,逮三叶而遘武。"《文选·王褒〈四子讲德论〉》:"厖眉耆耇之老,咸爱惜朝夕,愿济须臾。"李善注:"谓眉有白黑杂色。"唐钱起《赠柏岩老人》诗:"庞眉忽相见,避世一何久。"

又如"厖鸿"与"庞鸿"。《文选·张衡〈思玄赋〉》:"衡曰:厖鸿宕冥,皆天之高气也。"李善注曰:"《孝经援神契》曰:'天度厖鸿孳萌。'宋均曰:'厖鸿,未分之象也。'"刘良注:"厖鸿,元气也。"汉张衡《灵宪》:"道根既建,自无生有。太素始萌,萌而未兆,并气同色,浑沌不分。故道志之言云,'有物浑成,先天地生',其气体固未可得而形,其迟速固未可得而纪也。如是者又永久焉，斯谓庞鸿。"

又如"纯厐"与"纯庞"。《楚辞·九章·惜往日》："心纯厐而不泄兮。"王逸注："纯厐，素性敦厚，慎语言也。"清俞樾《茶香室三钞·桃花源二鸟》："地方民居，皆敦朴纯庞，循循守礼。"

又如"厐杂"与"庞杂"。《新唐书·李吉甫传》："方今置吏不精，流品厐杂，存无事之官，食至重之税。"宋苏舜钦《上孙冲议书》："故使厐杂不纯，而流风易遁，诚可叹息。"唐张九龄《襄州刺史靳恒遗爱幢》："厥繇庞杂，亦云难理。"

综合以上各例，有两点需要强调补充：一是"厐鸿"与"庞鸿"皆表示混沌未分之元气，而"厐鸿"可以倒过来说成"鸿厐"，又写作"鸿蒙"；二是"厐"、"庞"既可与"杂"同义并举，亦可与"纯"同义连言。

有意思的是，以"大"为基本含义的"庞"与"厐"，既表示"纯"，又表示"杂"。所谓"杂"，是不均一。所谓"纯"，是均一。"大"（"多"）意味着"杂"，如"人多嘴杂"、"林子大了什么鸟都有"，这并不难理解。关键是"大"如何同时又意味着"均一"、"纯"？

这其实可以从认知视点变化来加以解释。西方关于语言和认知科学有所谓"视点理论"（vantage theory），大概意思是，随着视点的拉近（zoom in）和推远（zoom out），会导致对"同"与"异"的不同认知，从而形成不同的范畴化和概念化的结果。

就像在电子地图上，视点拉近，区以别矣，杂然纷呈，而视点推远，则浑然为一。天文学上讲"宇宙从大尺度来看是均匀的"，就是视点变化所得出的认知结果。

搞清楚"庬"、"厖"（庞）字形词义这种复杂关系，可以纠正《汉语大词典》的一些错误。

《大词典》"庬"的第一个义项是"大"，首列文例是《国语·周语上》："敦庬纯固，于是乎成。"韦昭注："庬，大也。"《大词典》为"厖"的俗字"庞"单立词目，首列文例亦是《国语·周语上》："夫民之大事在农……敦庞纯固于是乎成，是故稷为大官。"韦昭注："庞，大也。"据异文立歧目，显然不妥。

《大词典》"庞"的第五个义项为"多而杂"，例引元代王逢《奉陪神保大王宴朱将军第》诗："圣泽滂沛蔓绵络，风淳俗庞法度约。"

今按，王逢诗中的"庞"字，不是"杂"的意思，而是与"淳"相近的意思。"风淳俗庞法度约"显然是"风俗淳朴，法度简约"的意思。这里"淳庞"的"庞"，与上举《淮南子》"醇庬朴重"和《国语》"敦庬纯固"中"庬"，是同样的意思。

（原刊于《现代语文》2013 年第 5 期）

第四编

龙门功臣，考证渊海
——读梁玉绳《史记志疑》

　　《史记》在文学史上、史学史上的地位都极崇高。作为文化风景中的一座名山，《史记》吸引着百代学人流连瞻仰，研究著述迭出不穷，日渐卷帙浩繁……而贯穴于斯，数十年如一日专精毕力为之扫除芜秽，发皇沉潜，堪称司马迁之功臣而无愧色者，有清以来，当推梁玉绳为第一人。

　　梁玉绳，字曜北，仁和（今属杭州市）人，乾隆年间贡生。他家世贵显却淡泊自持，自号"清白士"，不到四十岁放弃举业，从此一心撰述。梁氏与钱大昕兄弟友好，受他们影响，于史部用力尤勤，花费几乎二十年时间钻研《史记》，五易其稿，成书三十六卷，题名曰《史记志疑》。"志疑"云者，谦也（钱大昕语）。即此可见乾嘉学人怀疑精神与谨慎学风之一斑。

　　研究《史记》之著述，可分为批评之作（包括史学批评与文学批评）和考据之作两类。历代有关《史记》的考据著述，最引人注目的有：刘宋裴骃《史记集解》、唐司马贞《史记索隐》、唐张守节《史记正义》，后人合称为"史记三家注"；金代王若虚的《史记辨惑》也颇受《史记》研究者重视。至清代，考据之学大盛。乾嘉三大考史名作，王鸣盛《十七史商榷》、钱大昕《二十二史考异》、赵翼《二十二史札记》，以及王念孙的《读书杂志》，都有考校《史记》的内容。躬逢其盛的梁玉绳，总结前人、时人各家之说，对《史记》进行了全面细致的整理。

梁玉绳以明代湖州人凌稚隆的《史记详林》作为考据底本。其体例大概为：先摘列所疑所议《史记》原文，后缀以《志疑》之辨析。辨析计三种：凡认为太史公误处，辨析以"案"字出之；凡认为流传过程中产生的讹误以及无误而有所辨者，则以"附案"别之；直录旧说无"案"字。《志疑》所录旧说不下四五十家，其中以金王若虚《史记辨惑》、明程一枝《史铨》为最多。《志疑》旨在抒发己见，虽引录他人之说，却不同于"集校"、"集释"之类——去取之间，已见存焉。

梁玉绳有选择地引录各家之说，这在当时的考史著述中是别开生面的。钱大昕称赏梁氏的作法，说他"斟酌群言，不没人善"，而各家之说，"分之未足为珍，合而乃成其美"。今人杨燕起综述《史记》研究史，也因为梁氏的全面总结，说"故此一般争论性问题，都可以从他的结论中找到答案"。

梁玉绳对《史记》的全面整理，可以概括为两个字：曰"疑"，曰"议"。疑，乃考查其不合于真实；议，乃讨论其不合于理想。前者为考据，后者为批评；后者所占的比例要小得多。

《史记》之可疑有两种：一疑今传本有失太史公原书之真，二疑太史公所记本来已失史实之真。梁氏的考辨相应地也就有两个层次：求原书之真，求史实之真。

今人读古籍，必欲得原文，因原文以求本意。《史记》成书后，未能溥行于世，有部分原稿遗失。后人（褚少孙等）补缀成篇，混列其中；甚至还有人（杨终等）有意删改。职是之故，东汉时《史记》就已非原貌了。这可称为"伪失其真"。《史记》的流传，靠手抄版刻，历时既久，书体数变，不免产生衍脱讹舛。这可称为"讹失其真"。另外，时过境迁，今人面对古史，定有许多隔膜，需要研究者的发覆说明。这可称为"晦失其真"。针对这三种情况，梁玉绳在求《史记》的原文和本意方面所做的工作分别是辨伪、纠缪和补注。梁玉绳做得周详而精审，规复旧观，实有功于司马迁。

司马迁之原书也有不合史实处。究其原因有主观和客观两方面。客观上讲，司马迁一人荷此开创之业，未能周到备至，既已知之矣。然而《史记》因此时见抵牾，令人无所适从。于此梁玉绳"据经传以驳乖违，参班荀以究异同"，详为比勘，多所发明，其中尤以校正诸表为最细密。再讲主观方面。《汉书·司马迁传》称《史记》"其文直，其事核，不虚美，不隐恶，故谓之实录"，洵为的评。然而，司马迁是个"自然主义的浪漫派"（李长之语），又兼身遭荼毒，发愤抒情，所以在史料的采择上，后人说他"爱奇"，也是不无根据的。司马迁哀自身罹祸之惨，于豪侠之事尤爱之不能自已，几乎是以史为文。这增加了《史记》的可读性，但在可靠性上却打了折扣。梁氏对照司马迁作《史记》时所援引的材料，参考先秦诸子以及其他一些记载，探本溯源，寻绎史实真相，对刊正《史记》误载，作出了不少成绩。

当然，《史记》与经传相左并不等于不合于历史真实，因为我们也无由以证今本经传之必无可疑。梁氏胸次，先经而后史，因此他考证出来的所谓史载之误，有些是不足为据的。往往《史记》的一些不经之谈倒有可能透露出一些古史的真消息，梁氏统统疑而非之，所以人们对他有"疑所不当疑"的批评。

除了文字、史实的考订外，梁氏对《史记》的材料取舍、人物抑扬、体例编次、叙事行文等各方面，也每有议论，其中不乏精到之见。如《史记》有《河渠书》而无《地理书》——"河渠一书，岂足以概山川哉？"但也有些见解甚迂阔。例如梁玉绳斤斤于史法，坚持著史应寓褒贬于笔端。实则太史公著史"有是非而无褒贬"（何焯语），梁氏以史法绳之，实在是很无谓的事。

《志疑》一经行世，即备受当时名家如王念孙等的揄扬。钱大昕《志疑序》曰："《志疑》洵足为龙门功臣，袭《集解》、《索隐》、《正义》而四之者矣！"也就是说，《志疑》已成为《史记》一般研读者的必备参考书。

不宁唯是，《志疑》同时又是考证之渊海，近世考史名家多汲其流。钱穆《先秦诸子系年》和郭沫若《十批判书》有些部分采用几乎相同的材料，得出甚为近似的结论，其中尤以论秦始皇、吕不韦、嫪毐三者关系一节雷同之迹最著。是英雄所见略同？还是一方有攘窃之行？余英时先生扬其波，沸沸扬扬，遂成为学术史上一段公案。今据考证，钱、郭二氏的这段论述皆多取资于《史记志疑》（详参《一桩学术公案的真相》，载《中国史研究》1996年第3期）。揭此一例，已足见《志疑》在今天的意义。

清白士梁玉绳能耐得住生前的寂寞，却不曾忘情于身后的荣名，深惧没世无闻。《志疑》卷末引刘孔昭之言曰："使我数十卷书行于后，不减齐景千驷。"二十年勤苦研习，心血灌注，《史记志疑》包罗宏富，搜讨细致，成就卓著。钱大昕序其书称其为龙门功臣；后来人读其书明其得失去就，识其苦心孤诣，亦勉为尚友古人矣！

（原刊于《天人古今》1997年第5期）

试论文字对语言的遮蔽

　　语言是人类理性的根本，人只有借着语言才能有认识和表达。认识存于心则为意，宣于口则为言。庄子却说"道不可言，言而非也"；是以"智者不言"。不言则智愚何以辨？不能不说，于是说者只好"至言去言"，"立一言即破一言"；而听者也只有不拘执言词文字，"得其意而忘其言"，方能会说者之心，正所谓"登岸则舍筏"，"见月而忽指"。

　　海德格尔说语言是"既澄明又遮蔽"的东西[1]：在要表示更为深刻的意（道）时，欲以达意的言可能会成为欲达之意的障碍，即言对意有遮蔽，这个言，有时也指文字。"不立文字"、"不落言筌"是同样的意思。言语文字对意的遮蔽是个哲学问题，这里不作讨论。有意思的是，从语文学的角度看，言语文字之间也存在遮蔽的事实，那就是——文字对语言的遮蔽。

　　这里谈到的文字主要是针对汉字。文字是记录语言的符号，文字存在的唯一理由是表现语言。文字之于语言，犹手指之于月亮，我们应当"见月而忽指"。但在很多情况下，这只"手

302

指"却挡住了我们的视线，使其看不到语言的真实，表现者成了遮蔽者。这种情况有哪些表现？为什么会发生？症结何在？下面谈谈我们对这些问题的初步认识。

语言与文字的关系

语言与文字是人类符号事实中的两种重要的符号系统。它们彼此之间不同却又密切联系。

语言是以声音形态表达观念的符号。用索绪尔的术语来说，声音形态是能指，声音形态所代表的概念是所指。能指与所指彼此对立又相互依存，合为一个符合整体，犹如一张纸的正反两面。

文字是用字形记录语言的符号。文字符号的能指是字形，所指是相应的语言单位。语言有语音、语义两个方面，这两个方面在文字符号上的投影便是字音与字义。

从共时的角度看，语言是可以离开文字而独立存在的。实际上狭义语言学的对象不是书写的词和口说的词的结合，而是由后者单独构成的。而文字则是以语言为其所指，须臾难离语言。执此，可以说文字是语言的附庸。

从历时的角度看，语言的历史跟人类的历史一样长久。在任何时代，那怕追溯到最古时代，看来语言都是前一时代的遗产。因此索绪尔从实证主义的立场出发，认为语言的起源问题甚至不是一个值得提出的问题。文字的出现则是相当晚近的事。比如汉字，大约是起源于四千年前左右，夏王朝建立的时代。[2] 可以想象，在文字产生之前很久很久，语言已是相当成熟稳定，其基本词汇已大体完备。

综上所述，在人类表达观念的符号手段中，语言是根本，文字是枝叶。但是不假思索的人们面对文字，往往会一叶障目，把声音符号的代表看得和这符号本身一样重要甚或比它更加重要。这种本末倒置的情况何以会发生呢？

文字对语言的僭越

文字之所以能够僭越语言，显得比语言更重要，这是因为：

首先，语言的物质形式是声音，声音的特点是转瞬即逝、片刻无存。所以声音符号给人的感觉是浑沌的、不稳固的。字形给人的感觉却是明晰的，稳固而持久的。因此，人们更信赖文字。

其次，人们所接受的负载有重要信息的语言，往往是由文字记录下来，以书面形式出现的。书写的词跟它所表现的口说的词紧密地混在一起，结果篡夺了主要的作用。

最后，更为深层的原因是，语言是主体存在的前提，它对人的重要性本来是不待言说的。这就好比是负载我们的大地，支持我们生命的空气，重要到了须臾难离的程度，人们便将它视为自然的；人们往往对自然的事物不予重视。再者，我们提到某件无足轻重的事物时常这样说"有它五八，没它四十"。事物的重要性是由它的缺席所带来困难的大小决定的。人们只有在生病时才体会到健康的价值。但是这种衡量不适合于语言。因为设若没有语言，主体便不能存在；没有主体，谁会因此感到不方便？如此看来，声音符号的重要性与其说是被轻视了，不如说是根本的无意识。在这种心理背景下，文字僭越了语言的位置。

索绪尔认为只有两种文字体系，一是表意体系，二是表音体系。书写的词在我们的心目中有代替口说的词的倾向，对这两种文字体系来说，情况都是这样，但是在头一种体系即表意体系里，这种倾向更强烈。[3]表意文字的典型是汉字。对于使用汉字的人来说，表意的字和口说的词似乎都是观念的符号。所以，在所有文字僭越语言的事实中，汉字的程度最甚。

文字对语言的遮蔽

语言是表达观念的符号，文字是记录语言的符号。即使是象汉字这样具有表意意味的文字，其对观念的表达也是间接的。但是文字僭越了语言的位置，人们过分地重视文字甚至忘记了文字原本只是记录语言的符号。传统文字学不是把文字符号分析为"能指——字形"、"所指——语言单位"两个对立面，而是将其分析为字形、字音、字义三个要素。当然这种分析方法是完全可以的，但是人们往往因此把字形、字音、字义看成是同一个层次上的概念，从而直接把字形与观念联系起来。这样，语言便被文字遮蔽了。由于这个重要路牌的缺失，人们涉足语言学、文字学领地时，往往误入歧途。下面是两个例子：

一、"望形生义"的问题。

文字记录语言，而语言有语音和语义两个方面，所以造字就有表音和表意两条路子好走。据裘锡圭先生的论证，汉字的性质是意符、音符、记号文字，有表意的成分。[4] 因此对于汉字，可以通过分析它的早期字形，得出造字时所为之造字的词的意义。这就是所谓"造字本义"。这里需要强调的是，文字不直接表达观念，它只是记录语言的符号，所以不能在字形表示的意义跟字的本义之间随便画等号。必须结合有关的书面语言材料，才能保证"以形说义"所得出的结论的可靠性，否则便是"望形生义"。

文字学家对汉字本义的确定，历来多追本《说文解字》，而许慎对汉字本义的求证即正是依据"以形说义"的方法。《说文》保存了许多汉字在先秦的古义，同时它所胪列的小篆字形，是今人释读古文字的津梁。这些都是许慎的不朽业绩。考察《说文》所给出的汉字本义，大多可信可从，但也有"望形生义"的情况。试举例：

苗："草生于田者，从草田"。苗本是禾类植物开花结实前的名称，许慎却释为长在庄稼地里的草。段玉裁注曰："苗本禾未秀之名，因以为凡草木初生之名。""草生于田，皮傅字形为说而已。"

告："牛触人，角著横木，所以告人也。"许慎以为是会意。但"字形中无木"，"且如所云是未尝用口"，所以《段注》以为此乃因"易曰僮牛之告"而曲为之说。此字当入口部，从口，牛声。愚以为此例可从另一角度看。告字用例在古文献中并不鲜见，而许慎偏以"僮牛之告"立说，恐怕仍是夸大了字形的表意作用，皮傅字形，望形生义。

诸如此类的说解，不顾及文字在典籍中的常用义，拘泥于字形，难免产生失误。"以形说义"产生失误的原因主要有以下几条：

第一，所根据的字形已经讹变。例如《说文》对"为"的说解、对"庆"的说解。

第二，夸大字形的表意作用，将形声字释为会意字。例如对"告"字的说解。

第三，把字形表示的意义直接视为字的本义。例如对"苗"字的说解。其实质仍是夸大了字形的表意作用。即使是表意字的字形，它的表意功能也只是提示，而不是确指。古人造字，往往从一个狭小的角度，就某一事物的现象来取义，因此字形所表示的意义可能要比字的本义狭窄。此即所谓"字义不专属一物，而字形则画一物"。

字形固然对确定汉字本义有重要意义，但是如果仅从字形出发，"以形说义"便会流于"望形生义"。"望形生义"的症结在于忘记了文字只是记录语言的符号，字形不能直接与观念发生联系。可以说，在"望形生义"者的心目中，语言被文字遮蔽了。针对这种情况，裘锡圭先生告诫我们在确定一个字本义的时候，"要牢记文字是记录语言的符号"，"应该充分注意有关的语言材料"。[5]

对于《说文解字》，我们应当持批判接受的态度。针对《说文》的"以形说义"，王筠曾指出："其说义也，必与形相比附……利自此生，蔽即自此生：反古复始，其利也；古义失传之字，形体传讹之字，必欲求其确切，遂至周章，其蔽也。"（《说文释例》卷一）我们应当取其利而去其蔽。前儒之墨守《说文》者，固有其不足取处；今人不学，乃勇于逞臆妄说，却更属荒唐。某一篇文学批评中竟出现了"欠谷为欲"的说法。方今文化热正炽，学者们每有从字形说解入手者。汉字固然有文化积淀的成分，但不能因此就夸大字形的表意作用，望形生义。不要忘记，文字只是记录语言的符号。

二、字词之辨。

在取得书写形式之前，语言单位——词，作为一种声音符号已存在了很长时间。字不过是用一种视觉形象——字形——去记录语词，表现语言。文字形式表现出的语言是书面语。就两者的关系看，文字是表面的，语言是深层的，它们本是彼此相关而又界域分明的两种符号现象。但是由于文字对语言的遮蔽，人们对声音符号的无意识，语言学研究往往为文字所障。在《马氏文通》以前的中国语文学词汇中，只有"字"的概念，而没有"词"的概念。（《经传释词》的词其实是字的一种，或称"助字"。）现代语言学观念的传入使人们认识到纯粹语言符号存在这个朴素的事实，于是有"词"的概念以指称"字"后面的纯粹的声音符号单位。概念是确立了，思维定式却依旧，字与词混为一谈的现象仍相当普遍。这种概念使用上的混乱导致了一系列认识上的偏失。今试举例：

第一，"词的本义"的问题。

所谓本义，是指汉字在创造时通过形体加以表现的、它所代表的词义。现代学术界普遍把"本义"当作"词的本来意义"或"词的最早意义"。詹鄞鑫先生在《汉字说略》中指出：本义只能从字义的角度讲，所谓"词的本义"是毫无意义的概念[6]。这个问题《汉字说略》辨之甚详。这里我只想分析一下导致这种错误的心理原因。

本义这个概念清代文字学家已在使用，所指都是字的本义。（当然那时还没有与"字"相对应的"词"的概念。）当代学者使用"本义"一词并未特意标举其与前代术语含义的差别，而只是简单地将"字"置换为"词"。同时，他们在考察所谓"词的本义"的时候，实际上都是在根据字形探求汉字的本义。这里反映出的观念上的模糊是把造字时的词义当成词的本来的或最早的意义，把字义的原本当作词义的原本。在他们的思维定式中，语言仍被文字遮蔽着。

第二，造字本义与基本义。

《汉字说略》指出：在某一个字的众多义项中，造字本义未必是其他义项的发源点，这个发源点是字的基本义。基本义就是抽象语源义。先有抽象语源义，后有具体性造字本义。[7]这些论断是很有卓见的。从语言存在的事实和文字发生的历史看，作为基本词汇的表示抽象概念的词，早在文字产生以前很久很远就已存在，其词义决不可能是迟至文字产生以后才逐渐从字义引申中获得。有些人却认为如"横"字的抽象意义是由其本义"阑木"引申而得，如"函"字的包含义是由其本义"箭函"引申而得，把具体的造字本义当成该字的其他一切义项的发源点。这显然是错误的。错误的原因是过分地看重文字，忽视了声音符号独立存在的事实。一句话，是因为文字遮蔽了语言。

第三，词的同一性问题。

这是一个困扰着当代语言学研究者的问题。由于文字对语言的遮蔽，传统语文学家以书面语为研究对象，他们关心的是字，而字的同一性无疑是容易断定的。现代语言学廓清了文字的遮蔽，以声音符号为研究对象。对语言的研究必然要从词开始，而对词的把握，首先要解决词的同一性问题。词作为声音和意义的结合体，判定其是否同一，自然应从声音、意义入手。但是，可能是由于语言材料多是书面形式，研究结果也必须用文字来表现，在文字符号的包围中，语言再次被遮蔽了：不假思索的人们习惯上以书写文字形式作为词的同一性的主要标志。这种做法有其危险，因为文字与词并不是一一对应，而是有龃龉的。詹鄞鑫先生在《汉字说略》中指出："从理论上说，词的同一性必须兼备如下三个条件：语音相同，语法功能相同，词义未发生质变。"并且主张对于词义量变质变的区分应从严掌握。如果一个词的某个引申义固定下来并且获得新的书写形式，我们便将其视为不同的词；以此为参照，"凡文字形式不变而引申义固定下来的词，也一概应视为不同的词"[8]。总之，在研究语言问题时，应尽量排除书写形式的干扰，避免为文字所遮蔽。

语言的复辟

由于文字对语言的僭越和遮蔽，人们在涉足语言、文字领域时往往不自觉地为文字外在形式所左右，从而误入歧途。迷雾中，语文学科对真理大道的探寻代不乏人。高邮王氏父子即为其例。王念孙《广雅疏证序》云："训诂之旨，本于声音。故有声同字异，声近义同……此之不寤，则有字别为音，音别为义，或望文虚造而违古义，或墨守成训而鲜会通，易简之理既失而大道多歧矣。今则就古音以求古义，引申触类，不限形体。"王氏父子"不拘形体，因声求义"的做法，实际上就是去除文字的遮蔽，直接把握声音符号的存在。随着现代语言学的建立，独立的纯粹的声音符号语言，从文字背后走出来，登上自己本来的位置。这可以说是语言的复辟。

语言是以声音表达观念的符号，是人类理性的根本；文字是记录语言的符号，是人类理性传承积累的条件。语言文字是我们认识世界表达自我的工具。在我们审视语言文字的时候，应当正确把握它们的关系，不要让文字遮蔽了语言。

注释

[1] 参看《语言与神话》甘阳序："从'理性的批判'到'文化的批判'"，生活·读书·新知三联书店，1988 年，第 21 页。

[2] 参看詹鄞鑫《汉字说略》，辽宁教育出版社，1992 年，第 51 页。

[3] 参看索绪尔《普通语言学教程》，高名凯译，商务印书馆，1985 年，第 51 页。

[4] 参看裘锡圭《文字学概要》，商务印书馆，1988 年，第 16 页。

[5] 参看《文字学概要》，第 146 页。

[6] 参看《汉字说略》，第 231 页。

[7] 参看《汉字说略》，第 238 页。

[8] 参看《汉字说略》，第 252 页。

（原刊于《语文学刊》1998 年第 4 期）

汉字中的性别歧视

几千年的男性话语霸权，男性始终是立法者、叙述者。而女性，则只是被迫的服从者，是"她"。海德格尔有一句名言："语言是存在的家园。"可注意者，这"家园"是一所古宅，它的一砖一瓦、一花一树，无不凭附着祖辈的幽灵，所有的语词都挟裹着前代的定见。如今，女性成了"我"，要对自己受歧视的命运表示抗议，却张口结舌——罗宾·拉可夫（Robin Lakoff）说，女性要改变自己的形象，必须从语言开始，因为，you are what you say；无奈的是，女性别无选择，只能用镌有男性霸权印记的砖石来砌造自己的堡垒。性别歧视的根柢是如此之深且巨，我们要倒拔垂杨柳，一时竟找不到立足之地！

文字是记录语言的符号。世界上的文字大致可分为表音文字和表意文字两类。汉字属于后者。表音文字只是语言的简单翻版，而汉字却是对语言的透视——据说造字之圣仓颉有四目，造字之初，天雨粟，鬼夜哭——汉字泄露了造化的秘密。古迹斑驳的方块字里咒禁着远古时代的故事，侧耳倾听，那是苍老的、男性的声音。在性别歧视方面，面对汉字，所有语言文字都会有小巫见大巫之感。就让我们坐上汉字这块魔毯，飞回到"人之初"，去听一听那男性讲述的，男人与女人的故事。

女人的名字是弱者

女　是象形字，小篆像一个人屈膝敛衽为拜。这就是男性心目中的女性形象：向自己礼拜表示雌伏。女有卑小柔弱的意思。城墙上呈凹凸形的小墙被称为"女墙"；小桑树被称为"女桑"；柔弱不堪自立、须攀附而生的松萝被称为"女萝"；荏苒无力的风被称为"女风"……女人也就是柔弱的人。男性欣赏女性的柔弱，他特地造了这样的字来表现女性的美：

女好　婀娜　娉婷　婉娈　妖娆　妩媚　婵娟

如此说来，柔弱是女性的"性分之所固有"了；那么在男性看来，女性的"职分之所当为"又该如何？

如　《白虎通·嫁娶》："女者，如也，从如人也。"《说文》："如，从、随也。"他们都说顺从是女性的本分。这是"女"、"如"训诂学上的渊源；我们再看一看二者文字学上的联系。"如"从女从口。从女从口如何得出顺从之意？作为构字部件，"口"有时并非表示唇齿之口，而是仅仅用作区别性意符，其作用是，附加在某象形字上，表示该字所表示事物的某种属性。例如"吉"，其上部"士"，甲骨文像矛戟之形，加区别性意符

314

"口"表示矛戟的坚实属性，从而表示普遍意义上的坚好。铜器铭文中屡见"吉金"之"吉"，用的正是这一本义。又如"古"，其上部"十"，甲骨文作盾牌之形，加区别性意符"口"，表示盾牌的特点——坚固，实际上就是"固"的初文。再如"弨"，表示弓的属性——强（挽弓当挽强），实际上也就是"强"字的初文。而"强"从虫弨声，本义是一种虫子。[1]同样的逻辑，从女从口的"如"是表示"女"的特性。其实，吉、古（固）、弨（强）、如，与其说是矛戟、盾牌、弓、女性本身的属性，毋宁说是造字者的一种期望：戟应该坚，盾应该固，弓应该强，而身为弱者的女人，则应该以顺从为本分——少如父教，嫁如夫命，老如子言。

安 《说文》："从女在宀下。""宀，交覆深屋也。"屋（引申指家庭），这是男性给女性划定的活动范围（时至今日，还有人将女人称为"内人"、"屋里的"）；而"不安于室"，则被认为是女性最大的失德。然而"安"之一字，谈何容易！班昭《女诫》："古者生女三日，卧之床下，弄之瓦砖，而斋告焉。卧之床下，明其卑弱，主下人也；弄之瓦砖，明其习劳，主执勤也；斋告先君，明当主继祭祀也。三者盖女人之常道，礼法之典教矣！谦让恭敬，先人后己，有善莫名，有恶莫辞，忍辱含垢，常若畏惧，是谓卑弱下人也。晚寝早作，勿惮夙夜，执务私事，不辞剧易，所作必成，手迹整理，是谓执勤也。正色端操，以事夫主，清静自守，无好戏笑，洁齐酒食，以供祖宗，是谓继祭祀也。三者苟备，而患名称之不闻，黜辱之在身，未之见也。三者苟失之，何名称之可闻，黜辱之可远哉！"卑弱而求安，安得何其战战兢兢，含辛茹苦！

婦 《说文》："婦，服也。从女持帚，洒扫也。"是以"执箕帚"乃"为人妇"之代称。箕帚之事，虽若卑琐易为，然兀兀穷年，非戒慎恐惧，不得令终。曹大家说："（鄙人）年十有四执箕帚于曹氏，于今四十余载矣！战战兢兢，常惧黜辱以增父母之羞，以益中外之累，夙夜劬心，勤不告劳，而今而后，乃知免耳！"妇，相对于夫而言。"女子出嫁，夫主为亲。前生缘分，今世婚姻。将夫比天，其义非轻"；而"妇者，服也。服于家事，事人者也"。指称夫妻恩爱的"举案齐眉"一语，原意不过是表示妇对夫的敬畏。《后汉书·梁鸿传》："（鸿）为人赁春，每归，妻为具食，不敢于鸿前仰视，举案齐眉。"妇又相对于婆婆而言。《榖梁传·文三年》："曰妇，有姑之辞也。"姑（婆婆）岂是好相与的？《说文》："威，姑也，从女戍声。"婆婆作威，宁不可畏！王建《新嫁娘词》："三日入厨下，洗手作羹汤。未谙姑食性，先遣小姑尝。"如此小心翼翼，仰承颜色。设若服事不周，未能得到夫主或者威姑的欢心，《孔雀东南飞》中刘兰芝的命运便是其下场。名为"与夫齐者也"（《说文》"妻，妇，与夫齐者也"）的大妇尚且如此，那为妾为婢的生活就更属不忍闻问。

嫔 古代妇女还有一个通称——嫔。《尔雅·释亲》："嫔，妇也。"《说文》："嫔，服也。"《周礼》"七曰嫔妇，化治丝枲"郑玄注："嫔，妇人之美称也。""嫔妇"如何是美称？古代王朝

316

讲究"四夷宾服";而--介匹夫也要在其"嫔妇"面前跷起王者的二郎腿——盖嫔妇者,宾服也。如果说西方的 lady first 还算是男性对女性的客气,那汉字"嫔"则绝没有这种意味,有的只是"客随主便"的服从。

低心下气,宛转依人的生活绝不会丰富多彩。

妆 婚媾嫁娶 妇 妊娠 嬉 娱

周而复始,这便是女性单调人生的梗概。要问这"单调"之调的内容是什么,或者说女性生活的主旋律是什么?强者给弱者定下的调子永远都是——如(服从)安(以服从为满足)。听,那位男性在说什么?

——告被强奸者暨全世界,当一切抗拒都失去意义的时候,还是闭上眼睛享受一下快感吧!

强奸

弱者总免不了被侮辱的命运,女,又何能例外。

妎 《说文》:"妎,讼也,从二女。"段玉裁注:"讼者,争也。"《集韵》:"妎,喧讼也。"西方有句俏皮话:"两个女人等于一千只鸭子。"极言其喧吵,犹可谓之谑,而汉字妎真可谓之虐了。

姦 《说文》:"姦,私也。从三女。"江沅《说文释例》:"私淫曰姦,引申为一切姦宄字。"用三个女字表示男女私情,这是什么逻辑？中国特色？女性受到了污辱，反而其曲在己！历代好色亡国之君临了都有一声浩叹——红颜祸水！而那薄命佳人又能何处呼冤？

地处卑洼，群污流焉；人居卑弱，众恶归焉。汉字中表示惭德恶德之字往往嫁以女旁，例如：

婞（悻）　媿（愧）　嫌（慊）

孏（懒）　婪（惏）　嫚（慢）

媟（亵）　嬻（渎）　婬（淫）

嫉妒　姗　奸　妍　妄

这样的字，《说文》中还有不少。就现行汉字体系而言，上列字有一部分已为异体字或假借字所代替。这是文字改革之功？文字改革工作者又何尝留意到此！英语国家的女性主义者因其语言中将飓风、台风等自然灾害命以女名而断断不已，终伸己意。中国的女性呢？难道已从男性的孱弱化——气管炎（妻管严）、床头柜（床头跪）——中切实感受到自身地位的上升，而不必"必也正名乎"？果真如此，那就不仅仅是女性的悲哀了。

歧视，就字面讲，是不相同地看待。性别歧视在汉字中最直观的反映是，有些汉字指称男性的时候是褒义或中性，一旦用以指称女性（即被注以女旁），便成为贬义。例如：

方　妨　表示违命、抗命、难以应命的"方命"之"方"，原与"妨"同源。可是"方命"一语——"这件事，实在不能尽力，只好方命了"——可以说得多么正大、自信；而"妨"，则只能表示卑贱对尊长的恶意损害，或对正当目的的违碍。柔弱而不听命，显得既悲壮又徒劳；可听那男性一声断喝："女人不听话就是罪恶！"

信　佞　孟子称乐正子为"善人，信人"，并解释道："可欲之谓善，有诸己之谓信，充实之谓美，充实而有光辉之谓大，大而化之之谓圣，圣而不可知之谓神。""信"是通往圣神功化之极的第二级台阶，自然是有才有德之谓。可是佞呢？《说文·女部》："佞，巧谄高材也。从女，信省。"徐铉注曰："女子之信近于佞也。"女子有才，便为邪佞，这岂不正是"女子无才便是德"的反照？

介　妒　"柳下惠不以三公易其介"，其对原则的坚守得到孟子的称扬。可是如果话题转到女性——妒——这种介然于怀、耿耿难释的内容便成了忌妒！《说文》："妒，妒也。"

弱者受揶揄，被污蔑，不许违逆，不许有才，甚至不允许保持自己的独立人格——原则性。孟子说："天下有道，以道殉身；天下无道，以身殉道。未闻以道殉人者也。"朱子注："以道从人，妾妇之道。"噫！圣人讲"己所不欲勿施于人"、讲"推己及人"、讲"君子无所不用其极"，可缘何自己不愿"以道殉人"，却认定"以道从人"就是妇女的本分？难道"放之则弥六合"的"道"竟也越不过"男女大防"？面对"衣冠禽兽"，男性要求女性做烈女做节妇，要她们替男性守住面子；可女性的尊严呢？甚至为圣人所褫夺！心辱为甚，身辱次之，呜呼，哀哉！

男人的责任感

《说文》："男，丈夫也。从田，从力，言男用力于田也。"男乃宣力于田的劳动者，即农夫。王力先生认为男、农二字同源，是很正确的。然而典籍中用为男字声训的却是另一个字——任。男、任叠韵、准双声，古音极近。《广雅·释亲》："男，任也。"任首先与男之本义——农——紧密相连。《孟子·离娄》"辟草莱，任土地"，"任"乃农夫之事；而《吕氏春秋》之《任地篇》皆讲耕耨蓄藏之事。任又引申为抱负、担当。《白虎通·嫁娶》："男者，任也，任功业也。"作为文化意义（而非生理意义）上的男人，最基本的要素便是责任感和抱负。

有这样一个真实故事。一位父亲在出门远行时将卧病在床的妻子托付给自己八岁的独生子，说："你现在是家里唯一的男人，你要担负起照顾母亲守护家园的责任。"后来洪水突袭，在极其危险、极其艰难的境况下，这个孩子奇迹般地救出了母亲和自己。凭的是什么？责任感。从这一刻起，这个孩子就可以被称作男人了。

男人不仅对家庭有责任感，大丈夫更以天下为己任。汉代陈蕃幼时，当被问以"孺子何不洒扫以待宾客"时，慨然答道："大丈夫处世当扫除天下，安事一室乎？"[2]大言炎炎，正与女性安于一室，箕帚自任相映成趣。

我们在汉字中进一步搜寻男人事迹时遇到了困难，《说文》男部仅率甥舅二人。那男性造字时竟然这般忘我？当然不是。

320

瞧，他给自己找到了更好的位置。

大　夫　《说文》："夫，丈夫也。从大，一以象簪也。"徐灏笺："男子已冠之称也。"

"夫"乃成年男子之谓。童子披发，成人束发，故成人戴簪；而大，则是男人之象形。夫、大二字古相通。《庄子·田子方》："于是旦而属之夫夫。"陆德明释文："司马云：'夫夫，大夫也。一云夫夫古读为大夫。'"《荀子·王霸》："杨朱哭衢涂曰：'此夫过举跬步而觉跌千里者。夫哀哭之。'"于省吾新证："夫、大古通。《大鼎》'善夫'亦作'善大'。'夫哀哭之'即'大哀哭之'。"夫有大意。《意林》引《风俗通》："夫者，肤也。言其智肤敏宏。"《孟子·离娄》："天命靡常，殷士肤敏。"赵岐注："肤，大也。敏，达也。"男子，对其妇而言，称夫；对其子而言，称大（今西北方言仍称父辈为"大"）。观夫男之象形——大，其舒展自得，与女（屈膝敛衽为拜之形）之局曲挛缩恰为映照；而大之义亦正与女义之卑小柔弱相对。无怪乎中国男子惯于在妇女面前托大，盖其来有自矣！

大男子准备了哪些字来表现自己的"大"？我们数数看：傀、伟、侨、俊、傑、健、俨……咦？怎么全以"人"为意符？自大的男性给自己戴上了比自己的头大一倍的帽子！人分男女，男本来只是"人"的下位概念；可是，无论是与男子冠（冠或弁，与钗分别为男女之代称）带（带即绅，绅士一词即源于此）相关之俅（《说文》："俅，冠饰貌。从人求声。《诗》曰：戴弁俅俅。"）佩（《说文》："佩，大带佩也。"），还是表

321

示男子行次之伯仲，都僭用"人"作为意符，隐隐然"男"与"人"之间可以划等号。二十世纪初叶欲造一字表示第三人称阴性，其做法是将"他"之"人"旁易为"女"，构成他／她（人／女）的男女对称。这中间所反映出的历史下意识是耐人寻味的。

英语以男性（man）指称人类，汉字造字时则以"人"表示男性，两者异曲而同工。无论是 man 对人的公开僭越，还是男对人的暗地窃居，都说明了同样的事实：这曾是个男性把持的世界。

回顾历史是为了认识当下，分析语词是为了把握存在。如今男性女性关系究竟如何？众声喧哗中，女性主义者不无夸张地喊出这样的口号："我们要性高潮，不要性骚扰！"这是对男性孱弱化的嘲讽？男性呢？是不是"愿回到从前"，一振乾纲，"把一切重演"？人类一思考，上帝就发笑。还是让上帝来讲述这个男人与女人的故事吧。

注释

[1] 关于吉、古、弔三字的说解，参见裘锡圭《古文字论集》，中华书局，1992 年，第 644 页。

[2] 见《后汉书·陈蕃传》。

（原刊于《语文学刊》1999 年第 4 期）

后记

这本书是我从事学术研究工作以来部分论文札记的结集。全书大致分为两个部分，第一部分（第一编）是近几年在译介西方语文学专业文献过程中的一些管窥蠡测；第二部分（第二、三、四编）主要是在研读中国传世典籍、出土文献过程中的一些思考讨论。

借此机会简单回顾一下自己读书为学走过的路。

1988 年至 1992 年我在北京大学法律系学习。应当说，在那个理想与现实碰撞的年代里，我算是接受了当时最好的法学本科训练，毕业后很快也取得了律师资格，但并没有成为一个法律人。我终于还是听从了命运的召唤。

初入大学，像放归草原的野马，我放纵自己的阅读兴趣，东奔西驰，杂取旁收。当时读到的一句话——"从容地生活于趣味之中"——深获我心，遂立志做一个超级业余读者，希望能以爱好者（amateur）的姿态，尽窥天下好书。稍后，略知为学次第："由小学入经学者，其经学可信，由经学入史学者，其史学可信……"于是先从小学入手。当时买了《尔雅义疏》、《方言笺疏》、《说文释例》、《钜宋广韵》等一堆小学书，有同学笑说，恐怕你一辈子都不会去看这些书。殊不知如今竟成了我的专业。

当然，那四年的法学训练也不算白废。后来我研读包山楚墓司法文书简时，系统的法学知识就曾对我有过切实的帮助。我一直想整合自己的知识储备，希望在法律语言学方面做一些工作，曾研读过一些中西方的文献，也曾就语言指纹识别作者身份的问题小试其锋，然而至今没有时间作系统的专门研究，只好俟诸异日了。

读书为学，当由小学入经学，由经学入史学。此言虽浅近，却足以致远。校读《三国志》时，这种感受尤为深切。比如《论语》，《三国志》及裴注有大量的暗引，前人在校勘标点时或昧于此，存在不少问题。收入本编的《〈三国志〉称述引用〈论语〉现象研究》就是这方面的一篇习作。

由小学入经学，由经学入史学，当作泛化的理解。也就是说，要读懂前人遗文，不仅要熟悉他们所使用的语言文字，还要熟悉他们所凭依的典籍。校读《歧路灯》时，颇有体会。清代白话小说《歧路灯》旨在以礼教劝世，对儒家典籍有大量的引用，通行本的校注在这一方面颇有错讹。本书所收几篇关于《歧路灯》的考据文字，多是从这一方面着手。

2004年至2005年我去纽约州立大学人类学系进修文化语言学，同时开始系统译介西方语文学的理论和方法。

西方语文学，即 philology，其词源义是"爱语文"，宗旨是从文献记载的语言文字入手去理解古代世界，这与我们所说的"由小学入经学"其实相去不远。在译介西方古典语文学的过程中感觉到，西方古典语文学的总体格局与"由小学入经学，由经学入史学"的治学进路颇有契合之处，其理论和方法往往殊途同归。

人类的文化、语言在何种程度上可以"通约"（commensurable），这不仅是涉及翻译何以可能的前提问题，也是文化语言学的根本问题。总的说来，不同语言文化看似迥然有别，却往往有可以勘同之处。无论东方西方，在认知世界、表达自我的时候，都每每藉助隐喻，"近取诸身，远取诸物"，"以近知远，以所见知所不见"。人类语言中，"褪了色的隐喻（faded metaphor）"触目皆是。就这一点而言，中西语文往往可以彼此印证，相互映发。

比如近日看到的关于"敲钉转脚"释义与词形问题的讨论。《汉语大词典》"敲钉钻脚"，释义曰："方言。比喻把事说定，不能改变。"或望文生义将"钻脚"二字解释为"钻挖支撑点"（《咬文嚼字》2013 年第 7 期），谬甚。该词语在金庸、高阳等的作品中颇为常见，皆作"敲钉转脚"，《汉语大词典》所收词形当改。寻绎"钉脚"之义，盖英语、汉语皆按照"近取诸身"的隐喻方法，用身体部位的名称指称钉子相应的部分，称其圆盖为"钉头"（head），锐端为"钉脚"（foot）。"敲钉转脚"字面义显然是指用钉子钉住某个东西之后，将露出的"钉脚"敲弯（转脚），这样钉子就不会松脱。比喻将事情敲定，说死。英语中 clinch 一词，英汉词典释义为"解决（争端、交易），达成（协议）；敲弯"，未达一间，不如直接译为"敲钉转脚"。Clinch 与"敲钉转脚"的字面义及引伸义都相仿佛，中西对照，互相发明。此例虽小，可以喻大。

中西语言文化在认知和表达上时见"心同此理"，中西古典语文学者在面对文献和历史时亦可谓"人同此心"。面对前人遗文，孟子说要"以意逆志"，"尚友""古之人"。路德维希·比勒尔《文法学家的技艺》则说："校勘家穿透作者的思想，想其所想，几乎与作者合为一人。他也许与后来发现的文献证据相矛盾，但即使如此，他也是像作者同时代的一个合契同情的亲密朋友一样对作品提出了有价值的意见。"古典语文学是个寂寞的行当。学者们寝馈其中，为一字之定，一义之安，穷搜冥求，其苦心孤诣，非亲历其事者，不能尽知。A. E. 豪斯曼整理马尼利乌斯文集，在前言中说："但是我最希望得到并竭力去争取的读者赞许，是来自于下一个本特利或者斯卡利杰，又幸而投身于马尼利乌斯的校勘整理。"金圣叹序《西厢记》，题曰"恸哭古人"，"留赠后人"。古今中外，同此一副眼泪，同此一声叹息。

回首读书为学走过的路，我要特别感谢我的硕士阶段导师詹鄞鑫先生、博士阶段导师吴金华先生。吴老师去年遽归道山，念之怃然。陈正宏先生在古典文献学方面对我多有提携指点，陈广宏先生对我从事西方校勘学研究项目多有鼓励支持，也谨表感谢于此。

"结束铅华归少作，摒除丝竹入中年"。有机会将自己在"青春作赋，皓首穷经"过程中的一些心得汇为一集向大家请教，要感谢周运先生的推重，感谢"六合丛书"主编吕大年先生、高峰枫先生的青目。本书原拟题为《中西语文学丛稿》，经与周运先生商讨，改为今名《中西古典语文论衡》。周运先生对中西典籍有很好的认知感悟，令我钦佩。

鄙意以为，沟通、比较西方古典语文学与中国古典文献学，有一般的理论方法和具体的个案研究两个层面。就一般的理论方法而言，西方古典语文学、校勘学、书志学都颇有值得我们借鉴之处。他山之石，可以攻玉。某虽不敏，愿从事于斯，勉力译介，为中国古典文献学的理论建设略尽绵薄。就具体文献的考证阐发而言，中西古典有许多可以互相参稽验证的地方，正所谓"东海西海，心理攸同"。钱锺书先生致力于沟通中西典籍，巍巍然为文化昆仑。高山仰止，景行行止，虽不能至，心向往之。

前年回北大参加毕业二十周年聚会，颇多今昔之感，曾有俚词一阕感叹道："世事如烟弹指间，望中何物最相关？痴情转淡清于水，傲骨终磨静似山……"也许正是这劳碌扰攘销磨不尽的痴与傲，让我终能清静自守，得遂初心，"从容地生活于趣味之中"。"同学少年多不贱，五陵衣马自轻肥。"独我走上完全不同的一条道路，在寂寞书斋兀兀穷年。年来曾写俚言数句，惕然自励；"洛阳亲友如相问"，不妨移以作答：

闲来独坐饮清茶，碗底端详茉莉花。

极目天边无翠岭，栖身湖畔有寒家。

岂能敛翼惊弓雁，不肯灰心聚塔沙。

夭矫之姿谁可缚，至今夸父逐飞霞。

2014 年春于上海美兰湖畔

图书在版编目（CIP）数据

中西古典语文论衡 / 苏杰著 . — 杭州：浙江大学
出版社，2014.9
（六合丛书）
ISBN 978-7-308-13042-4

Ⅰ. ①中… Ⅱ. ①苏… Ⅲ. ①古典文学研究－对比研
究－中国、西方国家 Ⅳ. ① I206.2 ② I106

中国版本图书馆 CIP 数据核字 (2014) 第 060998 号

中西古典语文论衡
苏杰 著

策　　划	周　运	
责任编辑	王志毅	
出版发行	浙江大学出版社	
	（杭州天目山路 148 号　邮政编码 310007）	
	（网址：http:// www.zjupress.com）	
制　　作	北京百川东汇文化传播有限公司	
印　　刷	北京中科印刷有限公司	
开　　本	880mm×1230mm　1/32	
印　　张	10.5	
字　　数	192千	
版印次	2014年9月第1版　2014年9月第1次印刷	
书　　号	ISBN 978-7-308-13042-4	
定　　价	38.00元	